전왕전기
戰王傳記

戰王傳記
전왕전기
우각 신무협 판타지 소설

5 폭풍지보(暴風之步)

뿔미디어

목차

- 제1장 폭풍이 움직이니…… 7
- 제2장 작은 여우라니까 47
- 제3장 종남의 소년 검사 77
- 제4장 장강에 보내는 경고 107
- 제5장 이것이 내가 사는 세계 139
- 제6장 해보자는 거지 175
- 제7장 암계(暗計) 209
- 제8장 무인은…… 249
- 외전 귀신의 탄생 283

폭풍이 움직이니……

폭풍이 움직이니……

슈악!

어둠을 가르고 은빛 검이 날아왔다. 기척마저 죽인 채 불과 일 장여 앞에서 불쑥 나타난 검신, 그러나 검신이 채 목적지에 도착하기도 전에 구명삭이 허공을 갈랐다.

촤아악!

"큭!"

구명삭이 살수를 휘감아 땅에 내동댕이쳤다. 순식간에 살수의 상체가 으스러지며 혈구로 변했다.

단사유의 눈빛이 차가워졌다.

분명히 마차를 향했지만 검로(劍路)가 향한 곳은 자신이 아니었다. 살수의 검 끝이 노린 것은 누워 있는 막고여였다.

'왜 막 대협을……. 설마 살인멸구하려는 것인가?'

단사유는 확실히 깨달았다.

막고여가 오룡맹의 부조리한 처신을 증언한다면 그들은 도덕성에 큰 타격을 입고 말 것이다. 아무리 그들이 남궁세가와 거리를 두려고 해도 오룡맹의 일원이라는 사실에는 변함이 없다. 때문에 막고여의 증언은 남궁세가뿐만 아니라 오룡맹의 도덕성에도 치명타를 입히고 말 것이다. 그렇다고 해서 당장 오룡맹이 흔들릴 일은 없겠지만 장기적인 안목으로 봤을 때 강호의 인심이 그들에게서 등을 돌릴 이유가 됐다. 그렇기에 오룡맹에서는 기를 쓰고 막고여의 입을 막으려는 것이다.

'나보다 막 대협이라는 이야기군.'

강력한 무력을 소유한 자신 대신 무공을 잃은 막고여를 노리는 것이 훨씬 쉬운 일이리라.

"그것이 얼마나 큰 오산인지 이제 알게 될 것이다."

단사유의 입가에 차가운 미소가 떠올랐다.

살심이 동했다. 이제까지처럼 어쩔 수 없는 상황에 맞춰 손을 쓰는 것이 아니라 진짜 살심이 동한 것이다.

촤르륵!

오 장 길이의 구명삭이 그의 내공을 머금고 허공을 휘돌았다.

콰콰콰!

구명삭에 걸리는 모든 것이 박살났다. 아름드리나무도, 나무 사이에 은신해 있던 살수들도. 구명삭이 지나간 자리에 붉은 얼룩이 생겨났다. 그와 함께 알아들을 수 없는 나직한 신음이 흘러나왔다.

"지독한 놈들."

말을 모는 홍무규가 고개를 절레절레 흔들었다.

비록 뒤돌아보지는 않았지만 그는 모든 상황을 파악하고 있었다. 그와 같은 절정고수는 단지 소리를 듣는 것만으로도 모든 상황이 머리에 그려지기 때문이다.

 분명 단사유의 구명삭이 훑고 지나간 자리에는 수많은 살수들이 은신해 있었다. 그런 곳에 단사유의 공력을 머금고 있는 구명삭이 지나갔으니 숨이 끊어지며 어육처럼 변했을 것이다. 그런데도 비명 한 번 내지르지 않는다는 것은 그들이 그만큼 혹독한 수련을 거쳐 고통에 무감각하다는 것을 의미했다.

 촤학!
 갑자기 전면의 바닥에서 은빛 칼날 두 개가 튀어나왔다.
 어떤 예고도 기척도 없이 튀어나온 은빛 칼날은 정확히 마차를 끄는 말의 배를 노리고 있었다. 적들은 말을 제거함으로써 단사유 일행의 기동력을 떨어트리려는 것이다.

 그들이 지나는 숲의 길이는 무려 이십여 리. 여기에서 말을 잃고 숲 한가운데에 고립된다면 점점 힘들어질 수밖에 없다.

 "흘흘! 어림없다. 복면을 뒤집어쓴 살쾡이 같은 놈들."
 홍무규가 클클거리며 구걸편을 휘둘렀다. 그의 구걸편은 정확히 살수들이 은신해 있는 바닥을 강타했다. 그러자 꼿꼿하게 곧추섰던 검이 무너지며 바닥에서 붉은 선혈이 배어 나왔다. 그러나 그마저 곧 맹렬한 기세로 지나가는 마차의 바퀴에 짓이겨졌다.

 살수 둘을 처리했으나 홍무규의 얼굴은 어둡기 그지없었다.
 얼마나 많은 살수들이 숲 속에 은신해 있는지 짐작조차 가지 않았다. 마치 숲 전체가 그들에게 살기를 품고 있는 것처럼 느껴질 정도였다.

 '최소한 한 곳, 아니 이 정도면 두 곳 이상의 살수 조직이 동원되었

을 것이다. 역시 오룡맹, 그 짧은 시간에 이 정도의 살수들을 동원하다니.'

홍무규는 자신들을 공격하는 살수들을 남궁서령이 동원한 것인지 알지 못하고 있었다. 하긴 알았다 해도 별 뾰족한 수가 없는 것은 마찬가지였을 것이다.

파팟!

그때 숲 곳곳에서 짙은 청색의 무복을 입은 남자들이 튀어나왔다. 그들은 나뭇가지를 밟으며 순식간에 마차 주위로 접근해 왔다. 청색의 무복을 본 순간 홍무규는 그들이 어느 살수 조직인지 알아차렸다.

"이들은 청살문의 살수들이네."

그의 외침은 단사유를 향한 것이었다. 그의 음성에는 다급함이 가득했다.

차르륵!

그 순간 단사유의 구명삭이 허공을 갈랐다. 내공을 머금어 강철 채찍처럼 변한 구명삭은 쇄도해 오는 살수들을 무서운 속도로 강타했다.

그때였다.

콰콰쾅!

구명삭에 강타당한 살수들이 허공에서 갑자기 폭발을 일으켰다.

"큭!"

단사유의 입에서 나직한 신음이 흘러나왔다.

어깨에 지독한 격통이 느껴졌다. 고개를 돌려 바라보니 살점이 붙은 뼛조각이 박혀 있었다. 뼈가 박힌 곳에서는 검붉은 선혈이 흘러나오고 있었다.

홍무규의 목소리가 들려왔다.

"지옥폭렬공(地獄爆颲功)이라네. 자신의 몸을 폭사시켜 상대와 동귀어진하는 극악의 수법이지. 청살문의 살수들은 모두 지옥폭렬공을 익히고 있네."

지옥폭렬공은 마도에서 금기시하는 자폭 무공이었다.

이 무공을 익히기 위해서는 어릴 때부터 특별히 가공된 화약을 조금씩 섭취해야 한다. 그것은 아주 미세한 양이었지만 지옥폭렬공의 독문 심법을 익히면 화약은 조금씩 골수로 스며든다. 일단 골수에 스며든 화약은 체외로 배출이 안 되고 차곡차곡 몸에 쌓인다. 그렇게 일정 수준까지 오르면 지옥폭렬공을 익힌 자는 마치 벽력탄과도 같은 상태가 된다. 심지만 있으면 언제든 터질 수 있는 인간 벽력탄이 되는 것이다. 단지 일반 벽력탄과 차이가 있다면 그들은 스스로의 의지로 움직일 수 있다는 점이다.

스스로의 의지로 상대를 정하고 자폭을 한다. 그렇게 자폭을 하면 몸 전체가 파편이 된다. 지옥폭렬공을 익힌 자의 살과 뼈는 천하에서 가장 무서운 흉기나 다름없었으니까. 그렇기에 단사유의 어깨에 자폭한 자의 갈비뼈가 박힌 것이다.

스스슥!

수풀을 따라 살수들이 이동하고 있었다. 그들은 마차를 따라가며 호시탐탐 자폭할 기회를 노리고 있는 것이다.

단사유는 입술을 질끈 깨물며 어깨에 박힌 갈비뼈를 뽑아냈다. 그러자 한 줄기 피 분수가 치솟아 올랐다. 그러나 단사유는 따로 지혈 따위를 하지 않았다. 굳이 지혈을 하지 않더라도 갈비뼈가 박혔던 곳의 살들이 스스로 상처 부위를 조여 피가 흐르는 것을 막았다. 천포무장류는 인간의 신체를 가장 잘 이해하는 무예. 어지간한 상처는 의지에 따라 근육을 움직이는 것만으로도 지혈이 되었다.

파팟!

다시 살수들이 허공으로 튀어 올랐다. 그들은 조금 전의 살수들과 같이 마차의 지근거리로 몸을 날렸다. 그들의 눈에 죽음에 대한 두려움 따위는 존재하지 않았다. 생명이 없는 인형처럼 죽음의 명령에 충실했다. 그것이 바로 지옥폭렬공의 무서운 점이었다. 한 번 지옥폭렬공을 익히면 죽는 그 순간까지 명령에 충실한 것이다. 그야말로 인간의 인성을 말살하는 죽음의 무공이었다.

단사유의 눈빛이 침중해졌다.

다시 구명삭으로 저들의 몸을 강타한다면 근거리에서 자폭할 것이다. 자신이야 그들이 자폭할 것을 알고 있으니 몸을 보호할 수 있겠지만 말을 몰고 있는 홍무규나 무공을 잃은 채로 누워 있는 막고여는 무방비 상태였다. 조금 전과 같은 상황이 반복되면 그들은 치명상을 입고 말 것이다.

"그렇다면……."

단사유가 구명삭을 회수했다. 구명삭의 길이는 오 장여. 오 장 밖에 있는 적을 격살할 수는 없었다.

뚜둑!

단사유는 구명삭을 한 자 정도 끊어 마차 쪽으로 몸을 날리고 있는 살수를 향해 날렸다.

콰—앙!

어김없이 공중에서 살수가 자폭하는 광경이 눈에 들어왔다. 그러나 마차에 접근하기 전이라서 여파는 밀려오지 않았다.

단사유는 다시 구명삭을 잘게 끊어 살수들을 향해 연이어 날렸다.

그의 내공을 머금고 있는 구명삭 조각은 천하에서 가장 무서운 암기나 다름없었다.

콰콰쾅!

곳곳에서 폭발이 일어났다.

숲 전체가 폭발의 여파로 초토화가 되었다. 살수들은 마차에 접근하기도 전에 구명삭 조각에 얻어맞아 폭발을 일으켰다. 그러나 그들은 포기하지 않았다. 마치 불을 향해 날아드는 부나방처럼 그들은 마차를 향해 몸을 내던졌다.

곳곳에서 살수들이 터져 나오고, 그들의 파편이 숲 속에 널브러졌다.

차마 눈 뜨고 볼 수 없는 처참한 광경이었다. 살수들은 자신의 몸을 터트려 마차를 막으려 했고, 단사유는 그런 살수들에게 구명삭을 던져 저지하고 있었다. 그리고 어김없이 찾아오는 인체의 폭발. 그것은 맨 정신으로 바라볼 수 없는 한 폭의 지옥도였다.

단사유의 눈빛이 더할 수 없이 차가워졌다.

이들은 사람의 목숨을 뭐라고 생각하는 걸까? 도대체 무엇이 저들을 죽음의 물결로 내모는 것일까?

목적을 위해 서슴없이 자폭을 하는 사람들. 저들은 자신들의 죽음이 얼마만 한 가치가 있다고 생각하는 것일까? 죽으면 끝이다. 아무리 사후 세계에 대해 떠들더라도 확실한 것은 아무것도 없다. 죽으면 끝이다. 그렇기에 사람들은 죽지 않기 위해 그토록 발버둥치는 것이 아닌가? 살고자 하는 것은 본능이다. 그러나 살수들은 그런 본능을 무시한 채 덤벼들고 있었다. 무엇이 이들에게 본능을 거부하게 만든 것일까?

하지만 그는 더 이상 생각을 이어 갈 수 없었다. 그 순간에도 살수들이 몸을 던지고 있었기 때문이다. 이제는 구명삭도 바닥을 드러내고 있었다. 더 이상은 구명삭을 던져 저들을 막을 수 없는 것이다.

"결국……."

단사유가 입술을 질끈 깨물며 소매를 걷었다. 그러자 눈처럼 하얀 그의 손이 어둠 속에서도 환하게 드러났다. 마수가 모습을 드러낸 것이다.

그 순간이었다.

번쩍! 콰르릉!

뇌성벽력이 울리며 어두운 밤하늘을 잠시 동안 환하게 밝혔다. 그러자 어둠 속에 가려져 있던 사물의 모습이 또렷이 드러났다.

홍무규의 눈이 크게 떠졌다.

이제까지는 볼 수 없었지만, 그도 이제는 볼 수 있었다.

숲 속을 메우고 있는 수많은 살수들. 수풀 속에서, 나무 위에서 그들을 내려다보고 있는 엄청난 수의 살수들이 보였다. 이제는 살수들도 굳이 자신들의 모습을 숨기려고 하지 않았다. 그들은 마차를 노리며 기회를 엿보고 있었다.

쏴아아!

그 순간 장대비가 쏟아져 내리기 시작했다. 다시 어둠이 찾아오고 살수들의 모습은 비에 가려 희미하게 보였다.

"으음!"

막고여는 얼굴 위로 흘러내리는 빗물을 닦으며 주위를 둘러봤다.

그 역시 마차를 둘러싼 수많은 살수들의 모습을 확인했다. 족히 수백은 되리라. 그리고 그들이 노리는 것이 자신이라는 사실을 알 수 있었다. 그들의 살기가 모이는 곳은 자신이 누워 있는 자리였으니까. 비록 무공을 잃었지만 그도 한때 무공을 익힌 적이 있던 무인으로 그 정도의 눈치는 있었다.

막고여가 힘겹게 입을 열었다.

"단 소협, 나를 버리고 가게. 그러면 저들도 더 이상은 자네를 노리지 않을 것이네."

"후후! 이미 늦었습니다."

"아닐세. 나만 버린다면 자네와 홍 장로님은 무사히 이곳을 벗어날 수 있을 것이네. 나를 버리게. 지금 이 순간 나는 자네에게 짐이라네. 짐까지 더한 채 이곳을 빠져나가는 것은 무리네. 그러니 나를 버리게."

막고여의 목소리가 숲 속을 울렸다.

단사유가 고개를 돌려 그를 내려다봤다. 그 순간 막고여는 울고 있었다. 아무런 힘이 되지 못하는 자신을 원망하며. 그가 마차 바닥에 고개를 처박고 절규했다.

"나를 버리고 가게! 나는 자네를 원망하지 않네. 자네는 최선을 다했네. 저승에서도 이 고마움은 잊지 않을 것이네."

그는 숲 속을 빠져나갈 수 없을 것이라고 생각했다.

상대는 수백이었다. 더구나 그들은 자폭을 아무렇지 않게 하는 괴물들이었다. 그런 괴물들 사이에서 자신을 지켜 내는 것은 불가능한 일이라고 생각했다.

이 정도면 됐다. 비록 성공은 못했지만 단사유는 충분히 노력했다. 더 이상 그의 어깨에 짐을 지우는 것은 죄악이었다. 그는 그렇게 생각했다.

그러나 단사유의 생각은 막고여와 달랐다.

수많은 적들이 그들을 에워싸고 있었지만 두려움 따위는 들지 않았다.

 그는 천포무장이었다. 그리고 전왕이었다. 이 정도의 숫자는 그에게 아무런 의미도 줄 수 없었다.

 단사유가 입을 열었다.

 "포기하기에는 이릅니다. 저는 아직 드러낸 것이 없으니까요."

 "이보게, 자네가 호기를 부린다고 해서 될 일이 아니라네. 나를 버리게!"

 "친구를 버리는 법은 없습니다. 막 대협은 저에게 친구나 마찬가집니다. 지켜보십시오, 천포무장류를."

 츠츠츠!

 그 순간, 수백에 이르는 살수들이 일제히 움직이기 시작했다. 마치 거대한 어둠의 해일이 밀려오는 듯했다. 하지만 해일을 바라보는 단사유의 눈동자에는 추호의 흔들림도 없었다.

*　　　*　　　*

 콰드득!

 "케엑!"

 온몸을 강타하는 거대한 충격에 살수가 자신도 모르게 처절한 비명을 내지르고 말았다. 혹독한 수련 덕분에 인간의 오욕칠정이나 고통과는 전혀 무관하다 여겼던 몸에서 엄청난 통증이 느껴졌다.

 그가 비칠거리며 뒤로 몇 발자국 물러났다.

 그제야 자신의 가슴을 볼 여유가 생겼다. 그의 눈동자가 미미하게 떨렸다.

'말……도 안 돼.'

그의 목소리가 조용히 떨렸다.

자신의 가슴이 보였다. 속이 휜히 드러난 채 하얀 뼈가 튀어나와 있다. 현실이 아닌 꿈속에서의 일처럼 느껴졌다. 하지만 이것은 현실이었다. 그것도 지독히도 현실적인…….

그의 몸이 무너져 내렸다.

흐려지는 그의 눈동자에 태산처럼 서 있는 단사유의 모습이 맺혔다. 그것이 그의 망막에 비친 세상의 마지막 모습이었다.

털썩!

그의 몸이 바닥에 널브러지자 그 위를 다른 살수들이 질주했다.

콰콰쾅!

살수들의 자폭 공격이 연신 이어졌다. 그들은 죽은 동료들의 몸을 짓밟고 마차를 향해 다가왔다.

죽음을 두려워하지 않는 살수들의 자폭 공격에 마차가 걸레처럼 너덜거렸다. 그런 상태에서도 굴러갈 수 있다는 것이 신기할 정도였다.

쩌—어엉!

한 줄기 충격파가 허공을 강타했다.

"케엑!"

"커억!"

두 줄기 비명 소리가 튀어나왔다.

미처 자폭 공격을 하기도 전에 단사유의 손에 당하고 만 것이다.

단사유는 가차 없이 천포무장류의 살수를 전개했다. 어차피 상대는 인성이 마비된 채 죽음의 병기로 키워진 자들이었다. 상대를 죽이기 위해 자신의 목숨마저도 초개처럼 내던지는. 이런 자들을 상대로 자비를 베풀 필요 따위는 없었다.

인형처럼 생명력이 없는 눈동자, 그 안에 담긴 생명체는 오직 말살해야 할 대상일 뿐이다. 그들의 눈동자는 그렇게 말하고 있었다. 그리고 단사유는 마수로 대답을 하고 있었다.

후두둑!

그의 손이 허공을 가르자 다시 몇 명의 살수들이 혈구로 변해 떨어져 내렸다. 장대 같은 비와 함께 혈우가 내렸다.

촤악!

그 순간 허공에서 은밀한 소성이 들렸다.

단사유가 허공을 바라보니 살수 네 명이 은사로 된 거대한 철망을 든 채 떨어져 내리고 있었다. 은사의 정중앙에는 단사유와 마차가 존재했다.

'이때다.'

살수들의 귀에 한 줄기 전음성이 파고들었다. 그것은 이곳에 동원된 살수들의 최정점에 선 자가 보내는 지상 명령이었다.

은사를 수십 번 꼬아 만든 철망이 단사유를 휘감았다. 몸을 움직이면 움직일수록 철망은 더욱 맹렬히 단사유의 전신을 조여 왔다. 그와 함께 살수들이 한꺼번에 단사유를 향해 달려들었다.

상대는 움직일 수 없는 상태였다. 이제까지 단사유의 손에 한 줌의 고혼으로 변한 살수만 백여 명에 가까웠다. 그들의 희생이 헛되지 않게 할 절호의 기회였다.

쉬리릭!

그들의 검에 푸른 검기가 일제히 맺혔다. 일부는 지옥폭렬공을 끌어

올렸다. 이번 기회에 확실히 단사유의 숨통을 끊으려는 것이다. 어떠한 희생을 치르더라도 말이다.

그때 마차가 지나는 땅거죽이 들썩거리더니 마차의 밑바닥을 뚫고 한 자루의 검이 올라왔다. 그 누구도 예상치 못했던 공격이었다.

"이런!"

홍무규의 입에서 경호성이 터져 나왔다.

수많은 살수들이 파상공세를 하고 있는데 또 다른 살수들이 마차가 지나가는 길목에 숨어 있었다니. 이들이 튀어나오기 전까지 자신은 기척조차 느끼지 못했다. 그것은 이들의 은신술이 자신의 이목을 속일 정도로 대단하다는 말이었다.

'특급살수……'

생각이 정리되기도 전에 살수들의 검이 단사유와 막고여의 목젖에까지 들이닥쳤다. 홍무규가 미처 어떻게 반응할 틈도 없는 것이다.

"안 돼!"

홍무규의 목소리가 밤하늘을 울렸다.

그때였다.

츄화학!

단사유의 새하얀 손이 몸을 수십 겹 휘감은 철망을 뚫고 불쑥 나타났다.

콰득!

"켁!"

그의 손이 마차의 바닥을 뚫고 올라온 특급살수의 목젖을 잡았다. 그에 특급살수가 검을 휘둘러 그의 팔을 자르려 했지만 어찌 된 영문인지 몸에 힘이 쫘악 빠지며 손발이 늘어졌다.

퍼버버벅!

단사유가 특급살수의 몸으로 자신을 향해 날아오던 검들을 막았다. 간발의 차이로 살수들의 검이 특급살수의 몸에 처박혔다.

그 순간 살수들은 처음으로 단사유의 얼굴을 볼 수 있었다. 어둠을 물들이는 빗줄기 속에서 하얗게 웃고 있는 그의 얼굴을.

두근!

갑자기 그들의 심장이 크게 요동쳤다.

인성을 말살하는 혹독한 수련 때문에 두려움이라는 감정을 상실한 그들의 가슴에 알 수 없는 불길함이 요동치는 것이다.

단사유의 불길한 음성이 흘러나왔다.

"잘 가라는 말은 하지 않지."

퍼엉!

그 순간 단사유에게 목젖을 붙잡혔던 특급살수의 몸이 폭발했다. 바로 눈앞에서 폭발하는 특급살수. 그의 살점과 뼈가 무서운 흉기가 되어 살수들을 강타했다. 단사유의 기뢰가 특급살수의 지옥폭렬공을 자극한 것이다.

"크아악!"

"켁!"

살수들의 입에서 처절한 비명이 터져 나왔다.

십여 명의 살수가 바로 눈앞에서 폭발한 특급살수에 의해 숨이 끊어졌다. 그들의 몸에는 특급살수 몸의 일부분으로 짐작되는 파편들이 박혀 있었다.

"후후!"

단사유의 웃음이 빗속에서 음산하게 울렸다.

여전히 단사유는 특급살수의 목을 잡았던 자세 그대로 손을 내밀고 있었다. 그런 그의 몸에는 특급살수의 선혈이 고스란히 흘러내리고 있었다.

"으으!"

"음!"

 이제까지 단사유를 줄기차게 공격해 오던 살수들이 자신도 모르게 뒤로 주춤 물러났다. 복면 위로 드러난 그들의 얼굴에는 공포에 질린 빛이 역력했다.

 인성이 말살당한 살수들의 눈에 떠오른 빛은 분명 공포, 그 자체였다. 감정이 말살된 그들이 공포를 느끼다니. 그것은 도저히 믿을 수 없는 광경이었다.

 하지만 살수들의 가슴속에 스멀스멀 움직이는 것은 분명히 공포라는 감정이었다.

 자폭 공격도 통하지 않고, 그 어떤 공격에도 전혀 흔들리지 않는 남자. 그들의 눈에는 단사유가 결코 넘을 수 없는 거대한 절망의 벽으로 보였다. 제아무리 두들기고, 넘으려고 애를 써도 결코 넘을 수 없는.

 빗물을 따라 흘러내리는 붉은 선혈은 단사유를 더욱 공포스럽게 보이도록 만들었다.

"당신들을 보낸 자가 누구인지 모르지만 오늘의 결정을 평생 후회하게 될 겁니다. 내가 장담하죠."

 불현듯 단사유의 음성이 숲 속에 울려 퍼졌다. 그러나 그의 목소리를 들은 그 누구도 그의 말에 반박하지 못했다. 평소라면 광오한 허풍이라고 비웃어 주었겠지만 눈앞에 있는 남자라면 충분히 그럴 것 같다는 생각이 들었다. 그만큼 단사유의 존재감은 압도적이었다.

휘이잉!

바람이 불어오고 있었다. 그리고 비가 사선으로 내리고 있었다. 그 속에서 단사유가 움직이기 시작했다.

강주산은 기가 질린 눈으로 나무 아래에서 벌어지는 광경을 바라보았다.

청살문과 무강음가의 살수들은 자신들이 할 수 있는 최고의 수법으로 단사유를 공격하고 있었다.

자신의 몸을 폭사시키는 자폭 공격과 기척을 완벽하게 감춘 채 기습 공격을 했다. 곳곳에 설치해 둔 함정들이 발동되고, 각종 암기가 허공을 갈랐다. 하지만 단사유가 타고 있는 마차를 멈추게 할 수는 없었다. 마차는 마치 무인지경이라도 되는 듯이 비 내리는 어둠을 질주하고 있었다.

"어쩌면 우리는 결코 건드려서는 안 될 최악의 적을 건드린 것인지도 모르겠군."

강주산이 도저히 참지 못하겠는지 나직이 입을 열었다.

세상에 무서울 것이 없다고 생각해 왔던 그였지만, 저 밑에서 벌어지는 광경을 보고서도 그렇게 자신할 배짱 따위는 없었다.

끊임없이 이어지는 살수들의 공격이 무모해 보일 정도로 단사유의 신위는 압도적이었다.

이제야 왜 사람들이 그를 전왕이라고 부르는지 알 것 같았다. 거대한 절망의 벽처럼 사람들의 앞을 가로막은 저 남자를 표현할 수 있는 것은 전왕이란 두 글자밖에 없었다. 자신에 앞서 저자를 만났던 사람들도 모두 자신과 같은 절망을 느껴야 했을 것이다.

"저들이 과연 저자를 막을 수 있을까?"

강주산은 손에 땀이 흥건히 고인 것을 느꼈다. 저들이 막지 못한다면 자신이 나서야 했다. 하지만 자신의 힘으로 저자를 막는 것은 계란으로 바위를 깨는 격이었다. 그는 자신이 없었다. 이제까지 세상 무서운 것 없이 살아온 그였지만 전왕이란 남자를 홀로 상대할 자신은 없었다. 그만큼 그의 존재감은 압도적이었다.

스르륵!

그때였다. 어둠 속에서 굴곡이 뚜렷한 인영이 홀연히 나타났다.

삼십 대의 농염함과 함께 사십 대의 완숙함을 풍기는 여인. 그녀의 눈에 어린 색기는 강주산의 정신을 아득하게 만들 정도였다.

그녀의 이름은 음가유였다. 무강음가의 직계 중 막내이자 유일한 여인이었다.

그녀가 말했다.

"제아무리 저자가 강자라고 해도 오늘 죽음을 맞는다는 사실에는 변함이 없습니다. 무강음가는 이제까지 어떤 청부도 실패해 본 적이 없으니까요."

"나도 그렇게 믿고 싶네."

"그럼 그렇게 믿으세요! 나의 오라버니들은 단 한 번의 실패도 용납하지 않는 불패의 승부사예요. 비록 오늘 이 자리에서 무강음가의 살수들 모두가 몰살을 당할지라도 죽는 것은 전왕이 될 겁니다. 제가 장담하지요!"

"으음!"

강주산이 나직이 신음을 흘리며 음가유의 옆모습을 바라봤다.

옷이 비에 젖어 그녀의 풍만한 굴곡이 그대로 드러났다. 만약 이런 상황만 아니었으면 음심이 동했을 모습이었다. 그만큼 그녀의 모습은 색정적이었다. 하지만 지금은 한낱 여인의 모습에 넋을 뺏길 상황이 아니었다.

강주산이 어떤 눈으로 자신을 바라보든 아랑곳하지 않고 음가유는 차가운 눈으로 전장을 내려다보았다.

수없이 달려드는 살수들. 그리고 속절없이 나가떨어지는 그들의 모습이 눈에 들어왔다. 청살문의 살수들도 섞여 있었지만 빈자리를 차지하는 무강음가의 살수들도 간간이 보였다.

그들의 상황 역시 별반 다르지 않았다. 그들은 청살문의 살수들 사이에 섞여 단사유를 공격하고 있었지만 그다지 타격을 입히지 못하고 허무하게 죽어 나가고 있었다.

그녀의 입술이 질끈 깨물렸다.

모두가 그녀의 형제고 사촌이었다. 같은 음씨의 피를 이어받은 형제들. 그녀의 혈육들이 처참하게 죽어 나가고 있는 것이다.

만약 남궁세가에서 내려온 명령이 아니었다면 당장에라도 저들을 퇴각시켰을 것이다. 하지만 그것은 불가능한 생각이었다.

그들은 살수. 살수는 청부자의 명을 이행할 때 존재 가치가 있는 것이다. 살수가 청부를 수행하지 못한다면 존재할 이유가 없는 것이다. 설혹 오늘 이 자리에 동원된 음가의 살수들이 모두 죽는다 하더라도 반드시 청부는 이행돼야 했다.

'아직 오라버니들이 남아 있다. 그리고 청살문의 문주도……'

그들은 최후에 나설 것이다.

설혹 그들의 형제, 부하들이 모두 몰살당한다 할지라도 숨어서 기회를 노릴 것이다. 그리고 전왕의 몸에 하나의 허점이라도 생긴다면 결코 놓치지 않을 것이다.
 '그가 제아무리 절대고수라 할지라도 분명 허점은 존재할 것이다.'
 음가유는 그렇게 믿었다.
 그것이 세상의 이치였으니까.

*　　　*　　　*

 음목진의 별호는 천살령(天殺令)이었다. 그것은 이제까지 그가 일흔두 번의 불가능한 살행을 완벽하게 성공시킨 후 살수들이 존경의 염을 담아 붙여 준 별호였다.
 설령 하늘이라 할지라도 청부가 떨어진다면 죽일 수 있다는 사내.
 이제까지 그가 자신의 감정을 드러낸 것은 거의 손가락에 꼽을 정도에 불과했다. 그것도 대부분은 그가 살수로서 첫발을 들여놨던 어린 시절의 미숙함으로 드러났던 감정의 변화에 불과했다. 일흔두 번의 살행을 하는 동안 어린 소년은 중년의 남자가 되었고, 숨도 제대로 쉬지 못하고 살행을 나갔던 미숙한 살수는 이제 천하의 그 누구라도 죽일 수 있는 능력을 갖게 되었다.
 그 어떤 상황에서도 눈썹 하나 깜빡이지 않을 능력을 갖게 되었다고 자부하는 그였지만, 지금 그는 무척이나 심한 압박감을 받고 있었다.
 귀식대법으로 숨을 죽이고, 심장의 고동을 최대한 느리게 만들었다. 눈을 감고, 귀를 막고, 입을 다물고 있어도 전장의 상황이 뇌리에 환하게 그려졌다.
 무강음가의 살수들이 죽어 가고 있었다. 청살문의 문도들이 자폭을 하고, 무강음가의 정예 살수들이 덤벼들고 있어도 마차는 멈추지 않았다. 아니, 오히려 더욱 요란한 소리를 내며 그가 은신하고 있는 곳으로 달려오고 있었다.

질펀한 피비린내가 머리를 아프게 만들었다.

마차의 흔적을 따라 피비린내가 풍겨 오고 있었다. 얼마나 많은 살수들의 핏물이 마차에 스며들었는지 짐작조차 가지 않았다. 하지만 아직까지 마차는 단 한 번도 멈추지 않았다.

만일 자신마저 마차를 멈추게 하지 못한다면 천하의 그 누구도 마차의 질주를 막지 못할 것이다.

'기감을 최대한 끌어 올리고, 나를 철저히 죽인다. 나를 죽임으로써 상대를 죽인다.'

그는 자신이 익힌 최고의 살법인 구환탈백검(九環脫魄劍)의 검결을 외웠다.

구환탈백검은 대대로 무강음가의 가주들에게 내려오는 살기 짙은 검법이었다. 단 한 호흡에 벼락같이 아홉 번의 검로가 펼쳐지고, 상대는 영문도 모른 채 인체의 주요 대혈이 파괴된다. 그리고 남는 것은 오직 죽음뿐.

너무나 막대한 심력이 소모되기에 구환탈백검은 오직 하루에 단 한 번만 펼칠 수 있었다. 단 한 번에 자신의 모든 것을 거는 검법, 그것이 구환탈백검이다.

음목진은 언제든 구환탈백검을 펼칠 수 있게 만반의 준비를 갖춘 채 동생인 음철연의 기척을 살폈다.

음철연 역시 음목진이 은신하고 있는 곳에서 멀지 않은 곳에 은신하고 있었다. 그러나 그가 정확히 어디에 은신해 있는지는 음목진 역시 확실히 알지 못했다. 하지만 그가 공격을 개시하는 순간 그 역시 움직일 것이다.

그러나 정작 음목진이 신경을 쓰는 자는 동생이 아니라 이제까지 얼굴 한번 보이지 않은 청살문의 문주였다. 수많은 살수들을 동원해 놓고도 정작 얼굴 한번 보이지 않은 청살문의 문주. 그 역시 단사유의 허점을 노리고 있을 것이다. 그리고 결정적인 순간 단사유를 죽이기 위해 움직일 것이다. 그러나 그가 어디에 숨어 있는지는 음목진 역시 알 도리가 없었다.

두두두!

대지를 타고 마차의 진동이 느껴졌다. 마차가 점점 더 가까워지고 있는 것이다.

'이제 곧……'

영원히 움직이지 않을 것 같던 그의 손가락이 꿈틀거리기 시작했다.

끝이 보이지 않을 것만 같던 싸움도 막바지로 치닫고 있었다. 해일처럼 밀려오던 살수들도 이제 끝이 보이고 있었다. 그리고 이제까지 어둠의 장막처럼 둘러쳐져 있던 숲도 거의 끝나 가고 있었다.

"헉헉!"

이제까지 마차를 격렬하게 몰던 홍무규가 거친 숨을 토해 내고 있었다.

비록 싸우는 것은 대부분 단사유가 도맡았지만 그 역시 적잖은 심력을 소모했다. 마차를 몰고, 적의 손으로부터 말과 막고여를 지키는 그 모든 것들이 엄청난 심력 소모를 불러온 것이다. 하지만 영원히 끝나지 않을 것 같은 싸움도 이제는 끝이 보였다. 그렇기에 겨우 한숨을 몰아쉴 수 있었다.

후두둑!

마지막으로 달려들던 살수 셋이 바닥으로 떨어져 내렸다.

단사유는 한숨을 내쉬며 이제까지 그가 지나온 길을 바라봤다. 장대 같은 비에 숲 속 곳곳에 조그만 웅덩이가 만들어졌다. 그리고 그 위로 수많은 시신들이 뒹굴고 있었다.

숲 전체가, 그들이 지나온 길 전체가 살수들의 시신으로 뒤덮였다. 천하의 그 누구도 감히 상상해 본 적 없는 시산혈로(屍山血路)가 그가 지나온 자리에 펼쳐진 것이다.

이제까지 그의 손에 죽은 살수들의 수만 어림잡아 삼백이 넘었다. 삼백이 넘는 살수들을 상대하는 동안 단사유의 몸도 피로 물들었다. 물론 대부분은 살수들의 피였지만 단사유가 입은 정신적인 피로도 결코 무시할 수는 없었다.

맨 정신으로 삼백이 넘는 적을 죽였다. 비록 대부분이 살 가치가 없는 사람들이기는 했지만 그렇다고 해서 그가 사람을 죽였다는 사실이 정당화될 수는 없었다. 아마 오늘의 일은 평생 그의 기억 속에서 잊혀지지 않을 것이다.

문득 그의 뇌리에 스승의 음성이 떠올랐다.

'천포무장류의 후계자가 된다는 것은 혈로를 걸어야 한다는 의미이기도 하다. 하늘은 심술궂어서 결코 세상을 독보할 힘을 쉽게 주지 않는다. 하나의 강대한 힘이 탄생하면 그를 견제하기 위해 그에 걸맞은 힘을 내려 보내지. 때문에 천포무장류는 항상 혈로를 걸었다. 싸우면서 발전하고, 혈로 속에서 생로를 찾았다. 그것이 천포무장류를 익힌 자의 운명이다.'

그때는 웃음으로 스승의 말을 들었다. 그러나 이제는 스승이 왜 그런 말을 했는지 알 수 있을 것 같았다.

그의 행로는 혈로의 연속이다. 그 자신은 피하고 싶었지만 마치 운명처럼 그의 앞길에는 가시밭길이 기다리고 있었다.

한무백은 이미 알고 있었을 것이다. 그의 인생이 얼마나 고단할지. 그래서 웃으라고 한 것일 게다. 조금이라도 편해지길 바라서 웃음으로 자신을 포장하라고 한 것일 게다.

그러나 한무백도 미처 알지 못한 것이 있다. 제아무리 웃음으로 자신을 감춰도 피비린내는 결코 단사유의 몸에서 떠나지 않을 것이라는 것을.

"하지만 피하지 않을 겁니다. 당신이 그랬던 것처럼······."

단사유는 나직하게 중얼거렸다.

비록 피에 절은 모습이었지만 그에게 흔들림 따위란 존재하지 않았다.

막고여는 눈을 가늘게 뜨고 단사유를 올려다보았다. 얼굴을 때리는 빗물 때문에 눈을 크게 뜰 수는 없었지만 그래도 단사유의 모습은 똑똑히 보였다.

'이 남자는 도대체 얼마나 많은 것을 나에게 보여 줄 것인가?'

격전이 계속될수록 그의 놀라움은 정도를 더해 갔다.

끝이 없을 것 같던 살수들의 공격 속에서도 단사유는 자신과 마차를 완벽하게 지켜 냈다. 그의 손이 닿을 때마다 어김없이 살수들이 죽어 나갔다. 자신의 몸을 폭사시키는 극악의 마공 속에서도 그는 자신을 지켜 주었다.

어깨를 타고 흘러내리는 핏물이 그가 어떠한 혈로를 걸어왔는지 여실히 보여 주고 있었다. 손을 뻗어 그의 어깨 위의 선혈을 지워 주고 싶었다. 그러나 자신은 아직 혼자의 힘으로 움직이는 것조차 힘이 들었다. 그의 마음은 바람으로만 남겨 둘 수밖에 없었다.

홍무규의 목소리가 들려왔다.

"이제 지겨운 숲도 끝이네."

그의 음성에는 한 줄기 반가움이 담겨 있었다. 숲이 끝난다는 것은 살수들의 공격도 끝이 난다는 것을 의미했기에.

막고여의 입가에도 웃음이 어렸다. 그제야 자신이 아직도 살아 있다는 것이 실감 났다.

그가 단사유를 보며 말했다.

"이보게, 단 소협. 우리는 살았……."

"엎드려요!"

막고여의 말이 채 끝나기도 전에 단사유가 그를 부둥켜안고 나뒹굴며 외쳤다. 그에 홍무규가 급히 고개를 숙였다.

댕강!

그 순간 맹렬한 기세로 달려가던 말의 목이 잘려 나갔다. 그러나 말의 몸통은 머리가 잘려 나간 것도 느끼지 못하고 열심히 질주하고 있었다.

푸스스!

홍무규의 머리카락이 허공에 흩날렸다. 만약 몸을 숙이는 것이 조금만 늦었어도 그의 머리 역시 말들과 같은 신세가 됐을 것이다. 그러나 마음을 놓기에는 일렀다. 머리를 잃은 말들이 오 장여를 질주하다가 그대로 바닥에 나뒹굴었기 때문이다.

달려오던 속도를 이기지 못하고 마차가 처참하게 박살났다. 마차의 몸체는 수십 조각으로 부서졌고, 바퀴는 빠져나와 혼자 어지럽게 제자리를 돌았다.

　홍무규는 재빨리 마부석에서 뛰어내리며 구결편을 꺼내 들어 주위를 경계했다. 단사유 역시 막고여의 몸을 부둥켜안고 바닥으로 뛰어내렸다.

　만일 그의 반응이 조금만 늦었어도 그 역시 말들과 같은 신세가 됐을 것이다.

　허공에 반짝이는 미세한 은사가 보였다. 눈에 보이지도 않을 정도로 미세한 은사가 마차가 질주하는 길목 양쪽을 가로지르고 있었던 것이다. 그 때문에 말의 목이 잘려 나간 것이다.

　단사유가 바닥으로 착지를 하며 주위를 둘러보았다. 그러나 어떠한 기척도 느껴지지 않았다. 함정이 있다면 설치한 자도 있을 터. 단사유는 감각을 극한으로 끌어 올렸지만 어떠한 움직임도 감지되지 않았다.

　미간을 찌푸리며 그가 바닥에 착지할 찰나였다.

　휙!

　갑자기 바닥에서 은색의 눈부신 검이 튀어나왔다. 소리도, 기세도 없이 튀어나온 검은 정확히 막고여의 숨통을 노리고 있었다.

　그뿐만 아니었다. 갑자기 은사가 매여 있던 나무의 껍질이 벗겨지면서 또 한 명의 복면인이 튀어나왔다. 섬전처럼 튀어나온 그의 검은 정확히 단사유와 막고여의 숨통을 노리고 있었다.

　발을 디딜 곳이 없는 허공이었다. 피할 공간도, 피할 만한 여유도 없었다.

　'큭!'

　단사유의 눈동자가 흔들렸다.

　이것은 그의 동선을 완벽하게 계산해 둔 함정이었다. 그가 제아무리

하늘을 경동시키는 무예를 지녔다지만 허공에서 자유로울 수는 없는 법이었다. 최후의 살수들은 이렇게 그가 허공에 뜨기를 기다리고 있었던 것이다.

"쉬리릭!"

하나의 검이 순식간에 아홉 개로 분열됐다. 분열된 검은 막고여의 아홉 개 대혈을 정확히 노리고 있었다. 뿐만 아니라 허공에서 떨어져 내리는 검 역시 지독히도 음유한 기세로 날아오고 있었다. 이제까지의 살수들과는 차원이 다른 자들이었다. 그들의 기척을 눈치 채지 못했을 뿐만 아니라 검에 숨겨진 기세는 이제까지 단사유가 상대했던 고수들을 능가했다.

이 상황에서는 일반적인 수법으로 절대 그들의 함정을 파훼할 수 없었다. 단사유의 눈빛이 지독히도 차가워졌다.

"기천뢰(氣天雷)."

그의 입에서 나직한 음성이 토해져 나옴과 동시에 그의 몸이 뒤집어지며 손이 기묘한 모양으로 구부러졌다. 동시에 가공할 기의 폭풍이 몰아쳤다.

"크윽!"

갑작스럽게 시야를 가리는 기의 바람에 음목진의 눈이 찌푸려졌다. 성공을 자신하는 순간 갑작스럽게 나타나 난무하는 기의 바람에 아무것도 보이지 않았기 때문이다. 그러나 그것은 평범한 기의 바람이 아니었다. 천포무장류의 비전의 기법 중 하나였다. 단사유의 손에서 나온 기의 바람에는 패도적이면서도 날카로운 기운이 은밀히 숨어 있었다.

잠시 미간을 찌푸린 사이 그의 몸이 정신없이 흔들렸다. 기천뢰의 기운은 구환탈백검의 초식을 모조리 날려 버리고 음목진의 몸을 거세게 삼켜 버렸다.

콰콰콰!

그것은 결코 항거할 수 없는 거대한 폭풍과도 같았다.

구환탈백검을 펼치던 팔이 몸에서 떨어져 나가고, 그의 몸이 얻어터지는 모래주머니처럼 연신 흔들렸다. 그리고 몰려오는 지독한 격통. 그것이 음목진이 지상에서 마지막으로 느꼈던 감정이었다. 흐려지는 그의 눈동자에 막고여의 인후혈을 향해 검을 날리는 동생 음철연의 모습이 보였다.

'동생아, 너만이라도…….'

그것이 무강음가 살수들의 주인인 음목진의 최후였다.

'형님.'

음철연의 눈동자가 흔들렸다.

그의 형인 음목진의 팔다리가 떨어져 나가며 무너지는 모습이 순간적으로 눈에 들어왔다. 하지만 그는 검을 멈출 수 없었다. 비록 형이 죽더라도 그는 청부를 완수해야 했던 것이다.

이미 그의 검은 막고여의 인후혈을 찌르고 있었다. 이제 단사유가 어떤 수법을 쓰더라도 막고여의 죽음을 막을 수는 없었다.

그때였다.

허공에 떠 있던 단사유의 다리가 가위 자로 교차되더니 음철연의 검신을 후려쳤다.

파―캉!

한철로 이루어진 음철연의 검이 중간에서 부러져 나갔다. 하지만 이미 반 치 정도 막고여의 목을 파고들었기에 선혈이 허공에 흩뿌려졌다.
　음철연의 눈이 크게 떠졌다. 그의 눈동자에 단사유의 주먹이 거대하게 확대됐다.
　콰득!
　"크윽!"
　복부에서 지독한 통증이 느껴지며 충격파가 물결처럼 전신으로 번져 나갔다. 당장 팔다리에 힘이 빠졌다. 하지만 그의 얼굴에는 희열의 빛이 떠올랐다. 분명 자신의 검은 막고여의 인후혈을 찔렀고, 피가 허공에 비산했기 때문이다. 그것은 자신이 임무를 완수했음을 뜻했다.
　"커흑!"
　하지만 갑자기 들려온 막고여의 신음은 그를 절망의 구렁텅이로 몰아넣기에 충분했다. 거친 숨을 토해 내고 있는 막고여. 그의 목에서 선혈이 흐르기는 했지만 표피에 난 상처에 불과했다. 그야말로 천우신조로 목숨을 구한 것이다.
　팟!
　그때였다.
　다시 한 번 땅거죽이 열리더니 누군가 번개처럼 튀어나왔다. 그는 뒤로 튕겨 나가는 음철연의 등 뒤로 검을 박아 넣었다.
　쑤욱!
　그의 검은 음철연의 가슴을 꿰뚫은 것도 모자라 단사유의 어깨까지 파고들었다. 그리고 여세를 몰아 단사유의 어깨 너머에 있는 막고여의 목을 노리고 있었다.
　누구도 상상하지 못했던 일격이었다.
　"크윽!"

단사유의 미간이 찌푸려졌다. 그러나 그의 몸은 두뇌보다 먼저 반응하고 있었다. 이물질이 몸에 침입하자 어깨 근육이 수축되면서 검의 전진을 막았다.

검의 전진이 느려졌다. 비록 그것은 아주 미세한 차이에 불과했으나 단사유와 같은 절대고수에게는 충분한 시간이었다.

퍼억!

단사유의 손이 음철연의 머리를 쳤다. 그러자 음철연의 몸이 뒤틀리면서 그의 등 뒤에 숨어 기습한 남자의 모습이 드러났다.

청살문의 살수들처럼 청색 무복을 입은 오십 대의 남자. 희끗한 회백색의 머리와 눈썹이 그의 인상을 강하게 보이게 만들었다. 그가 바로 이제까지 단사유를 향해 파상공격을 펼친 청살문의 문주였다.

부하들이 전멸해 갈 때까지도 모습을 드러내지 않았던 청살문주. 그는 무강음가의 주인인 음목진과 음철연마저 이용하여 최후의 암습을 한 것이다.

청살문주의 눈에 경악의 빛이 떠올랐다. 회심의 일격이 뜻밖에도 단사유의 근육에 막혔기 때문이다.

퍼석!

그 순간 청살문주의 머리가 수박처럼 부서져 나갔다.

"휴우!"

그제야 검의 전진이 멈췄다. 단사유는 한숨을 내쉬며 음철연과 청살문주 두 사람을 한꺼번에 떼어냈다.

모든 것이 눈 깜빡할 사이에 일어난 일이었다.

말의 머리가 은사에 잘리고, 마차가 부서지고, 암살자들이 연이어 습격을 하고. 만약 단사유의 반응이 조금만 느렸더라도 그와 막고여의 목숨은 이미 이 세상의 것이 아니었을 것이다. 그만큼 방금 전의 기습은 흉험하기 이를 데 없었다.

"괜찮은가?"

홍무규가 급히 뛰어왔다. 단사유는 그에게 막고여를 넘기며 말했다.

"괜찮습니다. 하지만 아직 할 일이 남아 있습니다."

"뭐가 말인가?"

그 순간 단사유의 시선은 인근에서 제일 높은 나무로 향하고 있었다. 그의 입가에 웃음이 어림과 동시에 몸이 튀어 나갔다.

홍무규가 멍하니 그의 뒷모습을 보며 중얼거렸다.

"폭풍이 움직이니 존재하는 모든 것이 파괴당하는구나."

단사유라는 폭풍이 지나온 자리는 이미 모든 것이 파괴되어 있었다. 도저히 한 사람이 지나온 자리라고는 믿을 수 없을 정도로.

　　　　　＊　　　＊　　　＊

"헉!"

강주산은 기겁할 듯 놀랐다.

그와 자신의 거리는 물경 오십여 장, 거기에 지독한 어둠과 장대 같은 빗줄기가 그들 사이를 가로막고 있었다. 하지만 그 모든 장애물을 꿰뚫고 단사유의 시선은 분명 자신을 향하고 있었다.

지독하리만큼 차가운 그의 눈길이 느껴졌다.

불현듯 온몸에 소름이 돋아 올라왔다.

오십 장을 격하고 전해진 그의 살기에 몸이 반응한 것이다.

순간 단사유의 입가에 웃음이 떠오르는 모습이 보였다.

그가 외쳤다.

"젠장! 알아서 피해!"

강주산이 반대쪽으로 몸을 날렸다. 동시에 음가유가 반대편으로 몸을 날렸다. 그리고 단사유가 그들이 이제까지 서 있던 나뭇가지를 향해 몸을 날렸다.

"젠장, 젠장!"

강주산이 연이어 욕을 내뱉었다.

상대는 괴물이었다. 삼백 살수들의 차륜전도 별 소용이 없는 괴물. 강호에 저런 자가 존재하리라고는 상상조차 하지 못했다. 하지만 그런 괴물이 존재하고 있었다. 그것도 바로 지근거리에. 그리고 그 괴물의 목표는 자신이었다.

강주산은 그가 음가유를 쫓기를 기원했다. 그렇다면 자신이 살 수 있는 가능성이 한 가닥이나마 생겨난다.

그는 죽고 싶지 않았다. 자신도 무공이 강하다고 자부했지만 저자를 감당할 수는 없었다. 저자는 인간이 아니었다. 인간이라면 결코 저럴 수 없었다.

그의 마음은 다급했다. 아마 그의 생애에 이토록 빠르게 움직여 본 적은 이번이 처음일 것이다. 하지만 그는 이것도 너무 느리다고 생각했다. 발이 두 개가 더 안 달린 것이 원통할 지경이었다.

단사유는 양쪽으로 달려가는 두 사람을 바라보다 이내 강주산을 향해 방향을 돌렸다. 별다른 이유는 없었다. 단지 음가유 쪽이 강주산보다 경공이 훨씬 뛰어나 이미 거의 보이지 않는다는 것이 이유라면 이유였다. 아직 강주산이 그의 추격 사정거리 안에 있는 것에 비해 음가유는 이미 희끗한 환영만을 남겨둔 채 사라지고 있었다. 그야말로 가공할 경공술이었다. 때문에 단사유는 손쉽게 잡을 수 있는 강주산을 택한 것이다.

"큭! 빌어먹을……."

강주산의 얼굴이 보기 싫게 일그러졌다. 그 역시 단사유가 자신을 목표로 다가오고 있다는 사실을 느낀 것이다. 그는 혼신의 힘을 다해 단사유와의 거리를 벌려 놓으려 했다. 하지만 그런 그의 노력에도 불구하고 단사유와의 거리는 점점 더 좁혀졌다.

'이대로 가다가는 잡히고 만다. 이대로 가다가는…….'

그는 필사적으로 이 위기를 벗어날 수 있는 묘안을 생각했다.

잡히면 죽는다. 그렇다고 정면 대결을 해서 저 괴물을 이길 수 있으리라는 착각은 하지 않았다. 그는 자신의 역량을 누구보다 잘 알고 있었다.

그렇게 필사적으로 머리를 굴리던 강주산은 자신의 가슴에 무언가 있다는 사실을 떠올렸다. 평소에 쓸 일이 없어서 오랫동안 잊어버리고 있었던 물건, 하지만 일단 펼치면 주위 십 장이 생물체가 결코 살 수 없는 지옥의 대지로 변해 버린다.

귀왕사(鬼王沙), 그의 품속에는 귀왕사가 있었다. 그것은 그가 어렵게 구한 것으로 언젠가 목숨이 위급에 닥쳤을 때를 위해 미리 준비해 둔 것이었다.

귀왕사는 사막에서도 가장 양기가 많이 모이는 죽음의 유사 지대에서만 구할 수 있는 것으로, 모래에 스며 있는 가공할 열기가 모든 생명체의 수분을 빼앗아 단숨에 목내이(木乃伊)로 만들어 버리고 만다. 그러나 오직 죽음의 유사 지대에서만 구할 수 있기에 실제로 귀왕사를 본 사람은 거의 존재하지 않았다.

귀신의 왕이라 할지라도 단숨에 죽음의 눈물이 흐르게 만들 수 있다는 죽음의 모래. 그래서 이름도 귀왕사였다.
　'그래, 귀왕사라면 저자를 단숨에 죽일 수 있을 것이다.'
　그가 품속에 손을 넣었다. 그러자 차가운 유리병이 만져졌다. 그는 등 뒤에서 달려오는 단사유가 눈치 채지 못하게 은밀히 귀왕사가 담긴 유리병을 꺼내며 조금씩 경공을 늦췄다.
　이제 단사유가 얼씨구나 덮쳐 오면 그 순간 그의 얼굴에 귀왕사를 던지고 잽싸게 이곳을 빠져나갈 작정이었다.
　강주산은 등 뒤로 모든 이목을 집중시켰다.
　이십 장, 십 장, 오 장…….
　점점 거리가 가까워졌다.
　그에 따라 심장이 금방이라도 터질 것처럼 요동쳤다. 만약 자신의 시도가 성공하지 못하면 죽고 말 것이다. 하지만 의도대로 된다면 단사유는 죽을 것이고, 그 자신은 오룡맹에서 위치를 공고히 할 것이다.
　성공하느냐, 실패하느냐에 따라 자신의 인생이 걸려 있었다. 그의 인생에서 아마 가장 큰 격동의 순간을 꼽으라면 지금일 것이다. 그만큼 그의 가슴은 크게 요동치고 있었다.
　강주산의 눈이 빛났다. 등 뒤에서 단사유가 다가오고 있는 것이 느껴졌다. 무서운 속도로 단사유가 쇄도하고 있는 것이다. 그는 마른침을 넘기며 귀왕사를 던질 준비를 했다.
　'삼 장, 이 장, 지금이다.'
　휙!
　그가 번개같이 뒤돌아섰다. 그리고 유리병을 던지려 했다. 하지만 그의 눈앞에는 아무것도 존재하지 않았다. 그토록 무서운 기세로 달려들던 단사유가 마치 땅으로 꺼지기라도 한 듯이 보이지 않는 것이다.

"어디?"

그가 급히 주위를 살폈다. 그러나 어디서도 단사유의 모습은 보이지 않았다. 그때 허공에서 한 줄기 시선이 느껴졌다. 그는 급히 고개를 들어 위를 바라보았다. 그러자 나무에 거꾸로 매달려 그를 바라보고 있는 단사유의 모습이 눈에 들어왔다.

빙긋!

강주산과 시선이 마주치자 단사유가 웃음을 지어 보였다. 그러나 강주산에게는 그것이 사신의 웃음처럼 느껴졌다.

덥석!

단사유가 귀왕사가 담긴 유리병을 빼앗았다. 그러나 강주산은 미처 어떻게 반항조차 해 보지 못하고 유리병을 뺏겼다. 그는 멍하니 단사유를 바라보았다. 그러자 단사유가 허공에서 몸을 한 바퀴 돌리며 바닥으로 착지했다.

그 순간 단사유의 가슴에 앉은 나비의 날개가 파르르 떨리며 미세한 빛을 흩뿌렸다. 그러나 단사유와 강주산 그 누구도 그런 사실을 깨닫지 못했다.

"당신이 이곳에 온 자들의 책임자 같군요."

"으음!"

단사유의 물음에 강주산이 자신도 모르게 한 발 뒤로 물러났다. 하지만 단사유는 개의치 않고 손에 든 유리병을 위로 몇 번 던지며 그에게 다가갔다.

만약 이대로 유리병이 깨진다면 단사유는 귀왕사에 의해 목내이처럼 말라비틀어지고 말 것이다. 하나 단사유는 그런 사실을 아는지 모르는지 연신 유리병을 허공에 던졌다 받기를 반복했다. 그에 따라 강주산의 얼굴이 창백하게 질렸다. 만약 이 상태에서 유리병이 깨진다면 그 역시 무사하지 못할 것이기 때문이다.

그는 최대한 단사유와 멀어지기 위해 뒷걸음질을 쳤다. 그러나 그가 물러서는 만큼 단사유가 그에게 다가왔다. 때문에 그들 간의 간격은 전혀 멀어지지 않았다.

강주산이 자신도 모르게 입을 열었다.

"나, 나에게 다가오지 마라."

"훗! 싫은데요."

"무, 무엇을 원하는 것이냐?"

"누가 당신을 보낸 것인지 알고 싶군요."

아무렇지도 않게 이야기하는 단사유, 그러나 강주산은 입술을 질끈 깨물었다.

"내가 그것을 말할 듯싶으냐? 차라리 날 죽여라!"

"후후!"

강주산의 말에 단사유가 비릿한 미소를 지었다.

여전히 웃고 있는 모습이었지만 강주산은 그의 미소에서 왠지 모를 불길함을 느꼈다.

"나, 나에게 무슨 짓을 하더라도 너는 결코 아무것도 알아내지 못할 것이다."

"그런가요? 그렇다면 이것을 열어도 상관없겠지요? 아무래도 조금 전에 이것을 열려고 했던 것 같은데요."

"그, 그것은?"

강주산의 얼굴이 새파랗게 질렸다.

그가 보는 앞에서 단사유가 유리병을 조금씩 열고 있었다. 만약 저 유리병이 완전히 개봉된다면 이 자리에 있는 사람들 중 그 누구도 살아남을 수 없을 것이다.

"젠장! 연형추혼섬(連形追魂閃)"

강주산이 번개처럼 뒤로 물러나면서 손을 뿌렸다. 그러자 수많은 손바닥이 허공에 떠오르면서 단사유의 요혈을 향해 쇄도해 왔다.

연형추혼섬이야말로 오늘날의 그를 있게 한 절학이었다. 단 한 수에 열두 가지의 장법이 연환되어 나오는 연형추혼섬이 단사유의 전신을 강타했다. 아니, 강주산의 눈에는 그렇게 보였다. 그러나 물결치듯 단사유의 몸이 흐릿해지더니 그의 시야에서 사라졌다.

"큭!"

강주산이 급히 뒤돌아봤다.

순간 확대되어 오는 둥그런 물체. 어느새 단사유가 그의 등을 점유한 채 들고 있던 유리병을 그의 입에 처박은 것이다.

콰직!

"커헉!"

앞 이빨이 모조리 부러지며 유리병이 입 안에 처박혔다. 강주산이 입을 떡 벌린 채 컥컥거렸다.

통증을 느낄 여유도 없었다. 어서 유리병을 뱉어야 했다. 그것만이 유일하게 살 방법이었다. 하지만 유리병을 채 뱉기도 전에 단사유의 손이 그의 목을 어루만졌다. 그러자 그의 의지와 상관없이 턱관절이 움직이며 입이 꽉 다물렸다.

퍼석!

입 안에서 느껴지는 유리병의 파열음. 강주산의 등 뒤로 식은땀이 흘러내렸다.

　깨진 유리병 사이로 안에 들어 있던 귀왕사가 흘러나오기 시작했다. 귀왕사가 식도로 넘어가는 것이 느껴졌다.

　"크에엑! 안…… 돼!"

　강주산이 눈을 허옇게 까뒤집으며 소리쳤다. 그러나 이미 귀왕사는 그의 위 속으로 넘어간 다음이었다. 그가 목을 부여잡으며 바닥을 뒹굴었다. 이제 귀왕사는 혈관을 따라 그의 몸 안으로 급속히 퍼지고 있었다.

　위가 있는 배에서 수분이 증발하더니 순식간에 홀쭉하게 말라비틀어졌다. 마치 고목의 껍질이 갈라지듯 그의 팔다리에 노화가 진행되었다. 통증은 없다. 그러나 맨 정신으로 자신의 몸이 목내이화 되어 가는 과정을 본다는 것은 생지옥에 던져진 것이나 다름없었다. 고통이 없기에 오히려 더욱 저주스러웠다. 그것은 자신이 죽는 모습을 생생한 정신으로 지켜봐야 한다는 이야기였으니까.

　그가 소리쳤다.

　"오룡…… 맹의 남궁…… 서령이 나를 보냈다. 제발 나를 죽…… 여 줘."

　그가 남궁서령을 거론하며 단사유에게 죽여 달라고 했다. 그는 이미 팔다리가 말라비틀어지고 있었다. 그는 더 이상 자신이 죽어 가는 모습을 지켜볼 용기가 없었다.

　단사유가 손을 휘둘러 그의 사혈을 짚었다. 그러자 강주산의 눈이 감겼다. 이어 그의 몸에서 수분이 완전히 증발하며 목내이로 변했다. 멀쩡히 살아 있던 한 사람이 목내이로 변하는 데 일다경도 걸리지 않았다. 그것도 모자라 강주산의 시체를 중심으로 방원 십 장은 수분이 완전히 증발한 채 말라비틀어졌다. 그야말로 완벽한 죽음의 대지로 바뀐 것이다.

단사유는 사막화를 피해 근처에 있는 나무 위로 올라갔다.

"지독한 마물이군. 그런데 남궁서령이라니? 남궁세가의 여인이 나를 노리고 있는 것인가?"

죽기 직전 강주산이 거론한 이름. 그것은 결코 허투루 넘길 일이 아니었다.

단사유는 홍무규가 있는 곳을 향해 몸을 날렸다. 더 이상 이곳에 미련 따위는 없었다.

그러나 단사유는 보지 못했다. 자신의 가슴에 앉은 나비가 은은한 검은색으로 물들어 있음을. 그리고 자신의 몸에 아무런 이상도 없음을. 원래 귀왕사의 미세한 먼지는 인간의 호흡기를 통해 감염된다. 그런데도 단사유가 멀쩡하다는 것은 단지 그의 무예가 고강하기 때문만은 아니었다. 그러나 단사유는 그런 사실을 아직 깨닫지 못하고 있었다.

귀왕사가 번져 있는 대지에서 멀어짐에 따라 나비가 아쉽다는 듯이 날개를 움직였다. 그러나 그것은 아주 미세한 움직임에 불과했다. 이어 나비가 본래의 색을 회복했다.

제2장

작은 여우라니까

작은 여우라니까

 천하가 다시 전왕에 대한 소문으로 들끓었다.
 맨 처음 그들을 발견한 이는 예전부터 숲 속을 터전으로 사냥하던 사냥꾼 부부였다.
 그들은 그날도 변함없이 사냥을 하기 위해 길을 나섰다. 사냥터인 야산으로 가기 위해서는 반드시 관도를 따라 형성된 숲을 지나야 했다.
 늘 지나가는 길이었고, 별다를 것 없는 풍경이었지만 그날만큼은 달랐다. 평소에 보이지 않던 까마귀들이 기분 나쁜 울음소리를 내며 숲 위를 배회하고 있었다. 뿐만 아니라 숲 곳곳에서는 늑대의 울음소리마저 들려오고 있었다.
 평소와는 다른 풍경에 그들은 조심스럽게 숲을 향해 걸음을 옮겼다. 그리고 보고야 말았다. 숲 속의 관도 이십 리를 따라 널려 있는 수많은 시신들의 모습을.

사냥꾼 부부는 기겁을 하고 말았다.

그들이 언제 이런 처참한 광경을 본 적이 있을까?

길을 따라 널려 있는 복면인들의 시신에는 이미 까마귀와 늑대들이 달라붙어 피의 만찬을 벌이고 있었다. 그것은 차마 눈 뜨고 볼 수 없는 목불인견의 참상이었다.

사냥꾼 부부는 급히 숲을 빠져나와 인근의 관청에 알렸다. 그렇게 숲 속의 참극은 세상에 알려졌다.

이 사실이 알려진 후, 관청의 검시관들뿐만 아니라 인근 문파들에서도 파견 나와 진상을 조사했다. 그중에는 궁금한 것이 있으면 절대 참지 못한다는 능외쌍괴(能媿雙怪)도 포함되어 있었다.

관부에 소속되어 있는 검시관들이 수많은 시체의 행렬에 기겁해 할 때, 능외쌍괴를 비롯한 무림문파 소속의 고수들은 한층 냉정한 눈으로 시신을 살폈다. 그리고 그중에서 능외쌍괴의 시선은 날카롭기 그지없었다.

심도 깊게 시신들을 살펴본 그들은 이 모두가 단 한 사람에 의해 죽은 것임을 밝혀냈다. 비록 사인은 천차만별 달랐지만 그들이 모두 한 사람에 의해 당한 것임은 의심의 여지가 없었다.

인체 파괴의 흔적이 시체 곳곳에 나타나 있었다. 천하에 이런 수법을 쓰는 자는 오직 전왕 한 명밖에 없었다. 그것은 그 누구도 흉내 낼 수 없는 오직 전왕만의 독문수법이었다. 그렇기에 그들은 단박에 이 참극이 전왕의 작품임을 알아챘다.

이제 문제는 전왕에게 당한 자들이 누구인가 하는 점이었다. 그러나 그들의 정체는 곧 밝혀졌다.

무강음가와 청살문의 정예살수들.

시체의 복색과 신표 등을 통해 그들이 무강음가와 청살문의 살수들임을 알아냈다. 놀랍게도 관도를 가득 메우고 있는 삼백 명의 살수들은 천하의 수많은 살문 중에서도 열 손가락 안에 들어간다는 무강음가와 청살문 소속의 살수인 것이다. 그것도 하급 살수들이 아니라 두 문파의 정예들이었다.

그들은 수많은 시신 더미를 뒤지다 결국 청살문주와 무강음가의 두 가주의 시신을 찾아냈다. 그리고 모든 상황을 유추해 냈다.

"무강음가와 청살문의 살수들이 전왕을 습격했다. 그들은 이십여 리가 넘는 관도 주위의 숲에 매복해 있다가 전왕이 탄 마차가 지나가자 습격을 했다. 하지만 전왕은 마차에서 내리지 않고 그들을 모조리 무찔렀다. 결국 두 살문의 주인들이 최후의 함정을 파고 그를 습격했으나 전왕은 놀라운 기지로 그들을 죽였다. 하지만 그가 어떤 수법을 썼는지는 시신이 너무나 많이 훼손당해 알 수가 없다. 그러나 이것 하나만큼은 확실하다. 전왕은 천하 구대 무인에 육박할 만큼 강하다. 그 정도의 무위를 가지고 있어야만 이들의 습격에서 살아남을 수 있을 것이다. 강호는 새로운 절대자의 출현을 보고 있는 것이다."

선언한 이들은 다름 아닌 능외쌍괴였다.

비록 강호의 일에 참견 안 하는 것이 없고, 강호의 말썽쟁이로 소문이 난 그들이었지만 식견만큼은 강호의 무인들이 인정하는 바였기에 그 누구도 그들의 말을 의심하는 사람이 없었다.

남궁세가의 참사 때까지도 긴가민가하던 무인들도 이제는 인정할 수밖에 없었다. 강호에 또 한 명의 절대고수가 출현했다는 것을.

이제 남은 의문은 전왕이 왜 두 살문의 습격을 받았는가 하는 것이다. 그가 남궁세가를 습격한 이유 역시 명확하지 않았는데 또다시 수백의 사람이 그의 손에 죽어 나가자 강호의 무인들은 숨을 죽여야 했다.

아직 그의 목적이 무엇인지, 왜 강호의 문파들을 건드리는 것인지 하나도 알려진 것이 없었다.

곳곳에서 그를 처단하자는 이야기가 흘러나오기 시작했다.

만약 그가 이유 없는 학살을 한 것이라면 철무련 차원에서 나서야 했다. 강호의 공적으로 지명을 해서라도 그의 살행을 막아야 했다. 그것이 강호의 정의를 지키는 일이다. 그리고 전왕이 이에 합당한 대답을 하지 못한다면 그를 추살해야 한다는 이야기가 조금씩 힘을 얻을 무렵, 또 하나의 소문이 강호를 강타했다.

남궁세가에서는 죄 없는 사람을 가두고 고문을 했다. 본래 그는 조그만 표국의 국주였는데 억울하게 오룡맹에 의해서 구금되었다가 남궁세가로 빼돌려졌다. 그리고 모종의 이유로 고문을 당했는데 전왕은 그를 구하기 위해서 움직이는 것이라고 했다.

청살문과 무강음가가 전왕을 습격한 것도 표국의 국주를 죽이기 위해서라고 했다. 그리고 전왕이 그를 구하기 위해 그들의 습격을 막아낸 것이라는 소문이 강호에 퍼졌다.

그것은 거의 동시다발적으로 중원 곳곳에서 흘러나온 이야기였다. 이에 전왕을 무림 공적으로 몰아 처단하자는 이야기는 쏙 들어갔고, 오룡맹을 바라보는 시선이 바뀌었다.

강호의 군웅들이란 강자를 숭상하는 사람들이었다. 어차피 강호가 강자존(强者存)의 세상이었기 때문이다. 그리고 그것은 그들이 철무련과 오룡맹에 가지고 있는 반감과도 연관이 깊었다.

철무련이 설립된 지 십 년, 그동안 그들의 권력은 거의 무소불위의 것이나 다름없었다. 나라의 법보다 앞서는 힘을 가지고 있는 집단. 때문에 무인들은 은연중 철무련에 반감을 가지고 있었던 것이다. 어쩌면 그것은 권력에서 소외된 무인들의 상대적인 박탈감 때문일 수도 있었다. 그러나 중요한 것은 그런 사실이 아니라 전왕으로 인해 사람들이 마음속 깊이 숨겨 두었던 철무련에 대한 반감이 서서히 표면으로 드러나기 시작했다는 것이다.

이제 강호는 숨을 죽이고 그의 행보를 주시했다.

무시무시한 파괴력을 가지고 움직이는 폭풍과도 같은 전왕, 그리고 십여 년 전부터 이 땅의 절대 권력으로 군림해 온 철무련과의 충돌. 그 결과가 어찌 나올지는 미지수였기 때문이다.

제아무리 전왕이 강하다고 할지라도 철무련에 비할 수 없다는 것이 대다수 사람들의 생각이었다. 하지만 그래도 그들은 전왕의 행보를 보고 싶었다. 그 자신들은 결코 엄두조차 내지 못하는 불가능에 대한 도전이었기에.

*　　*　　*

쾅—!

남궁서령은 조그만 주먹으로 책상을 힘껏 내리쳤다.

"실패했단 말인가? 청살문과 무강음가의 살수들이 모두 동원되었는데도……."

전왕 본인을 죽이라는 것도 아니었다. 단지 그가 보호하고 있는 막고여를 죽이라는 것뿐이었다. 그런데 살수가 무려 삼백 명이나 동원되었는데도 전왕 본인이 아닌 부상당한 무인 하나 죽이지 못하다니. 이것은 전혀 예상 밖의 일이었다.

막고여는 그녀뿐 아니라 오룡맹에게도 목에 걸린 가시처럼 거슬리는 존재였다. 비록 그 때문에 오룡맹이 무너지지는 않겠지만 오룡맹의 도덕성이 상실될 수도 있기 때문이다. 도덕성이 상실되었다고 해서 당장 오룡맹이 무너지는 일은 절대 없겠지만 장기적으로 봤을 때 그것은 커다란 손실이었다. 그리고 사자맹과 구중부에게 빌미를 만들어 주는 꼴이었다.

남궁서령이 이글거리는 눈으로 중얼거렸다.

"어떻게 해서든 그의 입을 막아야 한다. 자칫하면 하급 무사들의 동요가 일어난다. 무엇보다 자칫하면 오룡맹에서의 나의 입지가 좁아질 수가 있다. 그런 일은 막아야 한다."

그녀의 든든한 벽이 되어 주었던 남궁세가가 큰 타격을 입은 상황이었다. 만일 호시탐탐 오대세가의 진입을 노리던 모용세가가 봉문을 하지 않았다면 오대세가의 자리에서 퇴출될 수도 있었을 최악의 상황인 것이다.

어떻게 해서든 막고여를 처리해야 했다.

그녀가 허공을 향해 말했다.

"백문!"

"예!"

하얀 그림자가 소리도 없이 나타나 그녀의 앞에 부복했다.

"전왕이라는 자의 행로는?"

"안경(安慶)을 기점으로 행적이 흔적도 없이 사라졌습니다. 아마 장강을 오가는 배들 중 하나에 올라탄 것 같습니다."

"어떻게 그의 행적을 놓칠 수가 있지?"

"아무래도 그를 도와주는 방수가 있는 것 같습니다."

"방수? 설마 그녀가……."

남궁서령의 뇌리에 누군가의 모습이 떠올랐다.

이제까지 사사건건 그녀의 행로에 방해가 된 존재. 그리고 눈엣가시와도 같은 존재가 말이다.

백문이 말을 이었다.

"본 맹에서도 일급으로 취급되던 기밀이 동시에 강호에서 소문으로 나돌고 있습니다. 그것은 결코 자연적으로 일어난 일이 아닙니다. 아무래도 누군가 개입해 중간에서 손을 쓴 것 같습니다."

막고여에 대한 이야기는 오룡맹에서도 몇 사람밖에 알지 못하는 기밀이었다. 그런데 그런 일급 기밀이 동시다발적으로 강호에 퍼지고 있었다. 그것은 누군가 인위적으로 소문을 내고 있다는 말이기도 했다.

그냥 자연스럽게 내버려 두었으면 강호의 공적으로 몰릴 수도 있었던 상황이 그로 인해 역전이 되어 버렸다. 오히려 무인들이 오룡맹을 보는 시선이 바뀌었다. 그것은 그녀도 미처 예상하지 못한 일이었다.

"누군가 분명 개입을 했군. 비모각을 움직여서 소문의 근원지가 어딘지 찾아내. 이번에 발본색원(拔本塞源)을 하지 못하면 앞으로도 방해거리가 될 거야."

"알겠습니다."

백문이 깊숙이 고개를 숙였다.

남궁서령은 자리에서 일어나 벽면에 걸린 거대한 대륙전도를 바라봤다.

중원의 각 성이 자세히 그려져 있는 전략용 지도. 그 안에는 철무련도 존재했고, 남궁세가도 존재했다. 그리고 천하가 펼쳐져 있었다.

"장강에 청탁을 넣어. 그들이 배에 숨어들었다면 장강을 이용할 수밖에 없지. 그렇다면 장강수로채가 도움이 될 거야."

"알겠습니다."

"기필코 그자를 죽여야 돼!"

남궁서령이 차갑게 중얼거렸다.

그때였다.

문밖에서 사람의 기척이 느껴졌다. 그러자 백문이 소리도 없이 사라지고 남궁서령의 눈동자도 평소의 침착함을 찾았다.

"아가씨!"

문밖에서 남자의 목소리가 들려왔다.

"무슨 일이냐?"

"맹주부에서 연락이 왔습니다. 맹주님께서 아가씨가 들어오시길 바란다고 합니다."

"맹주께서?"

남궁서령의 눈이 차갑게 빛났다.

이유가 짐작이 갔다. 하지만 그녀는 자신의 마음을 감춘 채 담담하게 대답했다.

"알겠다. 곧 가겠다고 전하거라."

"알겠습니다."

대답을 한 무사의 기척이 사라졌다.

그제야 남궁서령은 자신의 옷매무새를 살펴보고 차림을 고쳤다. 그런 연후에 연검을 허리에 차고 문밖으로 나섰다. 그녀가 나서자 맹주부에서 나온 무인들이 앞장을 섰다. 남궁서령은 그들을 따라 맹주부를 향해 걸음을 옮겼다.

몇 개의 문을 지나 맹주부로 향하던 남궁서령의 눈이 빛났다. 반대편 월동문에서 나오는 여인이 보였기 때문이다.

범접하기 힘든 차가운 분위기를 가진 여인이었다. 멀리서 보면 이목구비가 또렷하고 눈망울이 매우 맑으면서도 그윽해 보는 이로 하여금 황홀하게 만드는 분위기를 가진 여인이었다. 특히 보는 이가 남자라면 말이다.

'하소호.'

철무련에 이런 분위기를 지닌 여인은 오직 한 명밖에 없었다. 대천상단의 소주인인 하소호. 오직 그녀만이 이런 분위기를 가지고 있다.

"오랜만이군요, 하 소저."

"반가워요, 남궁 소저."

두 여인이 서로 아는 척을 했다. 하지만 그녀들 사이에는 냉랭한 기운이 휘몰아치고 있었다.

"맹주부에서 나오는 건가요?"

"설마요. 오룡맹의 맹주께서 일개 상인을 뭣 하러 보겠어요? 단지 제가 볼일이 있어서 근처에 왔던 것뿐이에요. 그러는 남궁 소저께서는 맹주부에 오신 건가 봐요?"

"맹주님께서 보시자고 하셔서 말이에요."

남궁서령은 차가운 눈으로 소호를 바라봤다. 하지만 소호는 추호의 위축됨도 없이 그녀의 냉랭한 눈길을 담담히 받아들였다.

잠시간 두 여인의 대치가 이루어졌다.

하지만 곧 두 여인은 각자의 길을 가야 했다.

"그럼 들어가 보세요. 맹주님께서 보자고 하셨으면 급할 텐데."

"하 소저도 잘 들어가세요. 그리고 조만간 한번 보죠."

"오룡맹의 남궁 소저가 방문하신다면 언제든 환영이에요. 그럼 그때 보죠."

"그래요."

그렇게 두 사람은 헤어졌다.

남궁서령은 오룡맹주부로, 소호는 자신의 거처로 발걸음을 옮겼다.

그녀의 입가에는 은밀한 웃음이 걸려 있었다.

'이미 사유 오라버니는 이곳으로 향했어요. 당신의 발등에 불똥이 떨어진 셈이죠. 과연 어떻게 대응하는지 두고 볼게요.'

안경에서 단사유의 행적이 감춰진 것도, 막고여에 대한 소문이 도는 것도 모조리 그녀의 작품이었다. 하지만 아직 천하의 그 누구도 그런 사실을 알지 못하고 있었다.

이때를 위해 그녀는 그토록 분주하게 돌아다닌 것이다. 그리고 그런 노력의 결실이 어느 정도 맺어졌다. 이제 그녀가 할 수 있는 일은 모두 다 했다. 남은 것은 단사유가 이곳에 무사히 도착하는 것을 기다리는 것밖에 없었다.

소호는 조용히 자신의 거처로 걸음을 옮겼다.

* * *

남궁서령은 한동안 문 앞에서 호흡을 골랐다.

단단한 자단목으로 만들어진 이 문 뒤에 오룡맹의 수장이자 이성의 일인인 일주권성 황보군악이 기다리고 있었다.

황보세가가 탄생시킨 희대의 무인, 강호 전체를 통틀어 세 손가락 안에 들어간다는 무인이 바로 이 문 너머에 기다리고 있는 것이다. 비록 남궁서령이 남궁세가의 여식으로 오랫동안 오룡맹에 머물면서 공적을 쌓아 왔다고 하지만 황보군악의 앞에서 고개를 빳빳이 세울 만큼은 아니었다. 그의 아비인 남궁무진이 살아 왔다고 하더라도 감히 고개를 들 수 없는 존재가 기다리고 있었다. 당연히 그녀의 행동은 조심스러울 수밖에 없었다. 더구나 그녀에게는 큰 흠이 있지 않은가?

남궁서령은 자신의 옷매무새를 다시 한 번 확인한 후, 문 앞에 서 있는 무인들에게 고개를 끄덕여 보였다. 그러자 무인이 안을 향해 기별을 넣었다.

"남궁세가의 남궁서령 소저가 도착하셨습니다."

"안으로 들이도록."

허공에서 나직한 한마디가 흘러나왔다. 그제야 무인이 문을 열었다. 그리고 오룡맹의 맹주 황보군악의 거처인 화룡헌이 모습을 보였다.

화룡헌(火龍軒).

황보군악은 용을 좋아했다. 그중에서도 힘을 상징하는 적룡을 좋아했다. 그렇기에 자신의 거처에 적룡의 또 다른 이름인 화룡을 붙였다. 그러나 화룡헌은 세인들이 상상하는 것처럼 그렇게 화려하지 않았다.

붉은색 벽돌이 외부와 담을 쌓고 있고, 안에는 몇 사람이 들어서면 꽉 찰 것 같은 아담한 전각이 한 채 서 있었다. 전각 앞에는 조그만 연못과 정자, 그리고 갖가지 기화요초가 피어 있는 조그만 꽃밭이 존재하고 있었다.

세인에게 권성으로 불리는 어마어마한 존재의 거처치고는 무척이나 소박했지만 이곳이 황보군악의 거처라는 사실에는 변함이 없었다.

남궁서령은 꽃밭을 따라 나 있는 길을 걸었다. 겉으로 보기에는 무척이나 평화로워 보이는 곳이었지만 남궁서령은 곳곳에 엄청난 고수들이 숨어 있다는 사실을 알고 있었다. 황보군악의 주위에는 그를 호위하는 무인들이 있었고, 그들의 능력은 가히 절대적이라고 알려져 있었다. 하지만 문제는 황보군악 본인을 제외한 그 누구도 그들을 본 적이 없다는 것이다. 분명히 존재는 하지만 그 누구에게도 존재를 들키지 않은 이들.

지금도 그들은 남궁서령의 일거수일투족을 살피고 있을 것이다. 그리고 만약 그녀가 다른 마음을 먹거나 불경한 마음을 품을 경우 소리 소문 없이 그들에 의해서 제거될 것이다. 그렇기에 남궁서령은 황보군악에게 불경하게 보이지 않기 위해서 최대한 노력해야 했다.

남궁서령은 조심스런 걸음으로 꽃밭 사이를 걸었다. 그리고 꽃이 다치지 않도록 최대한 조심했다. 그렇게 조심스럽게 몇 발작을 옮기자 꽃밭 한쪽에서 밭을 매고 있는 노인의 모습이 보였다.

쪼그려 앉아 호미로 잡초를 뜯어내고 있는 노인. 누가 상상이나 했을까? 대황보세가의 가주이자 오룡맹의 맹주인 일주권성 황보군악이 이토록 왜소한 노인이라고. 하지만 남궁서령은 왜소하면서도 한낱 촌로처럼 보이는 이 노인이 화를 내면 어떠한 결과가 일어나는지 너무나 잘 알고 있었다.

황보군악의 등 뒤에는 그의 아들인 황보운천이 조심스럽게 서 있었다. 비록 그가 황보군악의 아들이었지만 그에게도 꽃밭은 허락되지 않은 공간이었다. 황보군악의 허락이 있기 전에는 그조차도 꽃에 손대는 것 자체가 금지되어 있는 것이다.

남궁서령이 왔음에도 황보운천은 아는 척을 하지 못했다. 비록 그녀와 자신이 허물없이 지내는 사이라 할지라도, 아버지 황보군악이 입을 열기 전에는 그 역시 입을 열지 못하는 것이다.

남궁서령은 황보운천과 마찬가지로 한쪽에 조용히 서 있었다. 그리고 황보군악이 입을 열 때까지 기다렸다.

남궁서령이 옆에 서 있음에도 불구하고 황보군악은 지금 손보고 있는 꽃에만 온 신경을 집중했다. 보라색의 꽃잎에 은은한 향기를 풍기고 있는 요초를 바라보는 황보군악의 눈에는 만족스런 빛이 떠올라 있었다.

문득 그가 입을 열었다.

"넌 이 꽃의 이름을 알고 있느냐?"

뜬금없는 말이었지만 남궁서령은 그것이 자신에게 하는 말이라는 것을 매우 잘 알고 있었다. 그렇기에 즉시 대답했다.

"아직 소녀의 견문이 넓지 않아 맹주님께서 아끼시는 꽃의 이름을 모르고 있사옵니다."

"허허! 이 꽃의 이름은 복수초라고 하지. 본래 남만에서만 자라는 꽃인데 내가 심혈을 기울여 이곳으로 옮겨온 것이라네. 정말 아름다운 녀석이지만 성깔이 있어서 키우기가 쉽지 않은데 드디어 올해 꽃이 피었다네. 정말 아름답지 않은가?"

복수초를 바라보는 황보군악의 눈은 마치 잘 큰 자식을 보는 것과 같았다. 그만큼 자신의 역작이 자랑스럽다는 뜻이기도 했다. 하지만 남궁서령은 그렇게 속 편하게 이 상황을 받아들일 수가 없었다. 본래 한 문파 정도의 주인만 돼도 쉽게 말을 하지 않는다. 아랫사람에게 툭툭 내뱉는 것만 같은 말투이지만 그 속에는 남다른 의미가 숨어 있기 일쑤이다. 그 속에 담긴 말뜻을 제대로 헤아리지 못한다면 언제 토사구팽당할지 모르는 게 세상의 이치였다. 더구나 황보군악처럼 절대 군주의 위치에 오른 자라면 더더욱 함부로 말하지 않는다. 때문에 남궁서령은 황보군악의 말속에 담긴 뜻을 헤아리기 위해 머리를 최대한 굴려야 했다.

'지금 맹주는 나를 책망하고 있다. 맹주가 책망할 만한 일은?'

그녀가 머리를 굴리는 와중에도 황보군악의 말은 이어졌다.

"본래 이 녀석은 남만에 사는 여인들이 사냥에 나선 남자를 기다리면서 키우는 꽃이지. 무척이나 아름답게 보이는 이 꽃이 복수초라고 불리는 이유는 혹여 사냥 나간 남자가 변심을 하거나 부족을 배신했을 때 이 꽃의 독초를 추출해 응징했기 때문이지. 복수초의 무서움은 결코 사람을 단숨에 죽이지 않는다는 것이야. 온몸의 신경이 가닥가닥 끊기는 끔찍한 고통 속에서 삼 일 밤낮을 고통 받다가 죽기 때문에 남만의 부족민들은 차라리 참수를 당할지언정 복수초에 당하는 것은 기피하지. 그래서 복수초 앞에서는 배반이란 있을 수가 없지."

주르륵!

황보군악의 말을 듣는 그녀의 등골에 한 줄기 식은땀이 흘러내리고 있었다.

지금 황보군악은 복수초에 비유해 남궁서령을 책망하고 있는 것이다. 그리고 그것이 그녀가 빼돌린 막고여 때문이라는 것은 부인할 수 없는 사실이었다.

남궁서령이 급히 황보군악의 앞에 무릎을 꿇었다.

"맹주님, 죽을죄를 지었습니다. 소녀가 그만 눈이 멀어 맹주부의 중요한 죄인을 빼돌리고 말았습니다. 한 번만 용서해 주십시오."

고개를 숙이고 대죄를 청하는 남궁서령.

황보군악은 그런 남궁서령을 흥미롭다는 듯이 바라보다가 인자한 미소를 지으며 말했다.

"허허! 나이 든 사람이 이게 웬 추태인가? 어서 일어나게나. 남들이 보면 노인네가 젊은 처자를 희롱하는 줄 알겠네."

"맹주님!"

"지나간 일을 가지고 왈가왈부하는 것은 어리석은 자들이나 하는 것이지. 일어나게."

황보군악이 가볍게 손을 휘저었다. 그러자 부복하고 있던 남궁서령의 허리가 저절로 펴지면서 일어났다.

남궁서령은 기겁을 했다. 내공을 극성으로 끌어 올렸음에도 불구하고 자신의 몸이 의지를 벗어나고 있었기 때문이다.

'이미 맹주의 공력은 신화경(神化境)에 접어들었다. 도대체 이 사람은……'

의지만으로 공력을 수발할 수 있다는 것은 이미 황보군악의 내공이 인간의 한계를 벗어날 수 있다는 것을 의미했다. 무공이 이 정도 경지라면 아무리 내공을 써도 마르지 않을 것이다.

도대체 오대세가에서 어떻게 이런 초인이 태어났다는 말인가? 남궁서령은 생각하면 할수록 등골이 서늘해지는 것을 느꼈다.

"그냥 물어봤으면 어련히 알려 주었을 텐데. 내가 그렇게 못 미덥던가?"

"아닙니다, 맹주님. 속 좁은 아녀자의 식견으로 맹주님의 고견을 감히 읽지 못했습니다. 속 좁은 저를 처단해 주십시오."

"허허! 자네에게 벌 줄 게 무에 있겠는가? 이미 남궁세가가 그 대가를 치른 것을……"

인자하게 말하는 황보군악. 하지만 남궁서령은 그의 말속에 숨은 뜻을 읽었다.

'만약 본가가 화를 입지 않았다면 맹주께서 직접 손을 썼을 것이다. 지금 맹주는 그것을 말하는 것이다.'

남궁서령은 황보군악이 알아채지 못하게 입술을 질끈 깨물었다.

"생각보다 일이 크게 번졌군. 자네는 이 일을 수습할 방도를 마련해 놓고 있겠지?"

"물론입니다, 맹주님! 절대 오룡맹의 이름에 먹칠을 하는 일이 없도록 하겠습니다. 제 이름을 걸고 맹세해도 좋습니다."

"허허! 믿음직하군. 그래도 혹시 모르니 제이의 대책도 마련해 두는 것이 좋을 것 같네. 자네는 어떻게 생각하는가?"

"물론입니다."

"자네 선에서 해결하게. 이 나이가 되면 어지간한 일에 직접 움직이는 것이 무척 귀찮아지거든."

황보군악이 인자한 웃음을 지었고 남궁서령은 고개를 끄덕였다.

어차피 그녀에게 선택의 여지란 없었다.

애초에 그녀가 황보군악이 연금해 둔 막고여를 빼돌리지 않았더라면 오늘과 같은 일이 일어나지 않았을 테니까.

지금 황보군악은 경고를 하고 있는 것이다. 그녀 때문에 일어난 일이니 그녀 스스로 수습하라고. 그나마 남궁세가가 온전할 때라면 어느 정도 버틸 수도 있었겠지만 지금 남궁세가는 그녀의 벽이 되어 줄 수 없는 상태였다. 지금은 절대적으로 그의 말에 따라야 할 때였다.

"맹주님께 누를 끼치지 않도록 최선을 다하겠습니다."

"소문으로 듣기에는 전왕이란 자가 꽤 강하다고 하는데 자신이 있는가?"

"그가 제아무리 강해도 혼자에 불과합니다. 맹주님께서도 아시다시

피 혼자는 매우 불리하니까요."

"그래. 혼자는 불리한 면이 많지. 그렇기에 내가 오룡맹을 만든 것이지. 그렇게 자신이 있다니 한번 믿어 보겠네. 물러가게. 운천이 너도 물러가거라."

"예!"

황보군악이 손을 휘저었다.

남궁서령과 황보운천은 그에게 고개를 숙여 보이고 조용히 물러 나갔다. 그들의 모습이 시야에서 사라지자 황보군악이 조용히 중얼거렸다.

"요즘 애들은 너무 인내심이 없군. 우리 때는 그렇지 않았는데 말이야."

참고, 또 참고, 기회가 올 때까지 참는다. 그리고 기회가 왔을 때 단숨에 낚아챈다. 그것이 황보군악의 신조였다. 그런 그에게 있어 성질이 급하기만 한 요즘 젊은이들이 눈에 찰 리 없었다.

그가 다시 호미로 밭을 고르며 허공에 입을 열었다.

"전왕에 대해서 알아보았느냐?"

그의 음성이 채 끝나기도 전에 허공에서 검은 인영이 나타나 그의 앞에 부복했다.

"그의 본명은 단사유인 것으로 밝혀졌습니다. 아직 출신은 정확히 파악되지 않았지만 요녕성 인근에서 처음 행적이 밝혀진 것으로 보아 북방 민족이거나 고려인이 아닐까 추측하고 있습니다. 그는 맨 처음 모용세가와 대력보의 분쟁에 모습을 드러낸 후 태원에서 본 맹과 흑상의 거래에 개입했습니다. 둘 사이의 연관성은 지금 조사 중에 있습니다. 그리고 그와 같이 다니는 늙은 거지는 개방의 장로인 철견자 홍무규인 것으로 밝혀졌습니다. 무슨 이유인지는 모르지만 개방의 장로가 그를 따라다니는 것 같습니다. 자세한 상황은 조만간 다시 보고드리겠습니다."

"그의 나이는?"

"아직 서른이 되지 않았습니다. 이제 이십 대 중반으로 보입니다."

"허허! 이십 대 중반에 그 정도의 무위를 가졌다니, 이거 정말 부럽구만."

남자의 보고를 들으면서 황보군악이 너털웃음을 터트렸다.

"남궁서령이 그를 막을 수 있을 것이라고 보는가?"

"지금으로서는 반반의 확률을 가지고 있다고 봅니다."

"반반의 확률이라? 그 정도란 말인가? 남궁서령이란 여아는 결코 녹록한 아이가 아닌데."

황보군악이 뜻밖이라는 얼굴을 했다. 그러자 남자가 송구하다는 듯이 더욱 고개를 숙였다.

"아직 그의 능력을 정확히 파악하지 못했기 때문입니다. 일단 드러난 그의 무위는 거의 사존 급에 육박하는 것으로 보입니다. 만약 그것이 정확하다면 남궁 소저 혼자만으로는 힘이 들지 않을까 생각합니다."

"허허허! 그렇다면 정말 재밌겠군."

황보군악의 노안에 웃음이 떠올랐다. 그것은 손자의 재롱을 보는 할아버지의 표정과도 비슷했다. 그가 이런 표정을 짓는 것은 정말 오랜만의 일이었다.

"남궁서령의 행사에 최대한 도움을 주게. 그리고 만약을 대비해 자네가 따로 대비책을 마련하게나. 만약 전왕이란 아이가 이곳에 무사히 도착할 수 있다면 정말 쓸 만하다는 증거니까 알아서 잘 준비해 두게."

"알겠습니다."

"물러가게."

"옛!"

남자가 소리도 없이 제자리에서 사라졌다.

황보군악은 다시 꽃을 손보는 데 열중했다.

남궁서령은 자신이 오룡맹의 상당 부분을 알고 있다고 생각하겠지만 그것은 빙산의 일각에 지나지 않는다. 오룡맹뿐만 아니라 다른 두 세력 역시 마찬가지이다. 세인들이 알고 있는 철무련의 힘은 더욱 방대하고 강력하다. 그것을 알지 못하는 우민들이 간혹 철무련이 흔들리길 기대하나 그것은 이루어지지 못할 불가능한 바람이었다.

황보군악은 미소를 머금은 채 호미질을 계속했다.

그의 주위로 나비와 벌이 넘실거렸다. 그래도 황보군악은 호미질을 멈추지 않았다.

*   *   *

황보운천은 매우 흥미로운 눈으로 눈앞에서 일을 처리하고 있는 남궁서령을 바라보았다.

화룡헌에 다녀온 뒤 남궁서령은 무척이나 부지런히 움직였다. 이미 많은 사람들이 그녀를 만났고 아직도 만날 사람들이 많이 남아 있었다.

황보운천과 남궁서령은 한두 해 알고 지낸 사이가 아니었다. 그래도 명색이 같은 오대세가인지라 어렸을 때부터 알고 지냈다. 그렇기에 황보운천은 누구보다 남궁서령에 대해 잘 알고 있었다. 하지만 그의 기억 속 어디에도 지금처럼 남궁서령이 열정적으로 무언가에 집중하는 모습은 존재하지 않았다.

이 자리에서 어울리지 않는 말이긴 했지만 황보운천은 문득 단사유라는 존재가 부러워졌다. 비록 좋지 않은 인연이긴 했지만 그래도 아름답기로는 천하에서 세 손가락 안에 든다는 여인이 그에게 모든 심혈을 기울이고 있지 않은가? 비록 죽이기 위해서라지만 그래도 남궁서령이 그에게 몰두한다는 사실에 질투가 생겼다. 아직까지 남궁서령은 그에게 이런 관심을 보인 적이 없었기 때문이다.

'전왕이라……'

그가 코를 문지르며 중얼거렸다.

들리는 소문에 의하면 자신과 비슷한 나이라고 했다. 그런데도 그의 위명은 이미 천하를 뒤엎고 있었다. 아마 그토록 젊은 나이에 이 정도의 명성을 얻은 이는 그가 처음일 것이다.

"후후후!"

그가 묘한 웃음을 지었다. 문득 전왕과 자신의 우열이 궁금해졌기 때문이다.

비록 그가 강호에 명성을 날리고 있다고 하나 자신이 그보다 뒤떨어진다고는 생각하지 않았다. 자신이 강호에서 활동을 하지 않아서 그렇지, 만약 본격적으로 활동을 했다면 그보다 더 큰 이름을 얻었을 것이라 자신하고 있기 때문이다. 그런데도 불구하고 그가 거슬리는 까닭은 남궁서령이 그에게 신경을 쓰고 있기 때문이다. 자신이 마음에 둔 여인이 다른 남자에게 신경을 쓰고 있다는 사실 자체가 마음에 들지 않았다.

그는 지도를 보고 있는 남궁서령에게 은근한 목소리로 물었다.

"령 매, 전왕이란 자가 어디에 있는지 파악이 된 것이오?"

"아직 확실한 것은 없어요. 하지만 그의 행동반경으로 미루어 추측해 볼 수는 있어요."

"그럼 어디쯤에 있을 것 같소?"

"장강 어딘가에 있을 거예요. 현재 철무련의 눈이 미치지 못하는 곳은 장강밖에 없으니까요. 하지만 금방 찾아내게 될 거예요. 이미 장강수로채에 의뢰를 한 상태니까."

"흐응~! 장강수로채라······."

황보운천이 흥미롭다는 듯이 중얼거렸다. 그런 황보운천을 남궁서령이 의아한 눈으로 바라보았다. 하지만 황보운천은 개의치 않고 자리에서 일어났다.

"이제 가 봐야겠소. 전왕의 행적이 파악되면 나에게도 알려 주시구려. 그에게 흥미가 생겼거든."

"그는 강한 존재예요."

남궁서령의 한마디에 황보운천의 몸이 우뚝 멈췄다. 그가 고개를 돌리자 자신을 똑바로 바라보고 있는 남궁서령의 모습이 보였다.

"나보다 더?"

"어쩌면······."

"후후! 그거 재밌군."

황보운천이 몸을 돌렸다. 그러나 이미 그의 얼굴에는 싸늘한 기운이 떠올라 있었다. 살기라고 불러도 좋은.

남궁서령은 문을 나서는 황보운천의 뒷모습을 묵묵히 바라보았다.

굳이 보지 않아도 알 수 있었다. 그의 마음이 어떤지. 그러나 세상을 살아가는 데는 어느 정도의 자극도 필요한 법이었다.

장강은 중원의 남부를 가로지르는 젖줄이었다. 장강을 중심으로 이 북은 강북으로, 이남은 강남으로 구별되어 수많은 문화적 차이를 형성하고 있었다. 단지 강 하나로 나뉘어졌다고 하기에는 강북과 강남의 문화나 생활의 환경은 그야말로 천양지차였다.

장강의 또 다른 이름은 황금물길이었다. 장강 상류는 낙차가 크고 물길이 빨라 호도협이나 삼협같이 높은 산을 끼고 흐르는 협곡 지대가 비교적 많다. 그러나 중류인 평원 지역에 들어서게 되면 강이 넓고 물 흐름이 완만한 지역이 이어진다. 때문에 뱃길이 매우 발달되어 선박 운송이 활발했다. 그래서 붙여진 이름이 황금물길인 것이다.

단사유는 눈앞에 펼쳐진 풍경을 보며 미소를 지었다.

드넓은 장강에 떠 있는 많은 배들, 그리고 부지런히 움직이는 포구의 사람들. 그 모든 것이 그의 몸에 활력을 불어넣고 있었다.

"바람이 찹니다. 이만 안으로 들어가시지요."

그의 옆에서 중년의 남자가 조심스러운 목소리로 말했다. 뱃사람답게 구릿빛 피부에 고슴도치 같은 수염을 하고 있는 남자. 그는 매우 조심스런 눈으로 단사유를 바라보고 있었다. 그가 바로 단사유가 타고 있는 배의 선장인 마염문이었다.

"조금만 더 구경을 하고 싶군요. 참, 막 국주님의 상태는 어떻습니까?"

"심신에 충격을 받았지만 그래도 조만간 운신이 가능할 겁니다. 아마 배가 철무련에 도착할 때쯤이면 상체 정도는 움직일 수 있을 겁니다. 하지만 그때까지는 절대 안정을 취해야 합니다."

"그렇군요."

단사유는 고개를 끄덕이며 다시 전방을 바라보았다.

그들이 타고 있는 배는 본래 장강을 오가는 상선이었다. 짐을 나르는 상선이라고 하지만 갑판 위에는 사람들이 탈 수 있게 개조를 하였기에 여행객들과 상인들도 보이고 있었다.

단사유의 입가에 어린 미소가 더욱 짙어졌다. 소호를 생각하니 웃음이 나는 것이다.

살수들의 습격을 돌파하고 안경에 도착하자 이 배가 기다리고 있었다. 이 배의 선장인 마염문은 소호의 명으로 이틀 전부터 대기하고 있었던 것이다. 단사유의 곁에 있었던 것도 아닌데 소호는 언제 이런 준비를 하고 있었던 것일까?

그제야 단사유는 알 수 있었다. 소호가 장담한 것이 허언이 아니라는 것을. 그녀는 정말로 단사유를 돕기 위해 최선을 다하고 있는 것이다.

'후후, 정말 작은 여우라니까!'

단사유는 나직이 중얼거리며 바람에 흩날리는 머리칼을 쓸어 올렸다.

마염문은 그런 단사유를 경외의 시선으로 바라보았다.

삼백 명이 넘는 살수들의 습격을 정면으로 돌파한 남자, 그로 인해 천하 십대 살문 중 두 곳이 멸문을 당하고 말았다. 뿐만 아니라 그는 남궁세가에도 돌이킬 수 없는 타격을 줬다. 아마 이제까지 그의 손에 죽어 간 사람들의 수만 따진다면 그보다 많이 사람을 죽인 무인은 현 무림에 존재하지 않을 것이다.

처음 소호의 명을 받고 안경에서 그를 기다릴 때는 과장된 소문이거니 했다. 하지만 온몸에 피 칠갑을 한 채 홍무규와 함께 막고여를 업고 나타난 그를 보았을 때 마염문의 가슴은 거세게 요동쳤다.

전왕(戰王)이라는 별호로 강호를 질타하는 남자는 생각보다 예의가 발랐고, 또한 정중했다. 하지만 마염문은 알 수 있었다. 이 남자의 가치는 겉으로 보이는 잘생긴 얼굴이나 예의가 아닌 내면의 뜨거운 가슴이라는 것을. 그렇기에 그는 단사유를 배에 태우고 철무련으로 향하는 것을 자랑스럽게 여겼다.

'이 사람이 바로 전왕이다. 천하에서 가장 강한 젊은 무인, 그런 무인을 내 배에 태우고 있다. 이 마염문의 일평생 가장 자랑스러운 날이 바로 오늘이다.'

그는 가슴을 활짝 폈다.

비록 세상에 알릴 수는 없지만 자신의 배에는 전왕이 타고 있었다. 단지 그것만으로도 가슴이 뿌듯해졌다. 그는 조용히 단사유에게 고개를 숙여 보이고 물러났다.

"넓구나! 이것이 일개 강이라니……."

단사유는 나직이 중얼거렸다.

그가 중원에 와서 유일하게 부러움을 느낀 것이 있다면 무인들이나 여러 가지 문물이 아닌 바로 넓은 땅이었다. 땅이 넓으니까 강도 넓고, 산도 높다. 땅이 넓은 만큼 사람도 많고, 할 일도 많다. 수많은 다양성이 있다는 것, 그것이야말로 단사유가 가장 부러워하는 부분이었다.

'이 넓은 대지를 가지고도 만족하지 못하다니……. 바보인가, 아니면 욕심이 과한 것인가?'

어릴 적부터 궁가촌에서 자란 단사유는 별반 욕심이 없었다. 단지 필요한 만큼의 먹을 것과 입을 것, 그리고 친구만 있다면 부족한 것이 없었다. 실제로 궁가촌에서 그는 그렇게 지냈다. 하지만 어느 순간 그 모든 행복이 산산조각 부서졌고, 이렇듯 중원을 떠돌게 됐다. 그 모두가 다른 사람들의 과한 욕심 때문이었다. 그들은 수많은 것을 가지고도 남의 것에 욕심을 내고 있었다. 다른 사람의 인생 따위는 신경도 쓰지 않은 채 말이다.

꾸욱!

자신도 모르게 주먹에 힘이 들어갔다.

이제는 감히 다른 사람들이 자신을 어찌할 수 없는 힘을 얻었다. 천하의 그 누구도 자신에게 함부로 할 수 없을 것이다. 하지만 그렇다고 해서 행복하다는 생각은 들지 않았다. 그만큼 수많은 사람들의 피를 묻혔으니까. 피를 대가로 얻은 힘. 과연 정당한 것일까? 하지만 그는 결론을 내리지 않기로 했다. 아직 행로는 끝나지 않았다. 모든 결정은 행로가 끝난 다음에 할 것이다.

단사유의 눈빛이 차갑게 가라앉았다.

그때 낯익은 목소리가 들려왔다.

"흘흘! 무슨 상념을 그리 깊게 하는 것인가? 사람이 옆에 왔는데도 모르고 말이야."

홍무규였다. 단지 그의 웃음소리를 듣는 것만으로도 알 수 있었다.

"속은 괜찮으십니까? 멀미를 한참 하시더니……."

"말도 말게. 내 뱃멀미가 이리 지독한 것인지 처음 알았다네. 속이 다 뒤집힌 듯하이. 하지만 지금은 좀 나아졌다네."

"후후후!"

자신의 배를 붙잡고 너스레를 떠는 홍무규. 그러나 그의 안색은 초췌하기 그지없었다. 배에 탄 후 계속된 멀미 때문이었다. 그는 지난 삼일 동안 뱃속에 있는 모든 것을 게워 냈다. 속은 뒤집혀졌고, 그 탓에 삼 일 동안 막고여 옆에서 끙끙 앓아야 했다. 하지만 삼 일이 지난 지금은 속이 어느 정도 괜찮아졌는지 한결 안색이 밝은 상태였다.

"거, 술 한 잔 마시면 좋겠구만."

"벌써요?"

"이제 속이 괜찮아졌으니 한 잔쯤은 괜찮을 듯도 한데 선장이 영 허락을 안 하는군. 쩝!"

홍무규가 아쉽다는 표정을 지었다.

뱃속에서 주충은 동하는데 선장은 내일이나 술을 마시라고 하니 섭섭한 것이다. 하지만 배의 주인이 그렇게 말하는 데야 어쩔 도리가 없었다.

"그런데 혼자 이곳에서 웬 무게를 잡고 있는 것인가?"

"잠시 생각 좀 하고 있었습니다."

"무슨 생각? 철무련? 아니면……."

"이것저것 여러 가지입니다."

단사유는 담담히 말문을 열었다. 홍무규는 그런 단사유를 따뜻한 시선으로 바라보았다. 그것은 사람을 완벽하게 신뢰하는 사람만이 보낼 수 있는 눈길이었다.

"철무련을 너무 미워하지 말게. 비록 세월이 지나면서 변질되기는 했으나 처음부터 그들이 그랬던 것은 아니었으니까."

"……."

"처음에는 의기를 가지고 뭉쳤으나 한번 권력의 맛을 본 사람들은 거기에 중독이 되고 말지. 권력이란 것은 마약과 같아서 한번 중독되면 끊기도 힘들뿐더러 권력을 유지하기 위해서 어떤 짓이라도 서슴지 않게 되지. 지금 당장은 권력이 주는 달콤함에 취해 있으나 그들도 알게 될 것이네. 그것이 얼마나 허망한 것인지."

홍무규의 얼굴에는 쓸쓸함이 담겨 있었다.

그가 아는 십 년 전의 철무련은 지금과 같지 않았다.

당시의 무인들은 원의 무인들을 상대하기 위해 일치단결했고, 의기를 드높였다. 어떠한 희생도 마다하지 않은 그들 덕분에 원의 무인들을 이 땅에서 몰아낼 수 있었다. 만약 그들이 아니었다면 명이라는 나라가 이 땅을 되찾는 데는 더욱 많은 시간이 걸렸을지도 모른다. 그러나 일단 원나라를 몰아내자 목적을 잃은 무인들은 타락을 했다.

"목적을 잃은 단체만큼 타락하기 쉬운 것도 없지. 만약 북원의 잔당들을 소탕하는 일만 아니었다면 진작 해산되었어야 할 단체가 바로 철무련이네. 많은 무림 지사들이 그렇게 생각하고 있지. 하지만 지금에 와서 감히 그 누구도 그런 말을 하지 못하네. 워낙 철무련의 성세가 강하기 때문이지. 그러나 달도 차면 기우는 법. 철무련은 응분의 대가를 받을 것이네. 그것이 하늘의 이치지."

홍무규는 하늘을 올려다봤다. 단사유 역시 그가 바라보는 하늘을 올려다봤다.

두 사람의 눈은 같은 곳을 바라보고 있었다.

종남의 소년 검사

종남의 소년 검사

 이른 시간이긴 했지만 배 위에는 많은 사람들이 있었다. 그들 대부분은 장강을 따라 이동하는 상인들이었다. 개중에는 검이나 도를 찬 무인들도 보이긴 했지만 아주 극소수였다.
 "와아아—!"
 "끝내 준다."
 아이들의 탄성 소리가 들려왔다.
 단사유가 고개를 돌리자 배의 난간에 기대어 고개를 쭉 빼고 있는 아이들이 보였다. 이제 대여섯 살쯤 되어 보이는 아이들, 아마도 남매지간인 듯 그들은 같은 복장, 같은 머리 모양을 하고 있었다.
 아이들은 펼쳐진 풍경에 입을 벌리고 감탄사를 터트리고 있었다. 그들의 시선을 따라 단사유의 시선도 따라갔다.
 거대한 운해가 그들의 눈앞에 펼쳐져 있었다.

새벽에 피어오른 물안개가 거대한 운해를 만들어 낸 것이다. 장강을 따라 일어난 거대한 물안개에 많은 사람들이 넋을 잃고 바라봤다.

단사유 역시 이 정도로 거대한 운해를 보는 것은 실로 오랜만이었다. 그가 어린 시절을 보냈던 궁가촌도 이런 운해가 많이 형성되곤 했다. 자욱하게 안개가 끼면 궁적산과 더불어 산으로 들로 뛰어다니며 놀던 기억이 떠올랐다. 그의 입가에 자신도 모르게 기분 좋은 웃음이 떠올랐다.

'십 년 만인가?'

그의 눈빛이 아련해졌다.

십 년 만에 보는 거대한 운해가 그를 감상적으로 만들었다. 하지만 그것도 잠시, 이내 그는 본래의 표정을 되찾으며 선실로 걸음을 옮겼다.

"응?"

문득 그의 눈에 이채가 어렸다.

난간에 등을 기댄 채 정성스럽게 검을 손질하는 소년이 보였다. 소년의 나이 이제 십육칠 세 정도, 하지만 소년은 나이에 어울리지 않는 순진한 얼굴을 하고 있었다. 그리고 무척이나 정성스럽게 마른 천으로 검을 손질하고 있었다.

꽤 오래된 검인 듯 여기저기 손때가 묻은 낡은 검, 하지만 손질을 잘해 온 덕분인지 검의 상태는 무척이나 좋아 보였다. 새하얗게 빛나고 있는 검신이 소년이 이제까지 검에 쏟아 부은 정성을 말해 주고 있었다.

단사유는 소년의 얼굴을 자세히 살펴봤다.

비록 순진한 인상을 하고 있었지만 무척이나 잘생긴 얼굴이었다. 송

충이처럼 굵고 진한 눈썹에 오뚝한 코, 그리고 호박처럼 빛나는 검은 눈동자, 약간 위축된 표정을 하고 있어서 그렇지 당당한 기상만 더해진다면 강호에 기협이 출현했다는 소문이 당장이라도 날 정도였다. 그러나 단사유가 소년을 주시한 것은 그런 외적인 부분이 아니었다. 단사유가 보는 것은 바로 소년의 눈이었다.

검을 바라보는 소년의 눈빛은 연인을 바라보는, 사랑에 빠진 사람의 눈이었다. 한 자루의 낡은 검을 저토록 사랑스런 눈으로 바라볼 수 있다니. 아마 소년의 눈에 다른 여인은 들어오지도 않을 것이다.

'후후! 검과 사랑에 빠진 것인가?'

단사유는 나직이 웃으며 몸을 돌렸다.

녹수채(綠水寨)는 장강십팔채(長江十八寨) 중 하나이며 장강에서도 주로 호북성 인근에서 활동하는 수채였다. 녹수채는 장강십팔채 중에서도 다섯 손가락 안에 드는 강력한 힘을 가진 수채로, 교아자(鮫牙者) 독무정이 주인으로 있었다.

독무정은 물속에서의 움직임이 매우 뛰어났다. 장강십팔채의 열여덟 채주 중에서도 물속에서는 당할 자가 없다고 소문이 나 있을 정도였다. 오죽하면 그의 별호도 상어의 이빨을 가진 자라는 뜻의 교아자일까?

독무정은 녹수채의 태사의에 앉아 심드렁한 표정을 짓고 있었다. 그는 팔걸이에 손을 올려놓고 턱을 괸 채 밑을 내려다보고 있었다. 그의 시선이 향하고 있는 곳에는 총채에서 내려온 전령이 무릎을 꿇고 있었다.

"그러니까 총채주께서는 우리가 그 전왕인가 뭔가 하는 자를 잡기를 바란단 말이지?"

"그렇습니다, 채주님. 총채주님께서는 장강십팔채 중에서도 가장 강력한 힘을 소유한 녹수채가 움직여 주기를 원하고 있습니다."

"흐응! 녹수채가 가장 강력한 힘을 가진 것은 맞는 말이지만 뜬금없이 전왕이라니……."

독무정은 별로 내키지 않는 표정을 하고 있었다.

사실 그가 녹수채를 장악한 것은 벌써 십 년 전의 일이었다. 그동안 녹수채는 인근의 모든 수채를 병탄하고 비약적인 발전을 했다. 때문에 소소한 약탈보다는 자신들의 영역을 지나는 상선들에게 보호세를 받는 것으로 수입을 바꾼 상태였다. 마침 그들이 자리하고 있는 곳은 교통의 요지로 하루에도 수없이 많은 상선들이 지나갔다. 그런 그들에게 얻어내는 보호세는 결코 적은 양이 아니었다. 가만히 앉아만 있어도 수입이 들어오는데 굳이 힘들게 몸을 움직일 이유가 없는 것이다. 그런데 총채에서는 그들이 무력을 사용해 주길 원하고 있었다. 그러니 얼굴이 찌푸려질 수밖에.

전령은 독무정이 탐탁지 않은 표정을 짓자 이미 짐작했다는 듯이 차분히 말을 이었다.

"총채주께서는 아울러 이 말도 전해 달라고 하셨습니다. 이번에 녹수채에서 공을 세우면 다음 장강의 총회에 독 채주님도 초청하실 거라 하셨습니다."

"흐음! 장강의 총회라……."

순간 독무정의 눈이 빛났다.

장강의 총회, 그 이름이 가지는 무게는 결코 가벼운 것이 아니었다. 삼 년에 한 번씩 장강십팔채의 주인들이 모여서 앞날을 의논하고 주요 사항을 결정하는 회의로, 오직 장강십팔채의 주인들만이 모일 자격이 있었다. 그러나 아직까지 독무정은 단 한 번도 총회에 소집되어 간 적이 없었다. 그것은 그의 태생적인 문제 때문이었다.

다른 장강십팔채의 채주들이 총채주가 임명한 자였다면 녹수채의 채주인 독무정은 스스로의 힘으로 채주가 된 자였다. 이를테면 반역이라고나 할까? 전 채주를 무력으로 끌어내리고 자신의 힘으로 채주의 자리에 오른 것이다. 사정이 그렇다 보니 총채주는 자신의 영향력이 통하지 않는 녹수채의 채주 독무정을 배척해 왔다. 그렇기에 독무정은 명색이 장강십팔채의 채주이면서도 한 번도 총회에 참석을 하지 못한 것이다.

"후후! 결국 정식으로 인정을 해 줄 테니까 이번 한 번만 무력을 써 달라는 것이군."

"그렇습니다. 총채주께서는 이번 기회를 빌려 독 채주님을 정식으로 받아들이실 생각이십니다."

"흐음!"

독무정의 눈이 반짝였다.

사실 그로서는 굳이 총채를 위해 나설 이유가 없었다. 굳이 나서지 않더라도 지금의 위치를 공고히 할 수 있기 때문이다. 하지만 그렇게 되면 언제까지나 지금의 자리에 머물 수밖에 없었다. 한마디로 안정된 자리는 보장받되 더 이상의 발전은 기대할 수 없는 것이다.

"총채주는 사람을 다룰 줄 아는군."

그의 눈에 떠오른 것은 한 줄기 탐욕의 빛이었다. 그는 꿈이 큰 자였다. 단지 이제까지 기회가 없어 참고 있었을 뿐이었다. 만약 그에게 총채에 드나들 자격이 주어졌다면 그는 무슨 수를 써서라도 총채에 자신의 세력을 심었을 것이다. 하지만 눈치 빠른 총채주는 그에게 빌미를 전혀 주지 않았다. 그 때문에 손가락만 빨고 있었던 것인데 총채주가 알아서 기회를 주고 있었다. 이것은 결코 놓칠 수 없는 기회였다.

그때 독무정의 옆에 앉아 있던 독사눈의 사내가 그의 귀에 속삭였다.

"채주님, 이것은 기회이기도 하지만 어쩌면 큰 모험일 수도 있습니다. 전왕이라면 현 무림에서 급부상하고 있는 절대 강자입니다. 그런 자를 상대하는 것은 커다란 부담이 될 수도 있습니다."

"나도 알고 있다. 총채주가 나를 이용하여 전왕을 제거하고, 자신의 세력을 안전하게 보호하려 한다는 것을. 그만큼 위험한 일이겠지. 하지만 반대로 이번 일만 처리한다면 나는 더욱 큰 날개를 얻을 수 있다. 언제까지나 이곳 녹수채의 채주로만 안주할 수는 없지 않은가?"

독사눈의 사내는 독무정의 심복인 번철이었다. 수적답지 않게 두뇌가 잘 돌아가고 눈치가 매우 빠른 번철은 오랫동안 독무정을 따르던 심복이었다. 그렇기에 독무정은 번철을 무척 아끼고 그의 말을 잘 듣는 편이었다.

번철은 독무정의 야망을 매우 잘 알고 있었다.

'확실히 이번 일은 큰 기회이다. 하지만 그만큼 위험부담이 크다. 천하의 전왕을 상대하는 일이니까.'

이미 전왕의 명성은 장강십팔채에도 널리 퍼져 있었다. 비록 얼굴은 한 번도 보지 못했지만 그의 강력한 무위와 이름만큼은 모르는 자가 없는 것이다. 만약 그의 무위가 소문의 반만큼만 된다 하더라도 녹수채의 존립 자체가 위험해질 수도 있었다. 그것이 번철이 걱정하는 바였다.

그때 독무정이 총채에서 온 전령에게 말했다.

"좋다. 이번 일, 녹수채에서 맡겠다고 전하거라."

"총채주님께서도 감사해 하실 겁니다. 그렇게 전하겠습니다, 독 채주님."

"물러가도록."

"예!"

전령이 고개를 숙여 보이고는 물러갔다. 그가 보이지 않자 번철이 급히 입을 열었다.

"채주님, 어쩌자고 그렇게 결정하신 겁니까? 조금 더 심사숙고하시는 것이 좋았을 텐데."

"너의 걱정이 무엇인지 다 안다. 하지만 여기서 더 망설일 수는 없다. 이곳에서 보내는 십 년 동안 나의 도는 녹이 슬 지경이다. 한시라도 빨리 총회에 참석할 자격을 얻어야 한다. 그래야 총채주를 노릴 수 있다."

"하지만 상대는 전왕입니다."

"흐흐! 나도 안다. 전왕, 근래에 가장 많이 들리는 이름이라는 것을."

"아시면서도 어찌?"

"흐흐흐! 전왕이 만약 소문만큼의 무위를 가지고 있다면 녹수채 하나로는 부족하겠지. 하지만 그것도 장소가 뭍일 때나 통용되는 말이다. 이곳은 장강이다. 장강에서는 우리가 왕이다."

"으음!"

"그가 비록 강하다고 하나 물이라는 제한적인 장소에서도 그럴까? 나는 그렇게 생각하지 않는다. 물에서라면 자신의 무공을 반도 활용하지 못할 것이다. 그렇다면 우리에게 충분히 승산이 있다. 그리고 우리가 전왕을 잡는다면 단숨에 녹수채는 총회에서 강력한 영향력을 행사할 수 있게 된다. 이야말로 내가 노리던 기회. 그러니 어찌 놓칠까?"

"채주님!"

야망으로 불타오르는 독무정의 눈길 앞에서 번철은 고개를 숙일 수밖에 없었다. 과정이야 어찌 됐건 독무정은 그가 평생토록 따를 것을 맹세한 주인. 그렇다면 앞으로는 이의를 제기하는 대신 전왕을 잡기 위해 최선의 방책을 내야 했다.

"우선 전왕과 그 일행이 어느 배에 탔는지 알아내는 것이 급선무이겠군요."

"그렇다. 그들이 타고 있는 배와 지나가는 경로, 그리고 목적지까지 하나도 빠짐없이 알아내도록. 그리고 이제까지 놀고 있던 녀석들을 모두 소집해. 이제야 제대로 본업으로 복귀할 테니까."

"알겠습니다."

"흐흐! 이제야말로 녹수채의 진정한 힘을 보여 주지."

녹수채가 호북성을 지나가는 장강의 물줄기를 장악한 것은 결코 우연이 아니다. 지금이야 지나가는 상선들로부터 보호세를 받아들이는 것이 당연시되고 있었지만, 처음 독무정이 녹수채의 채주에 올랐을 때만 하더라도 그들의 본업은 겨우 상선이나 터는 약체에 불과했다. 관선이 떴다 하면 꽁무니가 빠져라 도망을 치는. 그러나 독무정이 채주의 자리에 오르면서 모든 것이 변했다.

독무정은 강력한 지도력을 가진 채주였다. 그는 휘하의 부하들을 혹독하게 훈련시키고 인근의 작은 수채들을 토벌하기 시작했다. 처음엔 반발도 많았다. 그러나 독무정의 지도 아래 성장한 녹수채의 수적들은 이미 그들이 감당할 수 없는 존재로 자라나 있었다. 독무정은 휘하의 부하들을 이끌고 주위의 모든 수채를 병탄했다. 그 과정에서 흘린 피가 적지 않았지만 그의 잔혹성과 손속이 세상에 알려지는 계기가 되어 오히려 그 후의 일은 쉬워졌다.

여러 채의 수채가 경쟁을 하면서 약탈을 하는 것보다 하나의 강력한 수채가 보호세를 받는 것이 오히려 싸게 먹혔다. 때문에 상선들은 순순히 녹수채에 보호세를 납부했고, 그 덕에 녹수채는 지금까지 안전하게 커 올 수 있었던 것이다.

감히 관에서도 건드리지 못하는 녹수채. 이제까지 평온한 일상에 본성을 감추고 잠들어 있었지만 이제 그들의 힘을 세상이 알게 될 것이다. 전왕을 제물로 말이다.

"애송이 주제에 전왕이라는 거창한 명호라니. 흐흐! 곧 세상이 얼마나 무서운지 뼈저리게 느끼게 될 것이다, 애송이!"

독무정이 차갑게 중얼거렸다.

　　　　　*　　　*　　　*

단사유가 탄 배는 호북성의 성도인 무한을 지나가고 있었다. 이런 속도라면 앞으로 열흘 정도면 철무련에 도착할 수 있을 듯싶었다. 물론 무사히 도착을 한다는 전제에서 하는 말이었다.

"정말 넓군."

난간 밖으로 보이는 광경을 보며 막고여가 중얼거렸다.

그는 따사로운 햇살을 받으며 갑판 위에 앉아 있었고, 그의 옆에는 단사유와 홍무규가 함께하고 있었다.

막고여로서는 실로 오랜만의 외출이었다. 오랜만에 보는 햇빛에 그의 눈살이 찌푸려졌다. 하지만 그의 입가에는 은은한 미소가 걸려 있었다.

처음에는 단사유라는 인간을 제대로 볼 수가 없었다. 그저 강호의 평범한 청년으로 알았던 자가 사실은 그로서는 감히 고개를 들어 볼 수도 없는 엄청난 절대고수였다. 그것도 언감생심 꿈도 꿀 수 없는. 그렇기에 그는 단사유에게 제대로 말도 붙이지 못했다. 하지만 시간이 지나면서 알게 되었다. 예전에 알던 단사유나 지금 자신의 곁에 있는 단사유나 전혀 다를 게 없는 사람이라는 것을. 그는 자신이 지고한 무공을 가지고 있는 것을 전혀 표 내지 않았다. 뿐만 아니라 예전 그대로 자신을 대하고 있었다. 그것이 고마웠다. 만약 그가 자신의 우월감을 표출하려 했다면 현재 막고여의 정신 상태로는 결코 견뎌 내지 못했으리라.

막고여가 곁눈으로 단사유를 바라봤다. 그러자 홍무규와 더불어 대낮부터 술잔을 주고받는 그의 모습이 보였다. 무엇이 그리 좋은지 기분 좋은 웃음을 지으며 술잔을 나누는 그의 모습에 막고여의 얼굴에도 덩달아 웃음꽃이 걸렸다.

'천하가 모두 적으로 돌아서도 저 사람만은 내 편이 되어 줄 것이다. 그것만으로도 충분하다.'

전왕이라 불리는 남자, 그러면서도 스스로는 전왕이라는 자각이 전혀 없는 남자. 그가 자신의 편이라는 사실만으로도 마음이 든든했다.

그는 옅은 웃음을 지은 채 전면을 주시했다.

"아앙! 오빠, 그러지 마."

"하하! 받아라, 정의의 검을!"

아이들이 뛰어놀고 있었다. 남매로 보이는 두 아이는 나무로 만든 목검을 들고 갑판 위를 뛰어다니며 칼싸움을 하고 있었다. 하지만 동생으로 보이는 여자 아이가 아무래도 힘에서 밀리는 듯 머리를 감싸고 연신 도망 다니고 있었다. 그 모습이 어찌나 귀여운지 주위에 있는 상인들이 만면에 웃음을 띤 채 그 모습을 바라봤다.

막고여 역시 그 모습을 바라보며 시름을 잊었다. 자신은 만신창이가 되었고, 표국의 식구들 역시 어떻게 되었는지 알 수 없는 상황이었지만 그래도 아이들의 모습을 바라보자니 마음속에 천근만근 무게로 짓누르고 있던 근심이 모조리 날아가는 것만 같았다.

"아이! 오빠, 그러지 말라니까!"

양 갈래로 곱게 머리를 땋은 여아는 오빠의 목검을 피해 난간에 기대어 검을 손질하고 있던 한 소년의 등 뒤로 숨었다. 그러자 여아의 오빠가 난처한 표정을 지으며 말했다.

"혜아! 너, 어서 나오지 못해! 그건 그 형한테 피해를 주는 거란 말이야."

"치잇! 나가면 또 목검으로 때리려고?"

"이제 그만 할게. 그러니까 어서 나와."

"알았어."

오빠가 목검을 바닥에 버리자 여아가 혀를 귀엽게 내밀며 소년의 등 뒤에서 슬며시 나왔다. 그제야 난처한 표정을 짓고 있던 소년의 얼굴에 웃음이 어렸다.

여아는 들고 있던 조그만 목검을 장강에 버리며 소년에게 꾸벅 인사를 했다.

"오빠, 고맙습니다."

"후후! 별말씀을……."

소년이 미소를 지으며 말하자 여아가 고개를 갸웃하며 그의 앞에 쪼그려 앉았다.

"지금 뭐 하는 거예요?"

"검을 손질하는 거란다."

"그럼 오빠도 무공을 익혔어요?"

"쪼금."

소년의 말에 여아가 존경스럽다는 듯이 바라봤다. 그러자 여아의 오빠도 그녀의 곁에 같이 쪼그려 앉았다.

"형도 무림인이에요?"

"글쎄다. 무공을 익혔으니 나도 무림인이겠지."

소년은 말끝을 흐렸다. 그의 얼굴에는 복잡한 표정이 떠올라 있었다. 하지만 이제 대여섯 살에 불과한 남매는 그런 소년의 표정을 읽을 수 없었다. 그들은 그저 검을 찬 무인이 그들의 곁에 있다는 사실만으로 신기해 하고 있는 중이었다. 커다란 상단 같은 경우에는 호위무사들을 고용하지만 그들의 아비는 그 정도로 여유가 있는 사람들이 아니었다. 그들의 아비는 그저 지인 몇 사람과 장강의 물줄기를 오르내리며 물건을 떼다 파는 소규모의 영세 상인에 불과했다. 당연 호위무인은 언감생심 꿈도 꾸지 못했다.

"너희들은 어디까지 가느냐?"

"저희는 동정호(洞庭湖)까지 가요. 아빠가 그러는데 이번에 거기에서 큰 거래가 있대요. 원래는 아빠 혼자만 다니는데 이번에는 시일이 오래 걸릴 것 같다고 저희도 데려가는 거예요."

소년의 물음에 여아가 조잘조잘 떠들어 댔다. 마치 참새처럼 쉴 새

없이 떠드는 여아의 모습에 소년이 기분 좋은 웃음을 지었다.

'역시 아이들은 어디서나 순수하구나. 이렇듯 해맑은 웃음이라니.'

자신의 앞에 쪼그려 앉아 귀를 쫑긋하고 있는 아이들을 보자니 해묵은 근심이 모조리 날아가는 것만 같았다.

소년은 자신이 이제까지 손질하던 검을 바라보았다.

비록 오래되고 낡은 평범한 검에 불과했지만 그에게는 큰 의미를 주는 검이었다.

'스승님……'

맨 처음 그가 검을 잡았을 때 그의 스승이 준 검이었다. 눈앞에 있는 남매들과 비슷한 나이에 이 검을 받았으니 벌써 십 년도 더 지난 일이었다. 하지만 소년은 이 검을 받았을 때의 광경을 아직도 기억하고 있었다.

'비록 평범한 청강검에 불과하나 너의 일신을 지키는 데 부족함이 없을 것이다. 검사에게 필요한 것은 단지 불의를 용납하지 않는 과감한 용기와 검 한 자루뿐, 그 이상 무엇이 필요하겠느냐? 허허허!'

자애롭게 웃어 주던 스승의 얼굴이 바로 눈앞에 있는 것만 같았다.

"오빠, 왜 그래요?"

그때 여아의 목소리가 소년의 상념을 깨웠다. 정신을 차리고 보니 남매가 이상하다는 듯이 그를 바라보고 있었다. 그제야 소년은 자신의 실책을 깨닫고 겸연쩍은 듯이 말했다.

"미안하구나. 내가 잠시 딴생각을 하고 있어서. 우리 아직 인사도 안 했지? 난 검한수라고 한다. 만나서 반갑구나."

"난 임상혜라고 해. 하지만 날 알고 있는 사람들은 모두 혜아라고 불러. 오빠도 그렇게 불러도 돼. 그리고 이쪽은 혜아 오빠인 임무영이야. 근데 사람들은 오빠 이름 대신 그냥 말썽쟁이 영이라고 많이 불러."

"반갑다. 혜아야, 무영아."

검한수는 환한 웃음을 지으며 아이들과 인사를 했다. 아이들 역시 검한수에게 반갑게 인사를 했다. 비록 처음 보는 사이였지만 아이들은 검한수가 낯설지 않은 듯 친근하게 굴었다. 그것은 검한수 또한 마찬가지였다. 원래 성품이 아이들을 좋아하는지 그는 아이들이 귀찮게 굴어도 얼굴 한번 찡그리지 않고 즐겁게 이야기를 나눴다. 어떻게 보면 오랫동안 헤어져 있던 친형제들이 이야기를 나누는 듯한 광경이었다.

"오빠는 어디까지 가는 거예요?"

"난 철무련까지 간단다."

"철무련요?"

혜아가 눈을 동그랗게 떴다.

아직 어린 나이였지만 아비를 따라 중원을 많이 돌아다닌 덕에 철무련이 얼마나 유명한지 잘 알고 있었다. 하긴 어찌 그러지 않을까? 배를 타건 마차를 타건 무인들이 모였다 하면 철무련 이야기로 꽃을 피우는데.

"형, 정말 철무련에 가는 거예요?"

"응!"

"와아!"

검한수의 대답에 임무영이 탄성을 터트렸다. 그는 매우 또랑또랑한 눈으로 검한수를 올려다봤다. 그 안에는 검한수에 대한 존경심이 담겨 있었다. 하지만 검한수는 아이의 눈빛이 매우 부담스러웠다. 아이들은 자신이 매우 대단한 줄 알고 있었지만 스스로는 보잘것없는 무인이라고 생각했기 때문이다.

이번에 철무련에 가는 것 역시 특별한 일 때문이 아니었다. 단지 철무련에 있는 사문의 사람들에게 장문인의 서신을 전하러 가는 길이었다. 본래 이 일은 하급 제자들이 해도 되는 일이었지만 장문인은 굳이 소년에게 시켰다. 그 때문에 소년은 홀로 강호에 나와야 했다. 그것은 본래 그의 신분에는 맞지 않는 일이었으나 그래도 소년은 사문에서 나올 수 있다는 이유만으로 기꺼이 그 일을 맡았다.

"그럼 형도 검법을 잘해요?"

"글쎄."

무영의 말에 검한수는 묘하게 웃음을 흐리며 시선을 돌렸다. 그러자 갑판 중앙에 자리를 잡고 앉은 중년의 남자와 그의 뒤에서 술판을 벌이고 있는 거지와 잘생긴 청년이 눈에 들어왔다. 의자에 앉아 있는 중년인은 몸이 약간 불편한 듯 보였다. 하지만 정작 검한수가 신경을 써서 바라보는 사람은 중년인이 아니라 그의 등 뒤에서 술을 나누고 있는 두 사람이었다.

꾀죄죄한 차림에 지저분한 늙은 거지와 잘생긴 얼굴에 호감이 가는 미소를 짓고 있는 청년. 전혀 어울릴 것 같지 않은 두 사람은 술잔을 주거니 받거니 하며 대낮부터 벌겋게 얼굴이 달아올라 있었다. 만약 일반 사람이 대낮부터 저리 취해 있었다면 눈살을 찌푸릴 일이었지만 두 사람은 묘하게도 그런 모습이 어울려 보였다. 오히려 저렇듯 나이를 떠나 술을 마시는 모습이 그렇게 부러울 수 없었다.

검한수는 한참 동안 부러운 눈으로 그들을 바라보다 고개를 돌렸다.

그때 남매의 아버지로 보이는 중년의 상인이 다가왔다.

"무영아, 혜아! 또 다른 분을 귀찮게 했구나. 어서 이리 오너라."

"아니에요. 한수 오빠도 얼마나 좋아했다구요. 그치, 오빠?"
"그래. 혜아하고 무영이 덕분에 나도 심심하지 않았다."
이어 검한수는 아이들의 아버지에게 말했다.
"덕분에 즐겁게 왔습니다. 아이들을 너무 나무라지 마십시오."
"허허! 소협이 그랬다면 다행이구요. 그럼 즐거운 여행 되시길 빌겠소이다."
"안녕히 가십시오."
검한수가 포권을 취해 보이자 중년의 상인이 사람 좋은 웃음을 지어 보이며 양손에 아이들의 손을 잡고 자신의 자리로 돌아갔다. 검한수는 손을 흔들어 보이는 아이들에게 마찬가지로 손을 흔들어 보이고는 중얼거렸다.
"하아~! 또 혼자구나."
그는 쓸쓸한 눈으로 다시 자신의 손에 들린 검을 바라보았다.
검병에 음각으로 새겨진 종남(終南)이라는 두 글자가 유난히도 눈에 들어왔다.
검한수는 검병을 꽉 움켜잡았다. 그러자 종남이라는 두 글자가 보이지 않았다. 그제야 그의 얼굴이 본래의 빛을 되찾았다. 그는 한숨을 내쉬며 자리에서 일어났다.
"자연은 이리도 광활한 모습을 보여 주고 시시때때로 변하는데 종남산은 나에게 아직도 답답하구나."
그는 나직이 중얼거리며 숨을 크게 들이켰다. 시원한 바람이 폐부 깊숙이 스며들자 청량감이 느껴졌다.
"응?"
그 순간 검한수의 눈에 이채가 떠올랐다.

이곳은 장강의 한가운데라 수심이 깊은 편이었다. 또한 물살이 매우 빨라 조그만 고깃배들이 들어오기에는 위험한 곳이었다. 그래서인지 근처에서 고깃배라고는 전혀 볼 수 없었는데 유독 한 척의 배가 눈에 띈 것이다.

'이런 곳에서 그물을 던져 봐야 잡히는 것도 없을 텐데.'

그가 눈을 빛내며 고깃배를 바라봤다. 고깃배라면 의당 있어야 할 그물이 보이지 않았다. 대신 전혀 어부처럼 보이지 않는 험상궂은 사내 둘이 한참 동안이나 그가 탄 배를 바라보았다. 일반인의 안력이라면 그저 희끗한 형체만 보였을 테지만 검한수는 일반인이 아니었다. 그 역시 무공을 익힌 무림인이었고, 이 정도의 거리는 그에게 아무런 장애도 되지 못했다.

고깃배의 어부들은 검한수가 뚫어져라 바라보자 곧 배를 저어 시야에서 사라져 갔다.

"아무래도 이상한걸?"

검한수가 고개를 갸웃했다.

* * *

장강에도 밤이 찾아왔다.

불빛 한 점 없는 장강의 물줄기를 배는 별빛에 의지해 헤쳐 나가고 있었다. 낮 동안에 갑판에 올라와 있던 상인들과 여행객들도 모두 선실로 돌아갔다. 덕분에 갑판 위에는 선원들만이 한가하게 움직이며 물길을 주시하고 있었다.

"허~! 사람들, 한밤인데도 쉬지도 못하고 일하는군. 이거 내가 다

미안해지네그려."

여전히 자리에 앉아 술을 마시고 있던 홍무규가 딴에는 미안했는지 그렇게 중얼거렸다. 그의 앞에는 단사유가 조용히 술잔을 들고 있었다.

대낮부터 시작된 술자리는 밤늦게까지 이어졌다. 몇 동이나 되는 술독이 그들의 뱃속으로 사라진 지 오래였다. 얼큰하게 취하긴 했지만 두 사람 모두 내공의 고수였다. 마음만 먹으면 몸 안의 취기 따위는 언제든지 몰아낼 수 있는 사람들이었다. 때문에 그들은 숙취 걱정 따위는 하지 않고 마신 것이다.

홍무규가 입에 술잔을 털어 넣으며 중얼거렸다.

"끌끌! 저 어린 친구는 아직도 갑판에 남아 장강을 바라보고 있군. 어린 친구가 저리 생각이 깊어서야."

따로 누군가를 지칭하는 말은 없었지만 단사유는 그가 누구를 가리키는지 단번에 알아들었다.

지금 현재 갑판에 그들과 선원들을 제외하고 외인은 단 한 명밖에 없기 때문이다. 아까 낮에 아이들과 어울려 놀았던 소년 검사, 특유의 순박한 분위기로 처음 만났던 날부터 단사유의 시선을 끌었던 검한수가 여전히 난간에 기댄 채 밖을 바라보고 있는 것이다.

"나름대로 사연이 있는 것 같군요. 우리는 술이나 마시죠."

"흘흘! 그러세. 내 코가 석 잔데 남의 사정까지 신경 써 줄 여유가 없지. 마시세! 마시고 모든 근심 걱정일랑 흐르는 장강 물에 흘려버리세."

"후후!"

다시 홍무규와 단사유의 술자리가 계속됐다. 언뜻 무방비 상태로 보이지만 두 사람의 이목은 활짝 열려 있었다. 술자리를 하는 것 자체가 배를 지키는 동안 무료한 시간을 달래는 일종의 여흥인 것이다.

검한수는 장강을 바라보며 상념에 잠겨 있었다.
"누구였지? 아마도 그것은 이 배를 정탐하는 것 같았어."
그는 아까 낮에 보았던 고깃배를 생각하고 있었다. 그냥 넘겨도 될 일이었지만 이상하게도 신경이 쓰이는 것이다. 덕분에 선실에 들어가지도 못하고 이렇게 갑판에서 시간을 보내고 있었다.
검한수의 눈에 어두운 장강의 물결이 들어왔다.
보이는 것이라고는 오직 횃불에 비치는 물결뿐이다. 그리고 간간이 물 위에 떠다니는 갈대 더미가 보였다. 인근의 갈대밭에서 떠내려 온 것인 듯, 사람 하나가 충분히 앉아 있어도 될 만큼 갈대 더미가 곳곳에 보이고 있었다. 그 이외에는 전혀 눈에 들어오는 것이 없었다.
"내가 쓸데없는 일에 신경을 빼앗기고 있구나. 차라리 이 시간에 무공 수련에나 신경을 쓸걸. 정말 이놈의 소심한 천성은 어쩔 수 없는 것인가?"
검한수는 나직이 한숨을 토해 내며 난간에서 손을 떼었다.
그때였다.
콰—앙!
갑자기 뱃머리에서 커다란 굉음이 들려오더니 배가 한순간 크게 출렁였다. 때문에 배 위를 오가던 선원들이 앞쪽으로 나뒹굴었다. 하마터면 검한수마저 넘어질 뻔했다.
"뭐야! 무슨 일이 일어난 거야?"
"앞쪽을 살펴봐! 누가 횃불 좀 가져와 봐!"

나뒹굴었던 선원들이 급히 일어나며 소리쳤다.

그때 갑판 밑에서도 급박한 소리가 들려왔다.

"암초를 박은 모양이다. 선미에 구멍이 나서 물이 들어온다. 빨리 이곳으로 내려와!"

배 밑창에서는 물이 새어 드는 소리가 들려오고 있었다. 그러나 다행히 구멍이 크지 않은 듯했다. 더 이상 배를 운행하는 것은 불가능했지만 멈추고 수리를 하면서 물만 빼낸다면 가라앉지는 않을 듯싶었다.

"젠장! 이곳은 암초가 없는 지역인데 도대체 뭐에 부딪친 거야?"

"낸들 아나? 빨리 그쪽이나 막아. 잘못하면 배가 기울지도 몰라."

선원들의 목소리가 들려왔다.

"역시!"

검한수가 나직이 중얼거렸다.

무언가 이상했다. 낮에 이 배를 보던 고깃배도 그렇고, 한밤에 강을 떠다니는 수많은 갈대 더미도 그렇고.

"갈대 더미?"

순간 이쪽으로 흘러오던 갈대 더미에 퍼뜩 생각이 미쳤다. 그가 급히 고개를 난간 밖으로 내밀었다.

"이런!"

순간 그의 눈이 빛났다. 배의 옆면을 타고 기어 올라오는 사람들이 보였기 때문이다.

지저분한 선부 복장에 도를 입에 문 사내들. 그들은 이런 일에 매우 익숙한 듯 거침없이 배 위로 기어오르고 있었다.

마침 그 광경을 배 위에 있던 선원들이 보았는지 기겁하며 소리쳤다.

"수적들이다!"

"수적이다! 모두 조심해!"

배는 금세 아수라장이 되었다. 곤히 자고 있던 승객들은 한밤의 소란에 기겁을 하며 밖으로 빠져나왔다.

"당황하지 말고 모두 훈련받은 대로 선창(筅槍)으로 적들을 밀어 떨어트려라."

그때 선장인 마염문이 크게 소리쳤다. 그러자 선원들이 정신을 차리고 갑판 한쪽에 놓여 있던 선창을 가져와 기어 올라오는 수적들을 찍기 시작했다.

"으아악!"

"켁!"

기세 좋게 배 위로 기어오르던 수적들이 대나무에 달린 창날에 찍혀 물 위로 떨어져 내렸다. 그럼에도 불구하고 많은 수적들이 이를 악물고 배 위로 올라오고 있었다.

마염문이 소리를 치며 휘하의 선원들을 움직였다.

"갑판장은 선원들을 이끌고 수적들이 배 위로 올라오지 못하게 하고, 일부 선원들은 나를 따라 배 밑창을 고친다. 시간이 늦어지면 늦어질수록 이곳에서 탈출하는 시간이 길어지니까 모두 정신 바짝 차려라."

"예!"

"어서어서 움직여!"

선원들이 우렁차게 대답을 하며 일사불란하게 움직였다.

처음에는 당황했지만 그들은 곧 정신을 차리고 평소에 훈련받은 대로 움직였다.

검한수는 선원들이 움직이는 것을 보며 중얼거렸다.
"도대체 왜 이 배를 노리는 거지? 기껏해야 영세 상인들이나 이용하는 배를……."
그들이 탄 배에 실려 있는 물품 중에서 귀한 것은 없었다. 커다란 선단도 아닌 조그만 배에 짐이 실려 봐야 얼마나 실려 있겠는가? 더구나 이곳은 녹수채가 장악하고 있는 지역. 그들은 약탈을 철저히 금하고 보호비를 받는 것으로 대신했다. 그런데 이렇게 그들의 영역에서 약탈을 하는 수적이라니.
"무슨 일이 벌어지는 거야? 도대체……."
검한수가 망연히 중얼거렸다.
이미 배 위에는 수적들이 하나 둘 모습을 보이고 있었다. 선원들이 합세해 그들을 배 밑으로 몰아내고 있었지만 이제는 그마저도 힘에 부치는 듯했다.

"흐흐! 그가 제아무리 무공이 강하더라도 배가 수장되면 끝이지."
독무정이 멀리서 벌어지는 약탈극을 보며 중얼거렸다.
저쪽에 있는 배에서는 보이지 않겠지만 이곳에는 세 척의 배가 무리를 이룬 채 조금씩 접근하고 있었다. 아마 저들은 배에 가까워져서야 눈치를 챌 것이다.
이 모든 것은 독무정의 심복인 번철의 작품이었다.
번철은 낮에 단사유가 탄 배를 확인한 후 속도를 계산해서 배가 다니는 길목에 쇠사슬을 설치했다. 저들은 암초에 걸린 것으로 착각하고 있었지만 사실 그것은 쇠사슬이었다. 거대한 쇠사슬에 걸린 배는 당연히 멈추었고, 뱃전에 구멍이 뚫렸다. 그리고 저들은 평범한 갈대 더미인 줄 알았겠지만 갈대 더미 밑에는 수공을 익힌 수적들이 숨어 있었다. 그들은 배가 멈추자 배 위로 기어 올라가 혼란을 일으키고 있었다.

"흐흐! 저들이 혼란을 일으킨 사이 우리가 접근해 끝을 내 버리면 돼. 그가 제아무리 고수라 하더라도 멀찍이 떨어져서 활을 쏘면 견디내지 못할 것이다."

독무정이 누런 이를 드러내며 중얼거렸다.

그는 죽어도 단사유와 맞붙어서 싸울 생각 따위는 없었다. 이렇게 계속해서 수공을 익힌 수적들을 내보내 배 밑창에 구멍을 뚫게 하면 알아서 배가 침몰할 것이다. 그리고 활을 쏘면 끝이다. 이 얼마나 생산적인 방식이란 말인가?

"총회에 입성을 하면 제일 먼저 다른 채주들을 나의 영향력 하에 끌어들여야 해. 그리고 차근차근 다른 수채들을 병탄해야지. 그렇게 십 년의 세월만 지난다면 총채주도 나에게 감히 대항하지 못할 것이다."

그가 잔에 들어 있던 분주를 기분 좋게 들이켰다.

그때 번철이 조심스럽게 말했다.

"아직 안심을 하기에는 이릅니다. 전왕은 무위를 추측하기 힘든 절대고수입니다. 만전을 기한 채 끝까지 지켜봐야 합니다."

"흐흐! 그가 제아무리 고수라 할지라도 물에서는 나를 당할 수 없다. 여차하면 이 몸의 번왕십팔창(藩王十八槍)을 보여 주지. 꽁무니나 빼지 말라고 해라. 으하하하!"

독무정이 광소를 터트렸다. 그의 웃음에 다른 수적들 역시 덩달아 웃음을 터트렸다.

"전왕을 장강의 귀신으로 만들자!"

"귀신으로 만들자! 으하하!"

그들의 웃음소리가 밤하늘에 울려 퍼졌다.

"으아악!"
"크엑!"
배 위는 이미 난장판이었다. 물을 피해 올라온 승객들과 약탈하기 위해 올라온 수적들, 그리고 그들을 막기 위해 혼신의 힘을 다하는 선부들이 엉켜 아수라장을 이뤘다.
"얘들아! 이리로 가거라, 어서!"
혜아와 무영이, 두 아이의 아버지인 임영생은 아이들을 두 팔에 안고 사람들을 피해 갑판 한쪽으로 걸음을 옮겼다.
날벼락도 이런 날벼락이 없었다. 선실에서 곤하게 자고 있는데 갑자기 물이 차지를 않나, 물을 피해 갑판 위로 올라오니 피 튀기는 싸움이 벌어지지를 않나. 그의 품에 안겨 있는 아이들은 겁에 질린 채 눈물을 흘리고 있었다.
"으아앙! 아빠, 무서워."
혜아가 커다란 눈에 굵은 눈물방울을 흘리며 울었다. 어린 혜아의 눈에는 이 모든 광경이 겁에 질리도록 만들기에 충분했다.
"시끄럽다, 꼬마 계집!"
그때 배 위에 막 올라온 수적이 험상궂은 표정으로 임영생 일가를 향해 다가왔다. 그의 손에는 보기에도 섬뜩한 박도가 들려 있었다.
"내 아이들에게 손대지 말거라!"
"흐흐! 손대면 어찌할 건데?"
임영생이 아이들을 자신의 등 뒤에 두고 막아섰다. 그러나 수적은 가소롭다는 듯이 그를 바라보고 있었다. 그의 눈에 비친 임영생 일가는 목만 비틀면 언제든 죽일 수 있는 병든 닭과 다름없었다.
"흐흐흐! 뒈져라!"
쐐액!
그가 임영생을 향해 박도를 내리쳤다. 그에 임영생이 아이들을 최대한 자신의 몸으로 감싸 안으며 눈을 질끈 감았다.
"아악! 아빠!"
혜아의 비명 소리가 갑판 위를 갈랐다.
챙—!
그 순간 한 줄기 검명이 울려 퍼졌다.
한참이 지나도 통증이 느껴지지 않자 임영생은 살며시 눈을 떴다. 그러자 누군가의 등이 흐릿하게 보였다.
"오빠!"
혜아가 등의 주인을 알아보고 중얼거렸다.
검을 빼 든 채 수적을 막아선 이는 검한수였다. 위기의 순간에 그가 검을 빼 든 것이다.
"이것은 또 뭐야? 씨발!"
수적이 자신의 앞을 막아선 검한수를 보며 욕설을 내뱉었다. 순간 검한수의 눈이 움찔했다.
그는 정통의 무공을 익혔다. 그것도 구대문파 중의 하나인 종남의 무공을. 하지만 그럼에도 불구하고 그의 눈동자는 흔들리고 있었다.
언제든지 숨통을 끊을 수 있는 자이다. 그만큼 명백한 수준 차이가 존재한다. 그런데도 그는 그럴 수 없었다.
그런 검한수의 상태를 알아봤는지 수적이 손바닥에 침을 뱉으며 말했다.

"퉤엑! 이제 보니 골방에서 무공을 익힌 샌님이시구만. 호호호!"

비록 무공은 검한수가 높을지 모르지만 자신은 산전수전 다 겪은 능구렁이였다. 한눈에 검한수의 상태를 알아봤다. 상대는 애송이였다. 살인이라고는 한 번도 해 보지 못한.

단호한 마음.

맨 처음 검을 들었을 때부터 귀가 닳도록 들은 말이다. 그의 스승도, 사문의 어른들도, 그리고 사형들도.

뛰어난 오성을 가지고 있었지만 그에게 모자란 것은 적을 대하는 단호한 마음이었다. 무른 그의 성격 때문에 비무에서도 연이어 깨지고 사형제들에게 천덕꾸러기 취급을 받는 그였다. 물론 다른 이유도 있었지만 그것은 생각조차 하기 싫었다.

혜아와 무영이의 위험에 급히 나섰지만, 그는 여기에서 더 이상 뭘 해야 할지 머릿속에 아무것도 떠오르지 않았다.

'역시 나란 놈의 한계는 여기까지란 말인가?'

제아무리 종남의 무공을 익혔으면 뭘 하는가, 적을 앞에 두고도 펼치지 못하는데. 자신이란 인간은 정말 쓸모없는 인간이었다. 자괴감이 밀려왔다.

쉬익!

"뒈져랏! 어린 놈."

수적의 박도가 날아왔다. 하지만 검한수는 움직일 수 없었다. 마음은 움직여야 한다고 생각하고 있었지만 그의 육신은 의지를 따라 주지 못하고 있었다. 그는 그만 눈을 감고 말았다.

퍼엉!

"케엑!"

그때 그를 공격해 오던 수적이 처절한 비명을 지르며 배 밖으로 튕겨 나갔다. 강 위로 떨어지는 그의 몸에서는 엄청난 양의 선혈이 뿜어져 나오고 있었다.
투둑!
몇 방울의 피가 검한수의 얼굴을 적셨다. 그제야 검한수는 현실로 돌아왔다.
"상대를 죽이지 못하는 검은 장식에 불과할 뿐. 검이 울고 있다."
웅웅웅!
굳은 등을 보이고 있는 남자. 그의 말에 검한수의 검이 나직이 울음을 터트리고 있었다.

제4장

장강에 보내는 경고

장강에 보내는 경고

검한수는 멍하니 사내의 등을 바라보았다.

마치 한순간의 꿈처럼 느껴졌다. 수적이 자신을 공격해 오고, 다시 수적이 사내에 의해 처참히 죽어 간 모든 것이. 아니, 처참하게 피를 흘리는 이 모든 광경이 아득한 꿈결처럼 느껴졌다. 그러나 그의 코를 간질이는 선명한 피비린내가 이 모든 것이 현실이라는 것을 알려 주고 있었다.

다시 사내의 목소리가 그의 귓가에 울려왔다.

"검을 빼 들었으면 이미 검에 모든 것을 맡긴 것이다. 검의 의지대로 따르도록 해라! 주인과 한 몸이 된 검이라면 이미 어떻게 싸워야 하는지 알고 있을 터."

"그게 무슨?"

사내의 말에 검한수가 망연히 물었다. 그러나 사내는 대답 대신 갑판 위를 빛살처럼 누비기 시작했다.

"퍼퍼펑!"

맹렬한 폭음이 갑판 이곳저곳에서 울려 퍼졌다. 그리고 그만큼 수적들이 배 위에서 떨어져 나갔다.

한 번 손이 휘둘러질 때마다 어김없이 한 명의 숨이 끊어졌다. 그의 일수가 허공을 가를 때마다 그토록 흉악한 기세를 풍기던 수적들이 겁을 집어먹고 뒤로 물러섰다.

그의 기세가 배에 오른 수적들을 압도하고 있었다.

검한수는 자신도 모르게 눈을 비비고 그 광경을 바라봤다.

그는 손을 쓰는 데 추호의 자비도 없었다. 마치 세상에 피를 뿌리는 사신(死神)처럼 그는 죽음을 내리고 있었다. 살인에 대한 두려움으로 몸이 굳어 버린 자신과는 정반대의 모습이었다. 그는 타인의 죽음 앞에서 냉정했고, 또한 무자비했다. 그의 모습이 선명하게 뇌리에 각인됐다. 오늘 이 모습은 평생토록 그의 기억 속에서 잊혀지지 않을 것 같았다.

"어떻게 저렇게 잔인할 수가……."

검한수가 자신도 모르게 중얼거렸다. 그가 옳은 것은 알고 있었지만 그래도 잔인하다는 생각이 들었다.

그때 그의 곁으로 다가오는 사람이 있었다.

"그는 잔인하고 파괴적이지. 하지만 그것은 어디까지나 그의 적에 한해서라네."

검한수가 기척도 없이 다가온 사람의 목소리에 놀라 뒤를 돌아보았다. 그러자 아까 갑판에서 보았던 늙은 거지가 보였다.

"누, 누구십니까?"

"흘흘! 별 볼일 없는 개방의 거지라네."

"아! 저, 저는 종남의 검한수라고 합니다. 개방의 어른을 뵙게 되어 영광입니다."

"흘흘! 젊은 사람이 인사성이 밝구만. 하지만 인사는 됐네. 지금은 그렇게 한가한 때가 아니니까."

특유의 웃음소리를 흘리는 거지, 그는 다름 아닌 홍무규였다. 그리고 닥치는 대로 적들을 도륙하는 남자는 단사유였다. 그는 배 위에 오르는 수적들을 향해 거침없이 죽음을 내리고 있었다. 그런 그의 모습은 왠지 아련하면서도 처절하도록 아름다웠다. 하지만 무언가 이 세상의 것이 아닌 듯 이질적으로 느껴졌다.

"보아하니 강호 초출 같군. 그러니 검에 인정이 서려 있지. 흘흘!"

"아셨습니까? 하지만 저는 평생을 가도 제대로 검을 휘두르지 못할 것 같습니다. 그로 인해서 사형들에게도 많이 혼났지만……."

검한수가 시무룩한 얼굴을 했다.

그 모습을 보며 홍무규가 혀를 찼다.

어디에나 이렇게 심약한 사람은 있는 법이다. 하지만 그것이 무림인일 경우에는 꽤 심각하다. 상대를 눈앞에 두고도 검을 휘두를 수 없다면 존재의 이유가 없으니까. 아마 눈앞의 청년은 심약한 마음으로 인해 사형제들에게 많은 박해를 받은 것 같았다. 그의 모습에서는 언뜻언뜻 위축된 표정이 보이고 있다. 그것은 그만큼 그가 눈치를 많이 봐야 했다는 것을 알려 주고 있었다.

'골격이나 자질은 그리 나쁘지 않은 것 같은데 유약한 심성 때문에 자신의 재능을 썩히고 있군.'

아마도 눈앞의 소년은 종남에서도 꽤나 높은 항렬의 제자일 것이다.

구대문파의 법도라는 것은 무척이나 엄해서 하급 제자들을 결코 혼자 강호에 내보내지 않으니까. 그렇게 본다면 소년은 최하 이대제자, 어쩌면 일대제자일지도 모른다.

홍무규가 검한수를 바라보는 그 순간에도 단사유는 끊임없이 움직이고 있었고, 배 위에 올라온 수적들 대부분을 정리하고 있었다.

홍무규가 그 광경을 보며 입을 열었다.

"자네는 강호에 나온 지 얼마나 되었는가?"

"이제 한 달 정도 되었습니다."

"흘흘! 그럼 저 친구는 강호에 출도한 지 얼마나 된 것 같은가?"

홍무규의 말에 검한수의 시선 역시 단사유를 향했다. 순간 그의 얼굴이 붉게 상기되었다.

"글쎄요. 하지만 저 정도면 몇 년은 족히 되지 않겠습니까? 저런 거침없는 손속과 파괴적인 무공을 가진 사람이 있다는 이야기는 들어 보지 못했지만."

"흘흘! 두 달이라네."

"네?"

"겨우 두 달 정도라네. 저 친구가 강호에 나온 것이 말일세."

"그럴 리가?"

검한수의 눈이 부릅떠졌다.

어떻게 저게 강호에 출도한 지 두 달밖에 안 된 사람의 손속이란 말인가? 강호에서 수십 년을 굴러먹은 노강호들도 그보다 익숙하게 살인을 하지는 못할 것이다.

검한수가 믿을 수 없다는 얼굴을 하자 홍무규가 그럴 줄 알았다는 듯이 말을 이었다.

"믿지 못하는 것도 무리는 아니지. 하지만 그가 강호에 출도한 지 두 달밖에 안 되었다는 것은 이 노화자가 보증할 수 있네. 그가 강호에 출도했을 때부터 이 몸이 같이했으니까."

"노 선배님이 누구시기에?"

"흘흘! 난 개방의 장로인 철견자 홍무규라고 하네. 그리고 가차 없이 죽음의 손을 휘두르고 있는 저 친구는 단사유라는 이름을 가지고 있지. 그리고 강호인들은 저 친구에게 전왕이라는 칭호를 부여했다네."

"전……왕!"

검한수의 눈가가 파르르 떨렸다.

전왕.

비록 강호 초출에 불과했지만 검한수도 전왕에 대한 소문을 들어 알고 있었다. 당금 강호의 최절정고수로 군림하고 있는 구대 초인의 아성에 거침없는 도전을 하고 있는 이 시대의 폭풍아. 남궁세가를 초토화시키고, 수많은 살수들의 파상공세 속에서도 거보를 멈추지 않는 남자. 그의 신비한 무공은 이미 강호의 전설을 만들어 가고 있는 중이었다.

"저 사람이 전왕이라니! 나와 나이 차이도 그렇게 많이 나지 않는 것 같은데."

"흘흘! 그는 아직 서른도 안 된 애송이지. 하지만 싸움에 있어서만큼은 애송이가 아니네. 벌써 그의 손에 의해 죽은 목숨만 세 자릿수가 넘어가고 있어."

"그럼 소문이 사실이란 말입니까?"

"흘흘! 그는 비록 강호에 출도한 지 얼마 안 됐지만 어떻게 싸워야 하는지 알고 있네. 그리고 싸워야 할 때가 되면 결코 망설이지 않네. 소중한 것을 지키기 위해서라면 아마 천하와도 기꺼이 적이 될 거야. 그런 사람이네, 자네가 보고 있는 전왕이라는 남자는."

"소중한 것을 지키기 위해……."

검한수가 홍무규가 했던 말을 다시 한 번 중얼거렸다. 그의 목소리가 귓가에 울려 지워지지 않을 것 같았다.

"그리고 피를 좋아해서 저러겠는가? 단지 자신이 손에 피를 묻히지 않으면 더 많은 사람들이 불행해지기 때문에 그러는 거네. 싸움에 인정은 있을 수 있지만 목숨이 걸린 전투에서 인정이라는 것은 그야말로 어리석은 자의 만용일 뿐이지. 자네에게 소중한 것은 무엇인가?"

홍무규의 말은 그의 가슴을 후벼 팠다.

이제껏 사람을 다치게 하는 것이 두렵다는 이유로 검을 기피했던 그의 마음에 잔잔한 파문이 일고 있었다. 단사유의 모습이, 홍무규의 목소리가 그의 가슴에 파문을 일으키고 있었다.

쉬쉬쉭!

그때 허공을 가르며 수많은 불길이 배를 향했다. 어둠 저편에서 누군가 불화살을 날린 것이다.

"허~! 정말 지독한 놈들이로고. 무고한 사람들도 많은데 이들을 모두 수장시키려는 것인가?"

홍무규가 혀를 차며 구걸편으로 날아오는 불화살들을 쳐냈다.

적이 누군지는 모르지만 자신들을 노리고 있다는 사실쯤은 짐작할 수 있었다. 아니, 정확히 말하자면 선실에 있는 막고여를 노리고 있는 것이리라.

후두둑!

홍무규의 구걸편이 움직일 때마다 불화살들이 우수수 장강으로 떨어져 내렸다. 하지만 불화살이 쏟아져 내리는 범위는 매우 광범위해 그 혼자만의 힘으로 막아낸다는 것은 무리가 있었다.

결국 갑판과 난간에 몇 개의 불화살이 떨어져 불길이 옮겨 붙기 시작했다.

"이런, 여유가 있는 사람들은 불을 꺼라! 자칫하면 배 전체에 불이 옮겨 붙을지도 모른다."

"어서 양동이를 가져와!"

선원들과 승객들이 급히 나무로 만든 양동이를 가지고 물을 긷기 시작했다.

"아빠!"

"여기서 잠시만 기다려라. 불을 끄지 않으면 큰일이 날 것이다."

임영생은 옷깃을 붙잡는 혜아와 무영이를 선체 한쪽에 숨기며 말했다.

아이들은 눈물을 흘리며 그를 붙잡고 있었다. 하지만 그는 언제까지나 아이들에게만 매달려 있을 수가 없었다. 자칫하면 배가 침몰하게 생겼다. 한 명이라도 어른의 힘이 필요한 시점인 것이다.

퍽!

"크윽!"

그때 난데없이 불화살이 날아와 임영생의 몸에 꽂히며 그가 나뒹굴었다. 다행히 불은 곧 꺼졌지만 화살촉은 임영생의 어깨를 완전히 관통한 상태였다.

"아악! 아빠!"

"아빠, 어떡해!"

장강에 보내는 경고 115

무영이와 혜아가 비명을 질러 댔다. 아이들의 얼굴에는 굵은 눈물이 흘러내리고 있었다. 아이들은 임영생의 품으로 파고들며 울었다.

"이런!"

순간 검한수는 정신이 퍼뜩 들었다.

눈앞에서 쓰러지는 임영생의 모습은 그의 내부에 작은 변화를 일으켰다.

'소중한 것을 지키기 위해……'

나에게 소중한 것은?

눈앞에 있는 자들의 안위다.

이 어린아이들에게 자신과 같은 아픔을 겪게 하고 싶지 않았다. 고아로 자라는 서러움을. 그래서 자신도 모르게 세상에 위축되게 하고 싶지 않았다.

자신처럼 말이다.

꾸욱!

그의 손에 힘이 들어갔다.

그가 고개를 들었다.

허공 가득 망막을 채우며 날아오는 불화살이 보였다. 홍무규 혼자만의 힘으로는 도저히 막아내지 못할 정도의 엄청난 양이었다. 저 많은 화살이 갑판에 떨어진다면 눈앞에 있는 혜아와 무영이마저도 죽음을 면치 못할 것이다.

스륵!

그 순간 검한수가 움직였다.

그의 손에는 어느새 그토록 소중하게 손질했던 검이 들려 있었다. 종남의 제자가 되면서 받았던 검. 세상을 위해 쓰겠다고 다짐했던 검이 그의 손을 따라 어둠 속을 가로질렀다.

"천하도도(天河滔滔)!"

그의 입에서 낭랑한 외침이 토해져 나왔다.

어둠 속에서도 환하게 불타오르는 횃불처럼 그의 목소리는 세상을 밝혔다.

검한수의 검이 마치 파도가 일시에 몰려오는 것처럼 장엄한 기세를 풍기며 펼쳐졌다. 그가 펼치는 초식은 종남의 검법인 천하삼십육검의 일초식인 천하도도라는 초식이었다.

본래 천하삼십육검은 종남파를 대표하는 절기 중 하나로 세상에 널리 알려져 있었다. 종남파의 무학을 익히기 위해서는 누구나 천하삼십육검을 익혀야 했다. 예전에 선인들이 펼쳤던 천하삼십육검은 천하를 쩌렁쩌렁하게 울렸다고 전해지나 지금은 많은 진수가 사라지고 실전돼 제 위력을 낼 수 있는 검사는 존재하지 않는다. 때문에 이제는 종남산에서도 잊혀지다시피 한 검학이 바로 천하삼십육검이었다.

그러나 검한수의 손에서 펼쳐지고 있는 천하삼십육검은 제대로 진수가 실려 있었다. 결코 껍데기만이 남아 있는 천하삼십육검이 아닌 것이다.

휘우웅!

어둠을 가르고 바람이 휘몰아쳤다. 검풍에 휘말린 불화살들이 두 조각나며 장강으로 떨어졌다.

한바탕 불화살의 장벽을 날려 버린 검한수가 급히 임영생의 어깨에 꽂힌 화살을 뽑고 지혈을 했다.

"비록 정신을 잃긴 했지만 생명에는 지장이 없을 게다. 여기서 아버지를 잘 보살펴 드리거라."

"으응!"

검한수의 말에 눈물범벅이 된 얼굴로 혜아가 고개를 끄덕였다. 검한수는 그런 혜아의 머리를 쓰다듬어 준 뒤 자리에서 일어났다.

웅웅웅!

검이 울고 있었다.

아까는 전왕의 기세에 감응해 울었던 것이라면 이번은 달랐다. 순전히 그의 의지로 검이 울고 있는 것이다.

그는 단사유가 했던 말을 떠올렸다.

"검의 의지대로 따르라고 했지. 주인과 한 몸이 된 검이라면 이미 어떻게 싸워야 하는지 알고 있을 것이라고. 그래, 너를 믿겠다! 적성(赤星), 네가 나를 이끌어다오!"

검에 그가 부여한 이름은 적성.

적성이 처음으로 주인의 의지에 감응해 울음을 터트렸다. 그것은 차후 강호를 호령할 종남의 일대 검사의 탄생을 의미했다. 그러나 그것은 아직 먼 훗날의 일이었다.

*   *   *

이미 장내는 거의 진정이 되어 가고 있었다. 그러나 단사유는 결코 이것이 끝이라고 생각하지 않았다. 그것은 홍무규 역시 마찬가지였다.

아직도 갈대 더미는 계속해서 흘러오고 있었다. 그리고 저 멀리 어둠 속에서 거대한 그림자가 모습을 드러내고 있었다.

"장강십팔채?"

비록 육안으로는 알아볼 수 없을 만큼 먼 거리였지만 단사유의 안력은 어둠을 뛰어넘어 배의 돛에 달린 깃발을 꿰뚫어 보고 있었다.

"저들이 장강십팔채를 동원한 모양이네."

어느새 홍무규가 그의 곁으로 다가왔다. 그는 눈썹을 찌푸리면서도 말을 이었다.

"저들이 정녕 장강십팔채가 맞는다면 녹수채가 분명할 것이네. 이곳은 십 년 전부터 녹수채의 영역이었으니까."

"녹수채라……."

"인근에서는 당할 자가 없다고 알려진 수적 집단이라네. 듣기로는 녹수채의 채주인 독무정은 성격이 포악하면서도 날카로워 상대하기가 결코 쉽지 않다고 하네. 특히 그의 무공은 물에서 더욱 위력을 발휘한다고 하니 결코 무시하지 못할 상대인 것은 분명하네."

"저들도 막 대협의 목숨을 노리는 것이겠지요?"

"이를 말인가? 이 배를 통째로 수장시켜 막 대협의 입을 막으려는 것이겠지. 수장이 되면 세상에 증거도 남지 않을 테니까."

"꽤 괜찮은 생각이군요. 하지만 저들은 한 가지 실수를 저질렀습니다."

"그래! 저들은 커다란 실수를 저질렀지."

단사유와 홍무규의 입가에 비슷한 웃음이 떠올랐다. 이제는 단사유의 웃음만으로도 그의 생각을 짐작할 수 있게 된 홍무규였다. 뿐만 아니라 이제는 웃음마저 닮아 가고 있었다.

'흘흘! 저 음흉한 성격마저 닮으면 안 되는데…….'

순간적으로 그런 엉뚱한 생각이 떠올랐다. 그러나 그는 이내 고개를 저어 상념을 지워 버리고 눈앞의 광경에 집중했다.

"저들의 실수는 나란 존재를 건드렸다는 것."

"그래! 그리고 이 몸의 존재를 까맣게 잊어버리고 있다는 것. 그래도 명색이 개방의 장로인데 이리도 무시를 하다니. 흘흘!"

"후후후!"

단사유의 웃음이 어둠을 타고 흘러 나갔다.

순간 두 사람의 눈이 마주쳤다. 그리고 거의 동시에 고개를 끄덕였다.

"감히 장강의 도적놈 따위가 우리를 건드리다니. 그것이 얼마나 큰 잘못인지 저들에게 똑똑히 알려 주고 오게나."

부—웅!

말과 함께 홍무규가 구걸편에 내공을 실어 단사유를 향해 크게 휘둘렀다. 그의 내력을 잡아먹어 마치 몽둥이처럼 단단해진 구걸편. 모르는 사람이 보았다면 생명에 위협을 느낄 만큼 엄청난 기세가 밀려왔다. 그러나 단사유는 추호도 당황하지 않고 제자리에서 뛰어올라 홍무규의 구걸편에 몸을 맡겼다.

쉬익!

단사유의 다리가 구걸편에 닿는다 싶은 순간, 그의 신형이 마치 활에서 떠난 시위처럼 길게 꼬리를 만들어 내며 어둠 저편으로 사라져 갔다.

"흘흘! 멀리도 날아가는구만."

홍무규는 자신이 날려 보낸 단사유가 거의 장강 중간까지 날아간 것을 보며 만족스런 미소를 지었다.

단사유는 홍무규에게 받은 탄력이 거의 떨어지자 강에 떠다니는 갈대 더미를 밟고 다시 몸을 날려 녹수채의 배를 향해 다가가고 있었다.

홍무규가 그 모습을 보며 미소를 짓고 있을 때, 갑자기 소년의 목소리가 들려왔다.

"저도 갑니다."

"엥?"

홍무규가 깜짝 놀라 뒤를 바라보자 좀 전에 보았던 애송이 검사인 검한수가 그를 향해 달려들고 있었다. 아니, 정확히는 날아오고 있었다.

순간적으로 홍무규는 검한수가 왜 자신에게 달려드는지 알아채고 미소를 지었다.

'흘흘! 역시 어리니까 금방 불타오르는구만.'

어둠 속에서도 눈부신 빛을 발하는 검한수의 눈. 그의 눈에는 조금 전과 같은 망설임은 존재하지 않았다. 그것은 그가 나약한 마음을 버리고 결심을 굳혔다는 증거였다.

저런 눈이야말로 어린 무인이 가질 수 있는 최고의 눈이었다. 이미 강호에 물들대로 물들어 노회한 무인들은 가질 수 없는 흔들리지 않을 신념이 어린.

홍무규는 이런 눈을 가진 무인들을 좋아했다.

"얼마든지 보내 주마. 잘 갔다 오거라."

부웅!

홍무규는 다시 한 번 구걸편을 힘차게 휘둘렀다. 그러자 검한수 역시 단사유와 마찬가지로 녹수채의 배를 향해 날아갔다. 한 가지 차이가 있다면 그는 단사유가 날아간 거리의 반도 채 날아가지 못하고 중간에 떨어졌다는 것뿐이다. 하지만 그는 단사유와 마찬가지로 강에 떠다니는 갈대 더미를 밟고 녹수채의 배를 향해 다가갔다.

"……고맙습니다."

아련하게 검한수의 목소리가 들려왔다.

홍무규는 흐뭇한 미소를 지으며 중얼거렸다.

"흘흘! 별말을……. 그나저나 나도 물 밑에서 배를 공격하는 놈들이나 처리해 볼까나. 이대로 배가 침몰하게 둘 수는 없으니까."

"이런, 젠장할! 수십 놈이 올라갔으면서도 배 하나 침몰시키지 못하다니. 이렇게 무능할 수가!"

독무정이 태사의의 손잡이를 내리쳤다. 그러자 자단목으로 만든 손잡이가 산산이 부서져 나갔다.

이번 작전에 투입한 부하만 수십이 넘었다. 그들은 흘러가는 갈대더미에 몸을 숨긴 채 배를 침몰시키기 위해 올라탔다. 하지만 아직까지도 단사유 일행이 타고 있는 배는 건재했다. 뿐만 아니라 불이 붙으라고 날린 불화살도 감감무소식이었다. 지금쯤이면 배가 활활 타며 침몰해야 정상이건만 너무 멀리 떨어져 있는 탓에 그쪽의 상황을 알 수가 없었다.

그때였다.

"적이다! 적이 다가온다!"

"뭣이?"

독무정이 태사의에서 벌떡 일어났다. 그러자 저쪽 배에서 이쪽으로 날아오는 한 인영이 보였다.

바람을 가르며 갈대 더미를 발판 삼아 날아오는 인영. 그가 갈대 더미를 박찰 때마다 오 장씩 쭉쭉 앞으로 나갔다. 비록 예전에 달마 대사가 중원에 들어올 때 펼쳤던 일위도강(一葦渡江)처럼 신묘하지는 않았지만 대신 무언가 감히 범접하지 못할 위압감이 물씬 풍기고 있었다.

"전왕이다! 전왕이 다가온다!"

누군가 단사유를 알아보고 소리쳤다. 순간 배 안은 급격한 혼란에 빠지고 말았다.

이미 강호의 전설 한 자락을 차지하기 시작한 젊은 무인. 아직까지 그를 상대하고서 제대로 살아남은 무인은 거의 없었다. 그런 신화적인 존재가 자신들을 향해 달려들고 있다는 사실에 녹수채의 수적들은 공포에 질렸다.

"에잇! 그가 제아무리 대단한 무공을 가지고 있다고는 하나 물에서도 무적이지는 않을 게다. 모두 그를 향해 활을 쏴라!"

독무정이 버럭 소리를 질렀다. 그가 고함에 내공을 실었기에 순간적으로 혼란해 하던 수적들이 정신을 차리고 활에 시위를 걸었다.

퓨퓨퓨퓨풋!

어두운 밤하늘을 환하게 밝히며 수많은 불화살이 수면 위를 질주하는 단사유를 향해 쏟아졌다.

지금까지 배에 광범위하게 난사되던 것과는 비교할 수 없이 단사유 한 명에게 집중된 화살들. 갈대 더미를 이용해 질주하고 있는 단사유로서는 어디로도 피할 곳이 없어 보였다.

단사유의 망막 가득히 불화살의 세례가 들어왔다. 그의 눈동자에는 흔들림 따위란 존재하지 않았다.

"방산수(防散手)."

단사유가 손바닥을 앞으로 쭈욱 내밀며 나직하게 중얼거렸다. 그와 함께 그의 손바닥 주위의 공기가 파동을 일으키며 물결쳤다. 밤이라서 뚜렷하지 않았지만 방패 모양의 흐릿한 반구가 단사유의 상체를 가렸다.

이것이야말로 천포무장류 극강의 방어 기법인 방산수였다. 방산수란 손바닥에 기뢰를 집중시켜 유형화시키는 수법이었다. 쉽게 말하면 손바닥을 이용해 호신강기를 필요한 만큼만 활성화시키는 기법이었다. 단지 차이가 있다면 호신강기가 전신에 넓게 막을 펼치는 것에 비해 방산수는 오직 손바닥을 이용해 겨우 한 자 정도의 막을 만들어 낸다는 것이다. 하지만 좁은 공간에 내공을 집중시키는 것인 만큼 오히려 방어력은 호신강기를 앞섰다.

단사유는 방산수를 휘둘러 자신에게 날아오는 화살 세례를 막았다.

티티팅!

그토록 무서운 기세로 날아오던 불화살들이 단사유의 한 자 앞에서 거대한 벽에 부딪친 것처럼 우수수 떨어져 내렸다. 그에 놀란 수적들이 더욱 맹렬히 화살을 쏘아 보냈지만 소용이 없었다. 단사유는 전혀 흔들리지 않고 방산수를 이용해 모든 화살 공격을 막아냈다. 그의 신형은 순식간에 녹수채의 배를 향해 쇄도하고 있었다.

그뿐만이 아니었다.

"저건 또 뭐야?"

단사유의 뒤쪽에도 물을 박차고 달려오는 신형이 보였다. 아직 앳된 얼굴의 소년이 날이 시퍼렇게 선 검을 앞세운 채 뒤따르고 있었다. 이에 녹수채의 수적들의 손발이 다급해졌다.

그들은 급히 검한수에게도 화살을 쏘아 보냈다. 그러나 검한수 역시 애검 적성을 휘둘러 자신에게 다가오는 화살을 모조리 떨어트렸다.

"괴, 괴물들."

누군가의 입에서 그런 소리가 터져 나왔다.

손과 검을 휘둘러 수백의 화살을 떨어트리는 그들의 모습이 정상으로 보일 리 없었다. 그들의 얼굴에 질렸다는 빛이 떠올랐다.
  콰—앙!
  그 순간 세 척의 배 중 제일 앞에 있던 배의 머리에서 한 줄기 굉음이 울려 퍼졌다. 그와 함께 배 전체에 격렬한 진동이 느껴졌다.
  콸콸!
  순식간에 뱃머리에 거대한 구멍이 뚫리면서 엄청난 양의 물이 밀려 들어 왔다. 그에 선창 밑에 있던 수적들이 기겁을 하며 위로 뛰쳐나왔다.
  어지간해야 구멍을 막지, 이것은 결코 사람의 힘으로 막을 수 있는 것이 아니었다. 어른 키만 하게 뚫린 구멍으로 엄청난 양의 물이 밀려들어 오면서 배가 천천히 침몰하기 시작했다.
  "어떻게 된 것이냐?"
  "전왕이 배에 구멍을 뚫었습니다."
  "이런! 내 창을 가져와라!"
  독무정이 기겁하며 소리쳤다.
  당연히 자신들이 이길 줄 알고 창을 선실에서 꺼내지도 않았다. 그런데 이제 와 그것이 그렇게 후회가 될 줄은 몰랐다.
  독무정과 부하들이 허둥거리는 사이에도 단사유는 다른 배를 향해 움직이고 있었다.
  그는 바닥에 떠 있는 나무판자를 타고, 침몰하는 배의 바로 뒤에 있는 배로 다가가 손바닥을 댔다.
  콰—앙!
  격렬한 굉음과 함께 또다시 배가 진동을 일으켰다.
  집채만 한 바위마저도 산산이 부숴 버리는 것이 바로 기뢰다. 하물며 나무로 이루어진 배 따위가 그의 기뢰를 견딜 수는 없는 법이다. 또다시 배에 어른 몇 사람이 들어갈 만한 구멍이 뚫렸다.

구멍이 뚫린 배는 먼저 침몰하기 시작한 배를 따라 서서히 물속으로 가라앉기 시작했다.

"젠장! 물속으로 피해!"

"자칫하다가는 소용돌이에 휩쓸린다. 어서 피해!"

침몰하는 배 위에 타고 있던 수적들이 급히 물속으로 뛰어들었다. 배 주위에는 순식간에 수많은 수적들이 헤엄을 치고 있었다.

"마지막 하나."

단사유가 눈을 빛내며 마지막 남은 배를 향해 몸을 날렸다. 수면에는 목만 내놓고 있는 수적들이 많았다. 단사유는 그들의 머리통을 밟으며 마지막 배를 향해 다가갔다.

"이놈, 어림없다!"

단사유가 배에 도착할 찰나, 어둠을 가르고 한 줄기 기운이 그를 습격했다.

퍼엉!

순간 단사유의 바로 앞 수면이 폭발을 일으키며 포말을 피워 올렸다. 쏟아져 내리는 물보라를 맞으며 단사유가 고개를 들어 배를 올려다봤다. 그러자 난간에 굳건히 버티고 선 채 창을 휘두르고 있는 남자가 눈에 들어왔다. 좀 전의 창기도 그가 날린 것이리라.

"그래! 이렇게 쉽게 끝나면 재미가 없지."

단사유가 빙긋 웃음을 지으며 배 안으로 몸을 날렸다.

"이놈, 감히 장강십팔채에 반기를 들다니."

단사유가 뱃전에 내리자 독무정이 노기를 토해 내며 외쳤다. 그의 몸에서는 사나운 기운이 줄기줄기 뻗어 나오고 있었다. 그러나 단사유는 여전히 여유 있는 모습으로 대답했다.

"이미 오룡맹을 적으로 돌린 상황인데 장강십팔채가 대수인가요?"

"뭣이? 감히 장강십팔채를 우습게 보는 것이냐?"

"후후! 우습게 보는 것은 그쪽이겠지요. 감히 나의 길을 막았으니까."

무섭도록 광오한 말이었다. 하지만 그만큼 자신이 없다면 할 수 없는 말이기도 했다.

"너의 목을 취해 오룡맹으로 보내겠다, 이놈!"

독무정이 누런 이를 드러내며 살기를 토해 냈다. 그러나 여전히 단사유의 표정에는 변화가 없었다.

그때 이제까지 흩어져 있던 수적들이 단사유를 빙 둘러쌌다. 그들의 선두에는 독무정의 심복인 번철이 있었다.

'소문이 정말 사실이라면 채주 혼자서는 전왕을 당해 낼 수 없다. 비록 얼마 버티지는 못하겠지만 수하들을 이용해 그의 힘을 빼놓아야 한다.'

자신의 생각이 얼마나 어리석은 것인지는 잘 알고 있었다. 정말 전왕이 소문과 같은 무위를 가지고 있다면 수적 따위는 몇천이 있어도 전혀 그에게 타격을 주지 못할 것이다. 하지만 지금 그에게는 차륜전밖에 기댈 것이 남아 있지 않았다.

번철의 신호에 수적들이 흉흉한 살기를 토해 내며 단사유를 향해 다가왔다.

쉬익!

그때 한 줄기 인영이 또다시 배 위로 올라섰다. 그는 배에 내려서자

마자 단사유의 곁으로 다가왔다.

"졸개들은 제가 맡겠습니다."

"그러도록."

아직은 어린 티가 가시지 않은 소년의 목소리, 그러나 단사유는 고개를 끄덕여 대답을 했다.

배 위에 올라탄 소년은 종남의 소년 검사 검한수였다. 비록 뒤늦긴 했지만 그가 단사유를 따라 녹수채의 배에 난입한 것이다.

검한수의 눈은 단사유의 등을 좇고 있었다.

그의 곁에서 검을 쓰고 싶다.

그에게 인정받고 싶다.

그리고 더 높은 곳으로 날아오르고 싶다.

꾸욱!

검을 쥔 검한수의 손에 자신도 모르게 힘이 들어갔다.

*　　*　　*

"이익! 감히 장강십팔채를 우습게 보다니!"

독무정이 분통을 터트렸다.

그의 눈에는 노기가 가득 담겨 있었다. 그가 얼굴을 일그러트리자 교아자(鮫牙者)라는 별호에 걸맞게 상어처럼 살벌한 기세를 풍겨 냈다. 하지만 그의 눈앞에 있는 남자는 전왕이라 불리는 남자였다. 이 정도의 기세에 기가 죽을 남자가 아니었다.

"장강십팔채가 아니라 철무련이 내 적이 된다 해도 상관없어요. 그래서 모든 일이 해결된다면······."

단사유의 입가가 뒤틀려 올라갔다.
도대체 이 땅의 무인들은 왜 그렇게 자신의 이름 대신 가문이나 소속된 단체를 내세우는 것인가? 그렇게도 자신의 이름에, 자신의 힘에 자신이 없단 말인가?
고려의 무인들은 이렇지 않았다.
스승인 한무백은 홀로 독보했고, 고려의 전반에 엄청난 영향력을 끼치던 삼선마저도 한무백과 대결할 때는 자신들이 평생 익힌 무예만을 이용해 대항했다. 그들은 자신들의 싸움에 외부의 힘이나 이름을 개입시키는 것을 수치스럽게 생각했다.
무인으로 태어나 자신이 평생토록 익힌 무공을 믿지 못한다면 무엇을 믿는단 말인가? 실전에 자신의 실력 이외에 필요한 것이 또 무엇이 있겠는가?
자신의 힘에 대한 자신이 없는 무인 따위는 하나도 겁나지 않았다. 이런 무인들은 수레로 몇 대를 채워 갖다 준대도 감흥조차 일지 않았다.
독무정은 단사유의 눈빛에서 그가 자신을 적수로 생각조차 하지 않는다는 사실을 읽었다. 수치심이 밀려왔다. 하나 그보다 분노가 일었다.
"치잇! 번왕만리섬(旛王萬里閃)!"
독무정이 단사유를 향해 달려들었다. 손에 들려 있던 창이 그와 단사유와의 공간을 최단거리로 단축하며 날아들었다.
그의 창에는 어느새 파란 기가 어려 있었다. 비록 검이나 도보다 창기를 다루는 것이 훨씬 쉽게 경지에 오른다고는 하나 그래도 장강십팔채의 수많은 채주 중 한 명에 불과한 독무정이 이토록 수월하게 창기를 다루는 것은 분명 대단한 일이었다.

"놈, 너의 진수를 보여 봐라! 아니, 그전에 이 몸이 너를 죽여주마!"

독무정이 득의의 웃음을 지으며 소리쳤다.

워낙 소문이 거창해 위축돼 있던 자신이 우습게 여겨졌다. 상대는 자신의 창이 지척에 다가가도록 기척조차 느끼지 못하는 애송이가 아닌가? 그는 이대로 자신의 창이 단사유의 목을 뚫어 버릴 것이라 자신했다.

콰득!

그러나 다음 순간 그는 심장이 철렁거릴 정도로 경악해야 했다. 자신의 창이 단사유의 목을 꿰뚫기 직전, 백옥처럼 하얀 손에 잡혔기 때문이다.

그의 공력이 집중된 창은 신병이기라도 무처럼 싹둑 잘라 버릴 수 있는 위력을 가지고 있었다. 그런데 그런 창이 다른 무기도 아닌 맨손에 잡힌 것이다.

부르르!

공력을 극성으로 끌어 올렸건만 그의 창은 바위에라도 박힌 듯 꿈쩍하지 않았다.

그때 맨손으로 독무정의 창을 잡은 단사유의 입가에 어린 웃음이 짙어졌다.

"겨우 이 정도 실력으로는······."

쩌저적!

단사유의 음성과 동시에 독무정의 창에 균열이 가기 시작했다. 창두를 시작으로 몸체로 번져 나가는 거미줄 같은 균열.

"크윽!"

독무정이 이를 악물며 창을 빼내려 했다. 그러나 단사유의 백옥 같은 손에 마치 아교라도 붙은 듯이 그의 창은 조그만 움직임조차 없었다.

퍼버벅!

창신을 이루고 있던 강철이 내부의 폭발에 대나무처럼 터져 나갔다. 그와 함께 창신을 잡고 있던 독무정의 손이 마치 걸레쪽처럼 찢겨 나갔다.

"크으윽!"

독무정이 걸레처럼 변한 오른손을 부여잡고 급히 뒤로 물러났다. 그러나 단사유는 유령처럼 그의 신형을 따라붙었다. 그의 목소리가 이어졌다.

"이 정도로는 천포무장류의 진수를 볼 수 없습니다."

퍼—엉!

"크윽!"

독무정의 몸이 다시 한 번 뒤로 튕겨 나갔다. 좀 전에는 자신의 의지대로 물러난 것이었지만 이번은 달랐다. 단사유의 손바닥이 그의 가슴을 격타한 것이다.

명치를 중심으로 물결처럼 사방으로 번져 나가는 지독한 충격.

뿌드득!

그러나 비명을 지르기도 전에 그의 가슴에서 무언가 이탈되는 소리가 들려왔다. 독무정의 눈이 크게 떠졌다. 그가 보는 앞에서 그의 가슴뼈가 제멋대로 움직이고 있었다. 그는 두 손으로 가슴을 움켜잡으려 했다. 그러나 이미 그의 가슴은 걷잡을 수 없이 움직이고 있었다.

뚜둑!

장강에 보내는 경고

가슴속에서 무언가 이탈되는 소리가 독무정의 머릿속에 울려 퍼졌다. 순간 그의 입이 크게 벌어지며 처절한 비명 소리가 터져 나왔다.

"크아악!"

첨벙!

밤하늘을 울리는 처절한 비명과 함께 그의 몸이 장강에 빠졌다.

"채주님!"

"채주!"

몇몇 수적들이 급히 난간으로 뛰어가 독무정이 빠진 곳을 바라봤다. 그러나 한참이 지나도 독무정은 떠오르지 않았고 대신 시뻘건 피거품만이 피어올랐다.

"으으!"

"이럴 수가! 채주님이……."

그 모습을 바라보는 수적들의 눈에 절망감이 피어올랐다. 자신들이 하늘처럼 여겨 왔던 독무정이 불과 일 초 만에 장강으로 빠져 죽은 것이다. 그들은 공포에 질린 시선으로 단사유를 바라보며 비칠비칠 뒤로 물러났다.

채채챙!

그때 그들의 귀에 병장기가 부딪치는 소리가 들려왔다. 그들의 시선이 자신도 모르게 소리가 들려온 방향으로 향했다. 그러자 표표히 움직이는 또 하나의 신형을 볼 수 있었다.

별빛만이 빛나는 야공 아래에서 표홀히 움직이는 어린 소년 검사. 수적들의 동생뻘밖에 되지 않는 소년이 검을 휘두르며 수적들을 압박하고 있었다. 그는 종남의 소년 검사인 검한수였다.

수적들은 무기를 들고 검한수에게 대항하려 했으나 감히 그의 주위에 다가가기조차 못했다.

"좋군."

단사유는 팔짱을 낀 채 그 모습을 지켜봤다.

갑판에 앉아서 정성스럽게 검을 닦을 때도 느꼈던 것이지만 검한수는 검을 정말 사랑했다.

검신일체(劍身一體).

검과 자신이 한 몸이 되는 경지를 말한다.

검을 이해하고, 검술을 몸이 이해하고, 그리고 검의 마음을 이해해야만 비로소 오를 수 있는 경지. 중원인들은 더 높은 경지에 이르기 위해서 거치는 중간 단계로만 생각하지만, 실상 고려에서는 그 어떤 경지보다 검신일체를 중시했다.

검을 자신의 몸처럼 쓸 수만 있다면, 검의 마음을 이해할 수만 있다면, 검을 수족처럼 부릴 수 있다면 더 높은 경지가 무슨 필요가 있겠는가?

단사유는 미소를 머금고 검한수가 검을 펼치는 모습을 지켜보았.

검의 세기나 초식의 정묘함은 떨어졌다. 뿐만 아니라 곳곳에서 초식의 파탄이 엿보였다. 그중에서도 가장 큰 문제점은 그의 손속이 무르다는 것이다. 겉으로 보기에는 매섭게 검을 휘두르는 것 같지만 그의 손에 당한 수적치고 죽은 자는 단 한 명도 없었다. 검한수는 일말의 자비를, 살 수 있는 여지를 남겨 두고 검을 휘두르고 있었다.

"후후!"

자신도 모르게 입가에 웃음이 나왔다.

남들에게 잘도 상처를 입히는 주제에 자신이 칼을 맞은 것처럼 눈물방울이 눈에 가득 고여 있다. 검을 맞고 쓰러지는 것은 수적들인데 마

장강에 보내는 경고 133

치 자신이 맞은 것처럼 눈매가 일그러져 있었다. 그것이 검한수를 더욱 인간적으로 보이게 만들었다.

"그래도 검을 정말 사랑하는구나. 초식이 저리도 엉성한 주제에 검명(劍鳴)이 울리게 만들 수 있다니."

초식의 정묘함으로 검신일체의 경지에 오른 게 아니다. 검을 진정으로 사랑함으로써 그런 경지에 오른 것이다. 정말 이것은 특이한 경우였다. 아마 검한수 그 자신도 자신이 어느 정도 경지인지 알지 못하고 있을 것이다.

그때 단사유의 눈에 배 난간 쪽으로 슬금슬금 걸음을 옮기는 번철이 보였다. 그러나 검한수는 눈앞에서 덤비는 수적들을 물리치느라 그런 사실을 알아채지 못하고 있었다.

좀 전의 상황으로 단사유는 그가 이곳에서 꽤 높은 지위라는 사실을 알 수 있었다. 수하들에게 차륜전을 명해 놓고 도망을 치는 꼴이라니.

쾅!

단사유가 발을 힘차게 굴렀다. 겉으로 보기에는 그냥 진각 같았지만 그 속에는 기뢰가 심어져 있었다. 때문에 거대한 배가 커다랗게 요동을 치며 번철이 중심을 잡지 못하고 떼굴떼굴 굴러 단사유의 앞에 처박혔다.

갑판에 처박힌 채 고개를 흔들던 번철은 눈앞에 누군가의 두 다리가 보이자 조심스럽게 고개를 들었다. 그리고 다리의 주인이 단사유라는 사실을 확인하자 금방이라도 울 것 같은 얼굴을 했다.

"하하……."

번철이 어색한 웃음을 토해 냈다. 그에 단사유가 싱그러운 웃음을 지어 보였다.

"당신이 이 배의 이인자 같군요. 맞나요?"

"마, 맞습니다."

번철은 순순히 고개를 끄덕였다. 왠지 모르지만 이 남자 앞에서는 거짓말이란 통할 것 같지 않았기 때문이다.

"역시 사주는 오룡맹에서 했겠지요?"

"맞습니다."

번철은 그만 한숨을 내쉬고 말았다.

이 남자는 이미 모든 것을 알고 있었다. 이 남자 앞에서는 거짓말도 소용없었다. 아마 자신이 어떤 거짓말을 하든 이 남자는 모두 꿰뚫어 볼 것만 같았다. 그렇기에 그는 모든 것을 포기하고 말았다.

"총채주에게 전해요. 나를 능가할 자신이 있다면 언제든지 덤비라고."

"그……렇게만 전하면 됩니까?"

번철이 믿기지 않는다는 듯이 되물었다.

"그래요. 그렇게만 전해요."

"그럼 이대로 보내 주시는 겁니까?"

"후후! 그럴 수는 없고……."

단사유가 묘한 웃음을 흘렸다. 순간 번철은 목이 꽉꽉 막히는 듯한 불안감을 느꼈다. 그의 직감이 결코 이렇게 쉽게 끝나지 않을 것이라고 말해 주는 것이다. 그리고 불행히도 그의 느낌은 정확하게 들어맞았다.

단사유가 손으로 그의 등 뒤에 있는 혈도 몇 군데를 짚었다. 번철은 자신의 능력으로는 죽었다 깨어나도 그의 손길을 피할 자신이 없기에 순순히 받아들였다.

단사유는 번철의 유맥을 짚은 뒤에 말했다.

"만약 장강의 총채주가 내가 생각하는 이상의 무위를 가지고 있다면 당신은 살 거예요. 하지만 그렇지 못하다면 당신은 죽고 말 거예요."

"그런?"

번철의 얼굴이 울상이 되었다.

"지금부터 딱 이틀이에요. 이틀 안에 총채주에게 도착하지 못한다면 당신의 두목 신세가 될 거예요."

"히익!"

단사유의 말에 번철이 금방이라도 울듯이 표정을 일그러트렸다. 그러나 단사유는 웃음을 지으며 다시 한 번 강조했다.

"명심해요. 이틀 안에 당신의 총채주에게 도착하지 못한다면 수장된 두목 꼴이 될 거예요. 만약 내 말이 믿기지 않는다면 늦게 가도 좋아요. 그 대신 당신의 생사는 장담할 수 없으니까."

"아, 알겠습니다."

"어서 뛰어요."

"우와아아!"

단사유의 말에 번철은 물속으로 뛰어들어 미친 듯이 헤엄을 치기 시작했다. 그 모습을 보며 단사유는 어깨를 으쓱했다.

그의 말은 거짓이 아니었다.

기뢰가 인체에 잠복하는 최대한의 시간은 이틀이다. 이틀의 시간이 지난 기뢰는 소멸하고 만다. 그것도 그냥 허무하게 소멸하는 것이 아니라 폭발을 일으키며 소멸하고 만다. 당연히 기뢰가 잠복해 있는 자는 심맥이 터져 죽을 수밖에 없다.

어차피 번철은 죽을 수밖에 없는 운명인 것이다.

단사유가 차갑게 중얼거렸다.

"이것은 내가 장강에 보내는 경고. 만약 그가 내 무공을 알아본다면 더 이상 덤비지 못할 터. 그러나 그 정도의 안목이 없다면 처절한 싸움밖에 남지 않겠지."

단사유는 맹렬한 속도로 멀어져 가는 번철에게서 시선을 돌렸다. 그러자 이미 거의 정리가 되어 있는 갑판이 눈에 들어왔다. 어느새 검한수가 수적들을 대부분 정리한 것이다. 물론 목숨을 잃은 자는 단 한 명도 없었지만.

"여전히 마음이 무르군. 그것이 오히려 더 마음에 들지만."

단사유가 고개를 흔들며 중얼거렸다.

"그만!"

그의 목소리가 뱃전에 울려 퍼졌다. 그러자 검한수가 움직임을 멈추며 단사유의 곁으로 다가왔다.

단사유가 큰소리로 외쳤다.

"이 배는 곧 가라앉을 것이다. 어차피 장강에서 수적질을 해 왔기에 물질은 모두 잘할 테니 알아서 강가까지 헤엄쳐 가도록."

그의 말에 수적들이 허겁지겁 배 밖으로 뛰어내렸다. 덜렁거리는 팔을 붙잡고, 부러진 다리로 껑충거리면서 그들은 물속으로 뛰어내렸다.

단사유가 수적들이 뛰어내리는 것을 보며 검한수에게 말했다.

"이제 본선으로 돌아가자."

"예!"

검한수가 고개를 끄덕이며 몸을 날렸다. 단사유는 그의 뒷모습을 잠

장강에 보내는 경고

시 바라보다 발을 크게 한 번 구르며 뒤따랐다. 그러자 다시 한 번 배가 크게 요동치며 밑바닥에 커다란 구멍이 뚫렸다.

　단사유와 검한수가 떠난 자리에는 오직 장강으로 가라앉는 배와 머리를 내민 채 손발을 허우적거리고 있는 수많은 사람들만이 남아 있었다.

　녹수채 최후의 날, 장강십팔채가 장강십칠채가 되는 순간이었다.

제5장

이것이 내가 사는 세계

이것이 내가 사는 세계

녹수채의 몰락.

소문은 은밀하지만 빠르게 천하로 번져 나갔다.

무슨 영문인지는 모르지만 장강십팔채 중의 하나인 녹수채가 한밤에 민간 상선을 습격했고, 오히려 습격했던 배가 수장되면서 수많은 수적들이 물귀신이 될 뻔했다는 것이다. 그리고 포악하면서도 극강한 무공을 소유한 것으로 알려진 녹수채의 채주 독무정이 처참한 시신으로 발견됐다.

이 사실은 장강을 오가는 다른 상선에 의해 구조된 수적들의 입을 통해 알려졌다.

"우리는 채주의 명대로 한밤에 멀찍이 떨어져서 화살을 쏘아 그들을 습격했습니다. 하지만 우리가 날린 화살은 아무 소용이 없었습니다. 화살은 배에 도착하기도 전에 무언가에 의해 장강으로 떨어졌고, 그 배에서 무언가 번쩍한다 싶은 순간 전왕은 이미 우리가 타고 있는 배 위에 있었습니다."

"그의 앞에서는 어떤 무기도 소용없습니다. 검을 찌르면 검이 박살이 나고, 도를 쓰면 도가 박살이 나서 암기가 되어 돌아왔습니다. 그의 손바닥이 닿는 모든 것이 폭발을 일으켰습니다. 쇠로 된 무기건 사람이건 모두 다 말입니다. 그는 사람이 아닙니다. 세상에 채주가 그의 손에서 일 초를 견디지 못했습니다. 전왕이라는 말은 들어 봤지만 그런 남자는 정말 처음이었습니다."

겁에 질린 수적들은 그렇게 횡설수설 떠들어 댔다. 그들의 말에는 두서가 없어 알아듣기가 무척 힘이 들었다. 하나 한 가지만은 확실히 알 수 있었다.

그들이 습격한 배에 전왕이 타고 있었다는 것과 그들을 이 지경으로 만든 것이 바로 전왕이라는 사실 말이다.

수적들을 구한 사람들은 의문에 빠졌다.

"왜 장강십팔채에서 전왕을 습격했다는 말인가? 아직까지 전왕과 장강십팔채 사이에는 어떤 원한도 없는 것으로 알고 있는데."

"그러나 한 가지는 확실하다. 전왕은 장강을 따라 철무련으로 향하고 있다."

장강을 따라 호남성 쪽으로 들어서면 동정호가 나온다. 예전부터 동정호 하면 제일 처음 떠오르는 것이 악양루를 비롯한 명승고적들이었다. 그러나 십 년 전부터 동정호를 연상하면 제일 먼저 떠오르는 것은 동정호 내에 위치한 큰 섬인 군산(君山)에 들어서 있는 철무련이었다.

명실 공히 중원 무림의 제일세라고 할 수 있는 철무련이 군산에 자리를 잡음으로써 이곳은 강호인들의 시선을 한 몸에 받는 성지가 되었다. 그러나 지금은 그와는 다른 의미로 강호인들이 철무련을 주시하고 있었다.

거침없는 전왕의 행보가 향하는 최종 도달점에 철무련이 있다는 것을 모를 바보는 아무도 없었다.

한쪽은 갑자기 혜성처럼 나타난 강호의 신성(新星), 다른 한쪽은 이미 십 년 전부터 강호의 절대세로 군림해 온 철무련. 세력이나 보유하고 있는 무력 면에서는 철무련이 월등히 앞서지만, 현재 강호의 평판이나 소문은 철무련에 그리 우호적이 아니었다.

전왕에 의해서 죽은 자가 수백에 이른다. 단지 사람의 죽음만 놓고 보자면 그는 강호의 공적으로 몰려도 할 말이 없었다. 그러나 그에게는 명분이 있었다. 철무련이라는 거대 세력으로부터 박해를 받은 중소 표국의 억울한 국주를 돕기 위해서라는.

남들처럼 대의라는 거창한 명분을 위해서 움직이는 것도 아니요, 일신의 영달을 위해서 싸움을 하는 것도 아니었다. 자신이 받았던 단 한 번의 호의에 보답하고자 그는 천하제일의 세력을 상대로 일어난 것이다. 이 사실이 천하에 널리 퍼지면서 단사유는 단박에 젊은 무인들의 우상으로 떠올랐다.

젊은 사람들은 구습을 싫어한다. 그들은 혁신을 원한다. 그러나 지금의 시대는 젊은 사람들의 패기나 기백이 통하지 않는 세상이었다. 철무련이라는 거대한 세력이 십 년 전부터 강호의 모든 권력을 잡고 모든 것을 통제하고 있었다. 때문에 강호에는 변화란 것이 없었다.

십 년 전에 권력을 잡은 사람들이 아직까지 권력을 잡고 있었고, 그들이 정해 놓은 질서에 의해 강호의 모든 것이 정해지고 있었다. 제아무리 출중한 젊은 무인이 등장을 하더라도 위쪽에 자리를 잡고 있는 나이 든 권력자들 때문에 커 나갈 수가 없었다. 한번 권력을 맛본 사람은 절대 권력의 유혹에서 벗어날 수 없었다. 그렇기에 그들은 자신들의 권력을 유지하기 위해 갖은 수를 썼다. 때문에 명문의 제자가 아닌 이상 젊은 무인들이 높은 자리에 올라갈 기회는 거의 없었다.

수천 년 동안 끊임없이 변화해 왔던 강호가 처음으로 정체되어 있다고 봐야 했다. 그러던 차에 단사유가 출현한 것이다. 젊은 무인들은 단사유를 열렬히 지지했다. 그의 등장이 그동안 꽉 막혀 있던 중원 무림의 숨통을 틔워 주기를 바라면서.

황보군악은 자신의 거처에서 화병에 담긴 꽃을 다듬고 있었다. 죽은 이파리를 잘라 내고, 마른 가지를 쳐냈다. 그는 만개한 꽃봉오리를 놔두고, 아직 미성숙한 꽃봉오리를 떨어트려 냈다. 바닥에는 그가 손질한 나뭇가지와 이파리, 그리고 꽃잎이 널려 있었다.

얼마나 시간이 지났을까?

화병에 담긴 꽃이 원하는 형태가 되었는지 그가 흡족한 미소를 지었다. 그는 자신의 작품을 책상에 올려놓은 채 멀찌감치 떨어져서 바라보았다.

"한결 보기 좋군."

그가 고개를 끄덕이며 나직이 중얼거렸다.

사람들이 생각하기에 꽃은 많이 필수록 보기 좋을 것이라 생각한다. 한 송이만 보아도 아름다운 꽃이 수십, 수백 송이가 모여 있으면 얼마나 화려할까 하고 말이다. 하지만 그것은 어디까지나 화예(花藝)를 모르는 일반 사람들의 견해일 뿐이다. 황보군악처럼 무공이나 인생의 경험이 극에 달한 사람은 아름다운 겉모습 따위에는 현혹되지 않는다.

"허허! 불필요한 가지는 솎아 내고, 싹수가 보이지 않는 꽃잎은 잘라 내야 전체가 아름답게 자라지. 그것은 사람이 사는 세상도 마찬가지야. 병든 곳은 잘라 내고, 문제가 될 만한 싹은 미리미리 손질해 둬야 별 탈이 없어. 만약 한 줄기 인정 때문에 병든 가지를 그대로 방치해 두다가는 나중에 큰 문제가 되어 돌아오지."

황보군악은 마치 곁에 누군가 있기라도 하듯이 친절히 설명했다. 그리고 실제로 그의 주위에는 세인들의 눈에는 보이지 않는 누군가가 은신해 있었다.

"그는 어디까지 왔느냐?"

"이미 호남성 어귀에 들어온 것으로 파악됐습니다."

"호! 벌써?"

"녹수채의 수적들을 처리한 후, 한시도 쉬지 않고 배를 타고 남하했습니다. 때문에 예측보다 빨리 동정호 어귀에 도착할 것으로 보입니다."

"남궁서령이 당황해 하겠구나."

"그렇습니다. 그녀가 어떤 대책을 세울 시간도 주지 않고 남하했기에 실질적으로 그녀가 손을 쓸 여유가 없었습니다."

허공에서 들리는 목소리에 황보군악이 고개를 끄덕였다.

"확실히 그의 행보는 예상보다 빠르군. 그렇게 빠른 속도로 남하한다면 남궁서령이 어떤 대책을 세우기가 힘이 들지."

"그렇습니다. 때문에 그녀 역시 매우 당황해 하고 있습니다."

"아직 나이가 어리기 때문이야. 나 정도의 나이가 된다면 세상의 변화에 그다지 흔들리지 않지. 이제까지 쌓은 수많은 경험은 문제에 합당한 답을 내놓으니까. 하지만 아직 나이가 어린 남궁서령은 그 정도의 부동심과 냉철함을 소유할 수 없지. 더구나 그녀는 본가의 참화로 인해 마음이 흔들린 터. 냉정을 찾기 쉽지 않을 게야."

"손을 쓸까요?"

허공 속의 목소리가 그렇게 물어 왔다. 순간 황보군악이 미간을 찌푸렸다. 하나 곧 다시 얼굴을 펴며 말을 이었다.

"이미 오룡맹의 권위가 땅까지 실추했음이야. 지금 손을 써 봐야 여론만 나빠질 뿐이지."

"그럼?"

"사람들의 눈도 있고 하니 그들의 눈길부터 돌리게. 나빠진 여론도 수습하고."

"알겠습니다."

황보군악은 별다른 지시를 내리지 않았다.

사실 그가 자세한 사항을 지시할 필요는 없었다. 그는 큰 명령만 내리면 됐다. 그러면 자세한 것은 휘하의 수하들이 알아서 모든 것을 진행했다.

절대자는 큰 틀만 잡아 주면 된다고 그는 생각하고 있었다. 자질구레한 일까지 개입해서 참견하는 것은 절대자가 할 일이 아니라고 생각하는 것이다.

"그래도 그냥 이대로 물러서면 체면이 말이 아니니까 전왕에게 경고의 표시를 하나 전하게."

"알겠습니다."

"화려하게, 그리고 섬뜩하게. 감히 경거망동하지 못하도록 말이야. 이왕이면 그와 연관이 있는 사람이면 좋겠군."

"그렇게 조치하겠습니다."

"물러가게."

"예!"

허공에서 울리던 목소리 주인의 기척이 완벽하게 사라졌다.

홀로 남은 황보군악은 자신이 손질한 화병을 다시 한 번 바라보았다.

"좋군! 역시 손질한 꽃이 훨씬 보기가 좋아."

그는 한참이나 고개를 끄덕였다.

순간 그의 시선이 닿은 붉은 꽃들이 화려하게 만개를 시작했다. 아침 이슬을 머금은 것처럼 화려하게 피어나는 꽃들의 모습에 황보군악이 미소를 지었다.

"내 의지가 정해지니 삶과 죽음의 경계 또한 모호하구나. 허허!"

방 안에는 황보군악의 목소리만이 메아리치고 있었다.

화병에 담긴 꽃이 만개하는 만큼 그의 발밑에 나뒹굴고 있는 잘린 가지와 이파리는 급속히 시들고 있었다. 그러나 황보군악에게는 별 감흥이 없는 일이었다.

그의 눈에는 오직 자신이 손질한 화병만이 보이고 있었다.

남궁서령은 자신의 거처에서 몇 사람을 만나고 있었다.

이제 오십 대로 보이는 초로의 노인과 남궁서령과 같은 또래로 보이는 젊은 청년. 비록 나이 대는 달랐지만 그들에게서 풍기는 분위기는 어딘지 모르게 비슷했다. 그것은 그들이 같은 핏줄을 타고 태어났기에 가능한 일이었다.

초로의 노인을 사람들은 벽력무검(霹靂武劍) 남궁제진이라고 하였다. 그가 펼치는 일 검, 일 검에 뇌(雷)의 힘이 담겨져 있다고 해서 붙여진 별호였다. 그리고 사람들은 말했다. 현 남궁세가에서 검으로 가장 강한 자가 바로 남궁제진이라고. 비록 서열상 가주의 자리에서 밀려났지만 현 남궁세가에서 가장 강력한 무위를 소유한 장로가 바로 그였다.

남궁제진의 옆에 앉아 있는 청년은 남궁세가의 장자이자 남궁서령의 오빠인 남궁상원이었다. 그는 무척이나 잘생긴 얼굴이었지만 한 가지 흠이라면 눈꼬리가 치켜 올라가 매우 오만하게 보인다는 것이다. 하지만 그가 남궁세가 제일의 기재라는 사실에는 변함이 없었다.

전왕에 의해 남궁세가가 참화를 당할 때 그들은 모두 오룡맹에 있었다. 그렇기에 본가가 참화를 당할 때 도와주지 못한 것이 천추의 한이 된 사람들이었다.

그들에게는 남궁세가의 핏줄이라는 공통점 말고도 전왕에 대한 증오심이라는 또 다른 공통분모가 존재했다.

남궁세가는 그들의 터전, 그들이 생명을 받고 앞으로 살아가야 할 곳이었다. 비록 지금은 철무련에 몸을 담고 있지만 그들이 돌아갈 곳은 남궁세가였다. 그러한 남궁세가가 전왕이라는 낯선 존재에 의해서 유린당했다. 그것은 그들 자신이 유린을 당한 것이나 마찬가지였다.

남궁제진이 입을 열었다.

"이대로 그를 그대로 두고 볼 생각이더냐?"

'그'라는 것이 누구를 지칭하는 말인지 이 자리에 있는 사람들 중 모르는 사람은 아무도 없었다.

남궁서령이 차가운 미소를 머금었다.

"아직 장강과의 계약이 남아 있습니다. 비록 녹수채가 뜻하지 않게 몰살당하다시피 했지만 오히려 그로 인해 나머지 수채들이 움직일 겁니다. 그가 장강의 물줄기를 타고 오는 한 곤경을 벗어날 수는 없을 겁니다."

"그래, 장강십팔채 중의 하나가 당했으니 나머지 수채들이 가만히 있을 리 없겠지. 그렇다고 하더라도 무언가 대비책이 있어야 할 게 아니더냐? 본가를 유린한 그를 이대로 두고 볼 수는 없다."

"물론입니다, 숙부님. 그냥 이렇게 두고만 보는 일은 없을 겁니다. 그가 이곳 철무련으로 들어서는 그 순간부터 그에겐 지옥문이 열릴 겁니다."

남궁서령의 눈에서는 한겨울의 눈보라보다 더욱 차가운 한기가 몰아치고 있었다.

전왕은 그의 살부지수(殺父之讐)였다. 살부지수와는 결코 한 하늘 아래 고개를 들고 살 수 없는 법이다. 전왕이 그의 가문을, 그녀의 아버지를 건드린 그 순간부터 그들은 결코 같이 숨을 쉴 수 없는 사이가 되고 만 것이다.

본래 사건의 발단은 남궁세가가 먼저 제공한 것이지만 그런 사실 따위는 이미 그녀의 뇌리 속에 들어 있지 않았다. 그녀와 그녀의 가문은 피해자였고, 전왕은 가해자였다. 그녀는 피해자로서 당연히 가해자를 응징할 자격이 있다고 생각했다.

쾅!

"도대체 언제까지 그를 두고 봐야만 한단 말이더냐? 장강의 떨거지들에게 아비와 가문의 복수를 미뤄 두고 있는 꼴이라니."

남궁상원이 신경질적으로 책상을 치며 말했다.

그는 본래부터 다혈질적인 성격의 인물이었다. 그는 가문의 복수를 다른 세력에게 미뤄 두고 있는 이 현실이 마음에 들지 않았다. 복수란

이것이 내가 사는 세계 149

어디까지나 자신의 힘으로 해야 하는 법이기 때문이다.

"조금만 참아요, 오라버니. 만약 그가 장강을 통과해 동정호로 들어선다면 그때 직접 나서도 늦지 않으니까요. 하지만 그때까지는 경거망동해서는 안 돼요. 아시다시피 우리를 바라보는 강호인들의 시선이 그리 곱지 않아요. 이런 때 괜히 나섰다가는 가문의 재기마저 장담할 수 없게 돼요."

"그래, 그것은 서령이의 말이 맞다. 앞으로도 그를 죽일 기회는 많다. 아무리 그가 강하다고 하나 어차피 그는 혼자다. 제아무리 강하더라도 혼자로서는 한계가 있는 법이다. 조금만 참으면 분명 기회가 올 것이다."

남궁제진마저 남궁서령의 의견에 동조하자 남궁상원은 더 이상 고집을 피울 수 없었다. 그는 그저 불만스런 표정으로 이를 뿌득 갈았다.

"녹수채가 당했으니 장강의 총채주도 가만있지 않을 거예요. 제아무리 녹수채의 채주인 독무정이 그에게 반기를 품고 있는 반골이라 할지라도 그의 수하였다는 사실에는 변함이 없으니까. 이대로 물러서는 것은 그의 체면이나 위신에 심각한 손상을 입는 거예요."

남궁서령의 말에 남궁제진이 고개를 끄덕였다.

차도살인지계(借刀殺人之計)를 쓰는 것이 마음에 들지는 않았지만 그래도 현 상황에서는 가장 유용한 방법이었다.

그때 밖에서 누군가 헛기침하는 소리가 들렸다.

"누구냐?"

"아가씨께 서신이 왔습니다."

"서신이? 안으로 들이거라."

"예!"

남궁서령의 거처를 지키던 무인이 밀봉된 서신을 가지고 들어왔다. 남궁서령은 서신을 받아 조심스럽게 펼쳤다.

종이 가득 채워져 있는 글씨를 읽어 가던 남궁서령의 미간이 찌푸려졌다. 그리고 결국에는 서신을 와락 구기면서 내던지고 말았다.

"감히 장강이……."

평정을 유지하고 있던 그녀의 얼굴에는 한 줄기 독기가 떠올랐다. 그리고 무엇이 그리 분한지 계속해서 거친 숨을 내쉬고 있었다.

남궁제진이 남궁서령이 내던진 서신을 펼치며 말했다.

"도대체 왜 그러느냐?"

그러나 서신을 읽어 내려가던 남궁제진의 얼굴 역시 그녀와 비슷하게 변해 갔다.

"장강이 손을 떼겠다니, 이게 무슨?"

서신은 장강십팔채의 총채주가 보낸 것이었다. 그 안에는 심심한 사의와 함께 장강은 전왕과의 충돌에서 손을 떼겠다는 말이 적혀 있었다.

"도대체 이들이 왜 손을 떼겠다는 것이냐? 녹수채 역시 장강십팔채의 하나가 분명한데."

"전왕의 손을 빌어 역심을 품고 있던 반골(反骨)을 제거했으니 더 이상 피를 보는 것이 싫다는 것이겠지요."

"으음!"

"문제는 이들이 손을 떼겠다는 것이 아니고, 왜 이런 결정을 내렸느냐예요. 장강의 총채주 역시 강단이 있는 자, 그런 자가 자존심을 상해 가면서까지 전왕과의 충돌을 피하려는 이유가 도대체 무엇일까?"

그러나 아무리 생각해도 답이 나오지 않았다.

쾅—!

결국 남궁서령은 자신의 책상을 내리치고 말았다.

"전왕 그자와 연관된 일은 제대로 되는 게 하나도 없어. 도대체 그자가 뭔데 사사건건 내 앞길을 가로막는 거야? 도대체 그자가 뭔데!"

남궁서령의 목에 핏대가 서며 눈이 붉게 충혈됐다.

그녀는 모르고 있었다.

며칠 전, 장강 총채주에 녹수채의 부두목 번철이 찾아왔다는 것을. 그리고 총채주가 보는 앞에서 그의 사지가 뒤틀리면서 기괴한 모습으로 죽었다는 것을. 총채주를 비롯해 같이 있던 고수들이 내공을 주입해 그를 살리려 했지만 역부족이었다는 사실을.

총채주는 이것이 전왕이 보내는 경고라는 것을 깨달았다. 그리고 물러서기로 결정했다.

자존심이 조금 상하기는 했지만 어차피 소기의 목적을 달성했기 때문이다. 그리고 남의 집 싸움에 끼어들어 대신 피를 흘려 주는 취미 따위는 그에게 존재하지 않았다. 그렇기에 이쯤에서 발을 뗀다는 서신을 보낸 것이다.

어차피 남의 물건을 약탈해서 살아가는 도적들의 방식이란 그런 것이다. 유리하면 달려들고, 불리하면 꽁무니를 빼고.

쾅쾅!

그러나 그런 사실을 알지 못하는 남궁서령은 연신 책상을 내리치며 분을 삭이지 못했다.

"전왕, 전—왕!"

그녀의 목소리만이 그녀의 심정을 대변하고 있었다.

*　　　*　　　*

한밤의 습격이 있은 후 단사유가 타고 있는 배는 안정을 되찾았다. 배의 밑창에 구멍이 뚫리면서 침수가 있었으나 선장의 지휘 아래 선원들이 일사불란하게 움직인 덕에 다행히도 배는 침몰하지 않았다. 그러나 다음 날, 날이 밝자 배에 탔던 일반 승객들은 또다시 수적들이 습격할지도 모른다는 불안감에 서둘러 배에서 내렸다. 덕분에 배의 갑판은 한가하기 그지없었다.

하루 동안 부둣가에 머물면서 수리를 끝낸 배는 또다시 무슨 일이 있었냐는 듯이 장강을 항해했다. 선장은 혹시나 또 장강십팔채의 습격이 있는 것이 아닌가 걱정을 했지만 다행히도 그런 일은 생기지 않았다.

"흘흘! 다행이군. 그래도 별다른 습격이 없어서 말이야."

"그렇습니다. 그들도 이제는 평범한 방법으로는 안 된다는 것을 알고 포기한 것 아닐까요?"

"설마!"

막고여의 낙관적인 말에 홍무규가 피식 웃음을 터트렸다.

그가 아는 철무련은, 아니 오룡맹은 자신들의 권위에 대항한 자를 그냥 두고 볼 정도로 속이 좋은 집단이 아니었다. 단지 지금은 좋지 않은 강호의 여론에 숨을 고르고 있을 뿐이다. 언제라도 자신들에 대한 강호의 관심이 사라지고, 주위의 시선이 없다면 얼마든지 습격을 해 올 집단이 바로 오룡맹이었다.

"이를테면 우리는 입을 활짝 벌리고 있는 사자의 아가리를 향해 제 발로 걸어가고 있는 셈이지. 남들이 보면 아마 자살하지 못해 안달이 났다고 할 거야. 그래도 사자에게 먹히면 뼈다귀라도 세상에 남길 가능성이나 있지, 오룡맹은 뼈다귀는커녕 우리가 세상에 있었다는 흔적조차 모조리 없애 버리려고 할걸. 그리고 나서 오리발을 내밀겠지. 흘흘!"

"그……런가요?"

홍무규의 과장된 말에 막고여가 우울한 얼굴을 했다. 괜히 자신 때문에 두 사람에게 못할 짓을 하게 하는가 싶었기 때문이다.

그런 막고여의 마음을 읽었는지 홍무규가 그의 어깨를 두어 번 두들겨 주며 말했다.

"흘흘! 너무 걱정하지 말게나. 제아무리 오룡맹이 사자 아가리를 가지고 있다고 하더라도 우리도 보통 사람들은 아니니까. 행여나 내가 잘못되기라도 하면 십만 거지새끼들이 오룡맹 앞에 모여 앉아 곡을 할 거네. 몇날 며칠을 그렇게 하면 그들도 시끄러워 귀가 멀 텐데, 그런 생산적이지 못한 짓을 하겠는가? 그리고 자네도 봐서 알겠지만 저 친구가 얼마나 더러운 성격을 가지고 있는가? 여태까지 자신을 건드렸던 작자들을 모조리 황천길로 보낸, 정말 더러운 성격을 가진 게 저 친구야. 그런데 누가 감히 우리를 건드리겠는가? 자네는 그냥 앉아서 우리가 하는 것만 지켜보면 될 거야."

침을 튀기며 말하는 홍무규를 보며 막고여는 미안한 표정을 지었다.

비록 장난스럽게 말을 하며 아무렇지도 않은 듯하지만 이 길이 얼마나 위험한지는 그 자신이 더 잘 알고 있었다. 그런데도 이렇게 자신이 부담을 갖지 않도록 배려해 주는 홍무규의 마음 씀씀이가 너무나 고마웠다.

막고여가 물기 젖은 시선으로 자신을 바라보자 홍무규는 괜히 고개를 돌리며 헛기침을 내뱉었다.

"흠흠! 그런데 저 친구는 저기서 뭘 하는 거야?"

홍무규의 시선이 향한 곳에는 단사유가 존재하고 있었다.

단사유는 뱃머리에 서서 전면을 바라보고 있었다. 시원하게 불어오는 강바람을 정면으로 맞으며 전방을 바라보는 그의 모습은 어쩐지 쓸쓸해 보였다.

지금도 그는 어떻게 철무련에서 움직일 것인지 쉴 새 없이 머리를 짜고 있을 것이다. 그는 정말 한시도 쉬는 법이 없는 사람이었다. 그런 단사유를 바라보고 있는 사람이 있었다. 아직 앳된 얼굴을 하고 있는 종남의 소년 검사 검한수였다.

녹수채의 습격이 있은 후 검한수의 시선은 온통 단사유에게 쏠려 있었다.

아직도 검한수는 그날의 흥분에서 벗어나지 못한 상태였다. 종남에서 겁쟁이라 불리던 그가 난생처음 적을 상대로 검법을 펼쳤다. 비록 죽인 이는 단 한 명도 없었지만 그래도 자신과 전혀 관계없는 자를 상대로 전력투구한다는 것이 던져 주는 희열을 알게 된 것이다. 그리고 무엇보다 충격적이었던 것은 전왕이라 불리는 단사유의 실력을 눈앞에서 직접 보았다는 것이다.

그날의 강렬한 기억은 아직도 검한수의 뇌리에서 지워지지 않고 있었다. 그의 기억 속에서 이렇게 강렬한 존재감으로 기억된 사람은 아직까지 없었다. 심지어 그가 가장 존경하는 그의 사부와 종남의 은거 기인들마저도 그와 같은 존재감으로 각인되지는 못했다. 그렇기에 그는 어미 새를 바라보는 새끼 새처럼 단사유를 끊임없이 바라보고 있었다.

"오빠, 여기서 뭐 해?"

"형, 바보 된 거야?"

그때 낯익은 아이들의 목소리가 그의 상념을 일깨웠다. 그가 인상을 팍 구기며 뒤를 돌아봤다.

"요 녀석들, 뭐가 어쩌고 어째?"

"왁! 바보 형이 화를 낸다."

"꺄르르!"

짐짓 화를 내는 듯한 검한수의 모습에 아이들이 크게 웃음을 터트렸다.

검한수와 더불어 웃는 아이들은 혜아와 무영이었다. 다른 상인들은 대부분 배에서 내렸지만 아이들의 아버지인 임영생이 상처를 입은 바람에 내리지 못한 것이다.

그날의 일 이후 많은 시간을 같이 보내서인지 검한수는 아이들과 더욱 친해졌다. 같이 농담도 하고, 장난도 치면서 그렇게 스스럼없이 아이들과 어울리면서 정을 나눴다. 그렇기에 아이들도 이제는 검한수를 진짜 친형처럼 따르고 있었다.

검한수는 아이들과 놀아 주면서도 간혹 단사유에게 시선을 던졌다. 그러나 단사유는 요지부동 뱃전에 그 자세 그대로 서 있었다.

문득 그의 스승이 해 주었던 말이 생각났다.

'내가 너에게 해 줄 수 있는 것은 겨우 이 정도이다. 나머지는 네가 어떻게 해 나가느냐에 달려 있다. 너의 성정이 조금만 강했더라도 이리 걱정되지는 않았을 텐데. 허~! 조사가 남긴 위대한 검법을 완전히 복원하지 못하고 가는 것이 정말 한스럽구나.'

스승은 천하삼십육검에 모든 것을 건 무인이었다. 이미 모든 진수가 실전되어 껍데기만 남은 천하삼십육검. 하지만 이백 년 전 종남은 천하삼십육검으로 천하에 우뚝 섰던 적이 있었다. 하지만 작금에 남은 천하삼십육검은 그저 겉모습에 불과할 뿐 실상 모든 진수는 철저하게 실전된 지 오래였다. 그렇기에 위대한 검법이 겨우 종남의 입문 검법 취급을 받고 있었다. 검한수의 스승인 홍엽일검(紅葉一劍) 안도역은 삼류 검법으로 전락한 천하삼십육검을 복원하기 위해 평생을 걸었다.

안도역의 사형제들이 종남의 장문인과 장로가 되어 대천강검법(大天剛劍法)이나 태을무형검(太乙無形劍)과 같은 비전 절예를 익힐 때도 그는 천하삼십육검만을 고집했다. 그의 사형제들은 그런 안도역을 안쓰럽게 여겼으나 그의 고집을 꺾을 수는 없었다.

안도역은 그렇게 평생을 걸고 복원한 천하삼십육검을 유일한 제자인 검한수에게 전수해 주었다. 하지만 정작 그 자신은 무리하게 천하삼십육검을 복원하던 과정에서 얻은 내상이 도져 그만 세상을 떠나고 말았다.

검한수가 사형제들에게 천덕꾸러기 취급을 받은 것은 그의 착한 성정 탓도 있었지만 자신이 익힌 검법에 확신이 없었기 때문이었다. 스승이 비록 천하삼십육검을 복원했다고는 하나 그 위력이 얼마나 되는지는 아직 미지수였다. 거기에 어려서부터 사형제들의 눈치를 보며 자란 환경도 한몫을 했다.

고집스러우면서도 꿋꿋하게 자신의 길을 가는 단사유의 모습은 어딘지 모르게 그의 스승을 연상시켰다. 비록 모습이나 분위기는 달랐지만 그들은 결코 외압에 굴하지 않는 굳건한 성정을 가지고 있었다. 그렇기에 처음 보았을 때부터 그렇게 끌렸는지도 모른다.

"혜아야, 무영아, 저리 가서 놀래? 형은 저 형님하고 할 말이 있거든. 그러니까 둘이 자리를 피해 줬으면 좋겠다."

"그럼 금방 와야 해."
"알았어."
"응!"
혜아와 무영이가 동시에 고개를 끄덕였다. 비록 철이 없는 아이들이긴 하지만 그들은 눈치가 매우 빨랐다. 그렇기에 군말하지 않고 물러난 것이다.
아이들을 보내고 난 후, 검한수는 단사유의 곁으로 조용히 다가갔다. 여전히 단사유는 뱃전에 선 자세 그대로였다.
"형……님."
검한수가 조심스럽게 단사유를 불렀다. 그러나 단사유는 대답 없이 장강만 바라봤다. 그에 다시 한 번 검한수가 단사유를 불렀다. 그제야 단사유의 고개가 검한수에게 향했다.
"무슨 일이냐?"
"형……님이라고 불러도 되겠습니까?"
"이미 그렇게 부르지 않았더냐."
"그럼 형님이라고 부르겠습니다."
그제야 검한수의 입가에 수줍은 웃음이 떠올랐다.
"저는 종남의 일대제자인 검한수라고 합니다."
"역시 종남이었구나."
"알아보셨습니까?"
"홍 장로님이 그리 말해 주더구나."
"아!"
단사유의 말에 검한수가 고개를 끄덕이며 홍무규를 바라봤다. 그러자 홍무규가 능청스럽게 손을 흔드는 모습이 보였다.

"저래 보여도 개방의 장로야. 아는 것도 많고 견문도 풍부해 어지간한 것들은 그저 한 번 보는 것만으로도 모든 정보가 술술 나오지. 너역시 예외가 아니더구나."

"역시 그렇군요."

"그런데 할 말이라도 있느냐?"

단사유가 물끄러미 검한수를 바라봤다. 그러자 검한수는 자신이 단사유 앞에 알몸으로 서 있는 듯한 느낌을 받았다. 하지만 그는 이내 몸가짐을 바로 하고 단사유에게 말했다.

"형님은 왜 이 길을 가시는 겁니까? 막 국주님 때문이라는 것은 알지만 그래도 그런 단순한 이유만으로 걷기에는 너무나 험한 가시밭길입니다. 왜 그런 고행을 자초한 겁니까?"

단사유는 다시 검한수의 눈을 들여다보았다. 그러나 이제 더 이상 검한수의 눈동자는 흔들리지 않았다. 그의 눈 속에는 그의 굳은 심지가 그대로 드러나 있었다. 아직 여리고 부족한 점이 많았지만 그 모든 것을 상쇄하고도 남을 정도로 검한수의 심지는 굳었다.

단사유의 입가에 미소가 어렸다.

이런 눈을 보는 것은 정말 오랜만이었다. 그는 이런 눈을 가진 사람을 좋아했다. 이런 눈을 가진 자들은 주위에서 어떤 일이 벌어지더라도 묵묵히 자신의 길을 간다. 비록 당장은 주변 여건에 의해서 그 재능이 가려져 있지만 언젠가는 자신을 억압하는 그 모든 것을 훨훨 날려 버리고 혼자의 힘으로 창공을 날아오를 것이다.

단사유가 입을 열었다.

"내가 이 길을 가는 이유는 누구에게도 미룰 수가 없기 때문이야. 나에게 소중한 사람들이 모두 이 길 위에 있어. 그들을 지키기 위해서는 내가 앞장서야 해. 비록 많은 고난이 있겠지만 내가 피투성이가 되는 만큼 내 뒤에 따라오는 사람들은 조금이라도 편해지겠지. 그거면 족해. 그것이 내가 이 길을 가는 이유지."

"두렵지 않습니까? 어쩌면 죽음이 기다릴지도 모르는데."

"두렵다. 미치도록 두렵지. 하지만 그렇다고 해서 피해 갈 수도 없잖아. 징징거리고 운다고 해서 상황이 바뀌는 것은 하나도 없어. 그렇다면 남는 것은 결국 하나야. 정면으로 돌파해야지."

자신은 혼자다. 그에 비해 상대는 그 수가 얼마나 될지 짐작조차 가지 않는다. 그런 거대한 세력을 상대로 하는 싸움이다. 최선을 다하겠지만 그 결과가 어찌 될지는 천하의 그 누구도 알지 못한다.

믿는 것은 오직 자신이 익힌 천포무장류의 무예뿐이다. 그리고 자신의 모든 것을 쏟아 부을 뿐이다. 결과는 오직 하늘만이 알고 있겠지.

단사유는 부드러운 미소를 지으며 전방의 하늘을 바라보았다. 검한수는 그런 단사유의 등을 눈이 부신 듯 바라보았다.

비록 종남산에서 평생을 자라 왔지만 나이에 비해 많은 사람들을 만나 보았다고 자부하는 검한수의 인생에 있어 이런 남자는 처음이었다.

'정면 돌파라고? 내가 피투성이가 되는 만큼 나에게 소중한 사람들이 편해질 거라고?'

검한수는 망연히 단사유의 말을 되뇌었다.

단사유는 담담히 자신의 말을 하는 것뿐이었지만 검한수에게는 그 모든 것이 자신에게 하는 말처럼 느껴졌다.

단사유가 마지막으로 한마디를 더했다.

"자신을 의심하지 마라. 자신의 가능성을 의심하지 마라. 하겠다는 의지만 있으면 반드시 이뤄질 테니까."

"……."

검한수는 더 이상 말을 하지 못했다.

그의 귓전에는 단사유의 말 한마디 한마디가 어지럽게 맴돌고 있었다.

종남산에서의 어린 시절이 주마등처럼 떠올랐다. 스승을 만나고, 그에게 천하삼십육검을 익히고, 사형제들과 다투고, 그들에게 '넌 안 된다'라는 말을 듣고 자란 것까지 모두 방금 전에 일어났던 일인 것처럼 생생하게 생각이 났다.

주르륵!

불현듯 볼을 타고 눈물방울이 흘러내렸다.

그에게 이런 말을 해 준 사람은 스승 이후 단사유가 처음이었다. 그의 가슴속에 무언가 꿈틀거리고 있었다. 하지만 검한수는 아직 그것이 무엇인지 깨닫지 못하고 있었다.

장강의 배 위에서 일어난 검한수의 조그만 변화, 그러나 그것이 후일 종남을 최전 성기로 이끈 위대한 검호의 탄생을 알리는 시발점이 되었다는 것은 단사유도 검한수 본인도 아직은 모르고 있었다.

*   *   *

"오라버니는 어디까지 왔느냐?"
"이미 동정호 어귀에 도착한 것으로 알고 있습니다."
"그래?"
소호의 입가에 은은한 미소가 어렸다.
이제 단사유가 철무련이 존재하고 있는 군산에 도착할 시간이 가까워졌다.

녹수채의 습격이 있은 후, 철무련 사람들 중 대다수가 단사유가 타고 있는 배의 존재에 대해 알게 되었다. 때문에 사람들의 시선은 온통 단사유가 탄 배에 쏠려 있었다. 그리고 한편으로는 오룡맹의 반응에 촉각을 곤두세웠다. 그들은 오룡맹이 어떤 움직임을 보일 것이라고 생각했다. 하지만 아직까지 오룡맹에서는 그 어떤 반응도 보이지 않고 있었다. 그러나 오룡맹이 이대로 순순히 앉아서 망신당하기만을 기다리지는 않을 것이라는 게 대다수 사람들의 생각이었다.

"조만간 도착하겠구나. 드디어……."

"아마 반 시진 정도면 충분하지 않을까 합니다."

"반 시진이라……."

소호가 자리에서 일어났다.

반 시진은 그리 긴 시간이 아니었다. 그녀는 화장대 앞으로 가서 얼굴에 분을 바르고, 화장을 했다. 눈썹을 더욱 진하게 그리고 볼이 조금 더 밝아 보이게 색조를 넣었다.

화장이 모두 끝나자 선양이 새하얀 비단으로 만든 궁장을 들고 나왔다. 마치 순백의 눈처럼 티끌 하나 없이 아름다운 옷을.

"이건 너무 어색하지 않아?"

"아가씨를 더욱 돋보이게 해 줄 거예요. 그리고 십 년 만의 만남이시라면 조금 더 화려해도 상관없을 거예요. 단지 아가씨의 성정에 맞지 않아 이런 옷을 고른 게 마음에 안 들 뿐이지만요."

"음!"

소호가 입술을 삐죽거렸다. 그러나 이내 어쩔 수 없다는 듯이 고개를 흔들며 손을 내밀었다. 그러자 선양이 조심스럽게 궁장을 입혔다.

선양은 소호의 허리에 요대를 덧대 주고 만족스런 미소를 지었다.

"좋아요, 아가씨. 천하의 그 어떤 남자라도 반하지 않고는 못 배길 거예요."

아닌 게 아니라 순백의 옷을 입은 소호의 모습은 눈이 부시도록 아름다워 보였다.

소호가 얼굴을 붉히며 말했다.

"그런 게 아니라는 것은 선양이 더 잘 알잖아."

"호호! 그렇죠. 그래도 세상일은 모르는 거잖아요."

선양이 의미심장한 웃음을 지어 보였다.

"무, 무슨? 이건 단지 일 때문에 마중 나가는 것일 뿐이야."

"네~네!"

"네는 한 번만 해."

"네! 풋!"

선양이 기어코 참지 못하고 웃음을 내뱉고 말았다. 소호가 미간을 찌푸렸지만 더 이상 뭐라 말하지는 않았다.

"그나저나 오룡맹에서 가만히 넘어갈지 모르겠네. 아직까지 조용한 것을 보니 사람들의 시선을 의식하는 것 같기는 한데."

소호가 나직이 중얼거렸다.

사실 오룡맹이 나서지 못하는 것은 그녀의 작품이었다. 그녀가 천하에 소문을 퍼뜨렸기에 단사유가 이곳까지 오는 것이 가능했던 것이다. 그리고 앞으로도 사람들의 시선 때문에라도 오룡맹은 함부로 움직이지 못할 것이다. 하지만 그녀는 불안했다. 그녀가 아는 오룡맹은 겨우 이 정도 공작으로 무릎을 꿇을 만큼 어설픈 단체가 아니었다. 그런데도 아직까지 어떤 움직임도 포착되지 않았다는 사실이 그녀의 신경을 건드렸다.

"아이 참~ 아가씨도! 뭐, 별일 있겠어요? 그들도 움직일 만한 명분이 없으니까 그저 지켜보고 있는 것 아니겠어요? 가끔 보면 아가씨도 걱정이 과하신 것 같아요."

"그런가? 그래도 우리 측 사람들에게 경계를 확실히 하라고 전해 둬. 어차피 사람들의 시선이 있는 곳에서는 움직일 수 없겠지만 그래도 세상일은 모르는 법이니까."

"알겠습니다."

장난기를 거두며 선양이 대답을 했다. 비록 친자매처럼 허물없이 지내는 사이지만 선양은 공과 사를 철저히 구별할 줄 알았다.

소호의 시선이 철무련에서 외부로 통하는 선착장으로 향했다.

"이곳 철무련은 그야말로 세상의 축소판. 세 세력을 정점으로 온갖 귀계와 음모가 난무하고 힘의 알력이 진행되는 곳. 그런 곳에 사유 오라버니가 들어오는 것이다. 과연 사유 오라버니는 이곳에서 자신이 원하는 것을 이룰 수 있을 것인가? 하지만 사유 오라버니가 도태되면 우리 대천상단 역시 몰락할 수밖에 없다. 과연 내가 건 도박은 어떻게 될 것인가?"

나직하게 울려 퍼지는 소호의 목소리에는 숨길 수 없는 근심과 그리움의 빛이 공존하고 있었다.

그때 선양이 다가와 소호의 손을 잡았다.

"다 잘될 거예요, 아가씨. 이제 그만 나가시지요. 그분이 도착하실 시간이 거의 다 됐습니다."

"그러자꾸나."

소호가 고개를 끄덕였다.

두 여인이 철무련의 선착장을 향해 조용히 발걸음을 옮겼다.

단사유는 뱃전에서 점점 가까워지는 군산을 바라보았다.
소상의 아름다움은 오로지 동정호에 있고 동정호의 아름다움은 오로지 군산에 있다.
군산의 아름다움을 가장 잘 보여 주는 말이었다. 그리고 그런 아름다운 군산 위에는 웅장한 위용을 자랑하는 거대한 성이 들어서 있었다. 십 년 전에는 존재하지 않았지만 어느새 강호 전체에 영향력을 행사하는 괴물로 자라난 철무련이 군산에 들어서 있는 것이다.
시간이 지날수록 철무련의 거대한 모습이 엄청난 압박감으로 다가왔다. 성의 크기가 중요한 게 아니다. 진짜 중요한 것은 저 성 안에 수많은 사람들이 있고, 그들이 모두 무(武)를 숭상하는 무인들이라는 것이다. 지금 단사유는 중원 무림인들이 자랑하는 철혈의 대지에 다가가는 것이다.
단사유가 타고 있는 배가 군산에 다가가자 곧 몇 척의 배가 다가왔다. 철무련을 상징하는 련(聯)이라는 글자를 돛에 새긴 배들에는 꽤 거친 기파를 풍기는 사내들이 타고 있었다. 한눈에 보아도 그들이 군산에 접근하는 외인들을 경계하는 무인들이라는 것을 알 수 있었다.
본래 상선은 통제하지 않는 그들이었지만 이번만큼은 사안의 중대성이 달랐다.
상선에는 단사유가 타고 있다.
불과 두 달도 안 되는 시간에 전왕이라는 위명을 날린 젊은 고수가 말이다. 그리고 그는 결코 호의를 갖고 오는 것이 아니었다. 어찌 보면 은원을 해결하러 철무련으로 들어오는 것이다. 당연히 철무련을 지키는 외당 소속의 무인들이 긴장을 할 수밖에 없는 상황이다.

만약 사람들의 시선이 없었다면 철무련의 배들은 단사유가 타고 있는 배를 격침시켰을지도 모른다. 하지만 그러기에는 사람들의 시선이 너무 많았다. 어느새 단사유가 탄 배 주위에는 철무련 소속의 배들뿐만이 아니라 일반인들이 탄 배들도 접근하고 있었다. 그들은 홀로 오룡맹을 상대로 일어난 젊은 무인의 모습을 자신들의 눈으로 확인하기 위해 이곳 동정호까지 온 것이다.

"정말 마음에 들지 않는군."

외당의 순찰인 무영추혼(無影追魂) 갈종혁이 차갑게 중얼거렸다.

그는 지금의 이 상황이 마음에 들지 않았다. 자신들을 따라붙는 수많은 시선들과 그들의 눈치를 봐야 하는 지금의 상황이.

전왕이라고 해 봤자 근래에 출도한 애송이일 뿐이다. 그런데 그런 애송이의 눈치를 봐야 하는 꼴이라니. 손을 쓰면 언제든 죽일 수 있을 것 같은데 그럴 수 없는 현재의 상황이 그를 짜증나게 만들었다. 심지어는 자신의 부하들 중에서도 단사유를 흠모의 시선으로 바라보고 있는 자들도 있었다.

"어쨌거나 안으로 들이라고 했으니 들여야겠지."

그는 짜증 어린 표정으로 단사유가 타고 있는 배에 수신호를 보냈다. 자신들의 인도에 따르라는 뜻이었다. 그러자 그쪽의 선장이 알아들었다는 듯이 하얀 깃발을 흔들었다.

갈종혁이 타고 있는 배의 인도에 따라 단사유가 타고 있는 배가 군산의 선착장에 들어섰다. 그러자 선착장을 가득 메우고 있는 사람들의 모습이 보였다. 호기심 어린 시선으로 바라보는 수많은 시선들. 그들은 과연 다음에 어떤 상황이 전개될지 기대 섞인 시선으로 바라보고 있었다.

"드디어 오는군."

"정말 철무련에 혼자 들어오다니, 미쳤구나! 아니면 정말 소문처럼 대단하거나 둘 중 하나겠군. 원, 그래도 그렇지, 이렇듯 무방비로 이곳에 들어오다니."

사람들의 웅성거리는 소리가 들려왔다. 그들은 나름대로 지금의 상황을 두고 토론을 하고 있었다. 하지만 배가 선착장에 닿자 소리를 죽이고 배를 바라봤다.

끼기긱!

마침내 배에서 발판이 내려졌다. 선착장과 잇는 길이 생긴 것이다. 그리고 갑판에 단사유가 모습을 나타냈다. 그러나 그는 혼자가 아니었다. 그의 좌우에는 홍무규와 검한수가 있었고, 그 자신은 바퀴 달린 의자를 밀고 있었다. 바퀴 달린 의자에는 몸이 불편한 막고여가 앉아 있었다.

"저 사람이 전왕?"

"생각보다 무섭게 생기지 않았네. 난 전왕이라고 하기에 삼두육비를 가진 괴물일 줄 알았는데."

"괴물 같긴, 잘생기기만 했는데. 그나저나 저렇게 잘생긴 청년이 전왕이란 말이지?"

사람들이 단사유의 모습을 보면서 한마디씩 했다. 그들은 세상을 경동시키는 전왕이 이렇게 젊다는 것에 놀랐으며, 그가 잘생겼다는 사실에 환호를 보냈다. 하지만 단사유는 미동도 없이 바퀴 달린 의자를 밀며 선착장으로 내렸다.

단사유와 일행이 배에서 완전히 내리자 외당의 책임자인 갈종혁이

다가왔다.

그가 포권을 취하며 말했다.

"강호에 명성이 자자한 전왕 단 대협을 뵙게 되어 영광이외다. 이 몸은 미흡하지만 철무련의 외당 당주를 맡고 있는 무영추혼 갈종혁이라고 하오."

"갈 당주님을 만나서 영광입니다. 그런데 생각보다 환영 인사가 성대하군요. 조금 더 거칠 것이라 생각했는데 말입니다."

단사유의 말에 갈종혁이 뒤틀린 웃음을 지으며 대꾸했다.

"천하에 당신의 소문이 자자하니 누가 감히 건들 수 있겠소? 더구나 이번 사안은 철무련과 상관없이 오직 단 대협과 오룡맹의 문제일 뿐이오. 그것을 철무련 전체에 결부시켜 연관 짓지는 마시구려. 철무련은 당신의 생각처럼 그렇게 편협한 단체가 아니니까."

"그럼 내가 철무련 내에서 어떻게 행동을 하든 지켜보겠다는 뜻입니까?"

"본련의 규율에 위배되지 않는 한 우리는 단 대협의 행동에 제재를 가할 생각 따위는 없소. 단, 이것만 명심해 두시오. 철무련은 외당을 비롯한 공통의 조직 외에도 세 구역으로 나뉘어져 있다는 것을. 철무련을 지키는 외당이나 다른 조직들이야 초법적인 구역이라 누구도 함부로 나설 수 없지만 세 구역은 구중부와 사자맹, 그리고 오룡맹이 각자 관리를 하는 형식을 하고 있소. 그 세 구역에서 무슨 일이 일어나더라도 우리는 관여를 할 수 없소. 이것만 명심해 두시오."

"그러니까 안에서 무슨 일이 벌어지든 당신들 책임은 아니다?"

"그렇소. 이곳은 무인들의 대지. 살아남은 자가 곧 법이오. 막 국주가 진정 억울한 일을 당한 것이 분명하다면 살아남아서 그의 억울함을 증명하시오. 이것이 내가 해 줄 수 있는 유일한 말이오."
"좋은 충고 고맙습니다."
단사유의 말에 갈종혁이 비릿한 웃음을 지었다.
"천만의 말씀이오. 만약 내가 사자맹과 연이 닿지 않고 오룡맹주와 연줄이 닿아 있었다면 나는 죽어도 당신을 그냥 들여보내지 않았을 것이오."
"후후후!"
단사유가 나직하게 웃음을 흘렸다.
이곳도 세상 사는 곳이다. 온갖 이해관계가 복잡하게 얽혀 있는. 덕분에 안으로 들어가는 것이 한결 수월하게 됐다. 하지만 그것뿐이다. 철무련 안으로 들어서는 순간, 세상과는 완벽하게 격리가 되고 만다. 안에서 무슨 일이 벌어지든 밖에서는 결코 알 수가 없는 것이다. 오룡맹도 그 사실을 이용해 자신을 안으로 끌어들이려는 것일 게다.
"그럼 이대로 안으로 들어가면 되는 것입니까?"
"아마 곧 오룡맹에서 누군가 나올 것이오. 하지만 누가 나올지는 나도 모르오. 나는 단지 그때까지 당신을 지켜볼 뿐이오."
그 말을 끝으로 갈종혁은 팔짱을 끼며 입을 다물었다.
단사유는 조용히 미소를 지으며 고개를 끄덕였다.
'갈 당주는 철무련 내에서도 꽤 성정이 강한 사람으로 알려져 있네. 갈 당주 입장에서는 우리가 탐탁지 않을 것이네. 그래도 그가 이렇게 지켜보는 것은 그가 받은 명령 때문일 걸세. 그는 고지식해서 결코 명령을 어기지 않거든.'
홍무규의 은밀한 전음에 단사유가 눈에 띄지 않게 고개를 끄덕였다.
'마음에 드는 사람이군. 그래도 심지는 굳으니까.'

이것이 내가 사는 세계 169

자신을 바라보는 눈빛에 비록 얼마간의 적개심이 존재했으나 그 정도는 무시해도 좋았다. 만약 자신이 갈종혁의 입장이었더라도 그와 같은 눈을 했을 테니까.

그때 웅성거리는 소리가 들리며 사람들이 좌우로 물러나는 모습이 보였다. 그리고 두 명의 여인이 이쪽을 향해 다가왔다.

생전 처음 보는 아름다운 여인이 앞장을 서고 있었다. 화려함과 단아함이 공존하는 묘한 아름다움을 풍기는 여인. 섬세한 보보마다 우아한 기품이 묻어 나오고 있었다. 순백의 비단을 걸친 그녀의 모습은 마치 천상의 옥녀가 걸어오는 것과 같았다. 그런 여인의 모습에 사람들이 길을 만들어 주는 것이다.

문득 단사유의 입가에 웃음이 어렸다.

비록 십 년 만에 보는 모습이었지만 한눈에 알아볼 수 있었다. 그녀의 장난기 어린 눈매를.

"소……호."

그의 입에서 그녀의 이름이 흘러나왔다.

소호의 눈에 곡선이 그려졌다. 마치 초승달처럼 부드러운 곡선을 그리는 그녀의 눈매. 한눈에 단사유는 그녀가 웃고 있다는 사실을 알 수 있었다.

단사유는 그녀를 향해 마주 걸음을 옮겼다.

가까이 다가갈수록 그녀의 얼굴이 선명하게 드러났다. 부드러운 얼굴 곡선에 오밀조밀한 이목구비, 그리고 백옥 같은 피부는 그녀가 보기 드문 미인이라는 사실을 알려 주고 있었다. 하지만 그것보다 더 단사유를 기쁘게 하는 것은 그녀의 눈이 예전 그대로라는 것이다.

자신을 빤히 올려다보던 어린아이의 빛나는 눈동자, 아직 그녀는 그

시절의 빛을 잃지 않고 있었다. 아니, 오히려 더욱 밝은 빛을 내뿜고 있었다. 이제는 더 이상 소녀라고 볼 수 없을 정도로 기품 있는 미인이 되었지만 빛나는 눈동자 하나만으로도 단사유는 그때의 기분을 느낄 수 있었다.

사람들의 시선 또한 단사유와 다르지 않았다. 그들이 소호의 어린 시절 모습을 알 리 없겠지만 그래도 그녀와 같은 미인을 보는 것만으로 아득해지는 기분이 되었다.

그러나 모두가 몽롱한 눈으로 소호를 바라볼 때도 냉철한 눈으로 그녀를 노려보는 시선이 있었다. 다른 이들처럼 들뜬 시선이 아닌 차분하게 가라앉은 눈동자. 그는 차분하게 소호와 단사유의 호흡을 세고 있었다.

들이쉬고, 내쉬고, 근육이 호흡에 따라 이완이 반복된다. 그것은 단지 찰나의 시간에 불과했지만 사내에게는 넘치고도 남는 시간이었다.

쉬익!

사람들 틈에 있던 그가 몸을 날렸다.

그의 눈에는 오직 소호만이 들어왔다.

그의 주인이 그에게 전한 명령은 전왕에게 경고를 하라는 것, 그리고 감히 그를 저울질한 계집을 정리하라는 것. 그 두 가지 명령은 다르면서도 같은 명령이었다. 그에게는 죽음으로 임무를 완수할 책임이 있었다. 때문에 혼신의 힘을 다한 그의 일 초에는 누구도 따라올 수 없는 속도가 담겨 있었다.

그 누구도 그의 습격을 예상하지 못했다. 사람들 틈에서 소호를 향해 최단 거리로 공간을 접어 가는 남자, 그의 손에는 옻칠을 해서 빛의 반사를 막은 검은 도가 들려 있었다. 그리고 도첨이 향하는 곳은 다름 아닌 소호의 가냘프고 하얀 목이었다.

"이런!"

소호의 곁에 있던 선양이 경호성을 내질렀다. 그녀의 임무는 하루 종일 소호의 곁에 붙어서 그녀를 경호하는 것, 그리고 그녀에겐 충분한 무공이 있었다. 하지만 그녀가 있는 방향은 소호의 왼쪽이었다. 그러나 갑자기 튀어나와 공격을 하는 살수는 치밀하게도 오른쪽에서 튀어나왔다. 그녀는 소호를 자신의 몸으로 보호하려 했지만 불행히도 살수의 검이 더 빨랐다.

소호의 눈이 크게 떠졌다. 그러나 그녀는 자신을 향해 날아오는 도를 보면서도 눈을 감지 않았다. 대신 그녀의 망막을 채우는 것은 어느새 그녀의 앞을 가로막은 남자의 굳센 등판.

퍼—엉!

난데없이 폭음이 들렸다. 그리고 그녀의 앞을 가로막은 몸이 약간 들썩인다는 느낌이 들었다. 하지만 그뿐, 기다리던 죽음의 느낌이나 통증은 어디서도 느껴지지 않았다.

후두둑!

이어 허공에서 무언가 떨어져 내렸다.

소호의 하얀 비단 옷에 무언가 점점이 떨어져 내렸다. 이어 둥글게 퍼져 가는 붉은색의 물방울. 그것은 누군가의 피였다. 하지만 더 이상 핏방울은 그녀의 몸에 떨어져 내리지 못했다. 그녀의 앞을 막았던 남자가 손을 들어 그녀의 머리를 감싸 주었기 때문이다.

"오랜만이구나."

그녀를 감싸 안은 남자가 웃음을 지으며 말했다.

소호의 입가에도 그와 비슷한 웃음이 떠올랐다.

"오랜만이에요, 사유 오라버니."

"후후!"

단사유가 소매를 걷으며 한 걸음 뒤로 물러났다.

소호의 눈동자가 흔들렸다. 자신을 감싸느라 붉게 물든 그의 어깨 부분이 눈에 들어왔기 때문이다.

그녀는 차분하게 말했다.

"죽음을 내린 건가요? 옷이 더러워졌어요."

"그래, 하지만 이것이 내가 사는 세계다. 그리고 이것은 지울 수 없는 낙인과도 같다."

소호의 손이 단사유의 어깨를 쓸어 줬다.

"그곳은 내가 사는 세계이기도 해요."

조용한 그녀의 음성에는 흔들리지 않는 그녀의 굳은 의지가 담겨 있었다.

제6장

해보자는 거지

해보자는 거지

사람들의 눈은 크게 떠져 있었다.
'앗' 하는 순간 살수가 소호를 습격했고, 뭐가 어떻게 되는 것인지 미처 알아차리기도 전에 허공에서 붉은 피 비가 내리고 있었다. 그제야 볼 수 있었다. 단사유의 뒤쪽에서 처참히 무너져 내리는 살수의 모습을. 피 비는 그의 몸에서 터져 나온 것이다.
"난 어떻게 된 것인지 보지도 못했어. 도대체 어떻게 된 거야?"
"나도 모르겠네. 그래도 한 가지는 확실하군. 정말 무섭도록 강하다는 것. 저런 패도적인 무공이라니."
"그래! 그리고 한 가지가 더 확실하군. 두 사람의 모습이 매우 잘 어울려. 내 평생 저런 선남선녀는 본 적이 없어."
사람들이 웅성거렸다.
그들은 방금 전 일어난 사건에 적잖이 충격을 받았는지 얼굴이 하얗게 질려 있었다. 하지만 한편으로 떠오른 것은 묘한 흥분이었다. 소문으로만 듣던 전왕의 무위를 눈으로 직접 봤다는 사실이 그들의 가슴을 두근거리게 만들고 있었다.

그것은 선양 역시 마찬가지였다.

선양은 약간은 몽롱한 눈으로 단사유를 바라봤다.

'정말 대단한 분이다. 나는 반응하는 것만으로도 버거웠는데 어느새 살수를 그리 쉽게 처단하다니. 과연 강호의 소문이 잘못되지 않았구나. 이분이야말로 아가씨를 지켜 주실 분이다.'

그녀 역시 절정의 무공을 익힌 고수였다. 하지만 그녀의 능력으로도 단사유의 진신무공이 어느 정도인지 짐작조차 할 수 없었다.

그녀는 소호가 등을 기댈 수 있는 남자는 눈앞에 있는 단사유밖에 없다고 생각했다. 이제까지 철무련의 수많은 기남들이 소호에게 추파를 던졌지만 그 누구도 단사유만큼 당당하지 못했고, 누구도 그만큼 안온한 느낌을 주지 못했다. 단지 가까이 있는 것만으로 선양의 마음까지 편안해졌다.

그때 소호가 입술을 약간 삐죽이면서 말했다.

"그런데 왜 이렇게 늦게 온 거예요?"

"후후! 그래도 네가 정한 한 달이라는 시일에는 맞춰 온 것 같은데."

"그럼 한 달을 꽉 채워서 오려고 했어요?"

"설마……."

십 년이라는 공백은 그들에게 아무런 문제가 되지 않았다. 그들은 마치 이제까지 계속 만나 온 사람들처럼 편안하게 대화를 했다.

소호의 입가에는 은은한 미소가 어려 있었다. 그녀의 입에서 흘러나오는 말은 다름 아닌 고려어였다. 그녀는 십 년 이래 처음으로 아버지가 아닌 다른 사람과 고려어로 대화를 나누고 있는 것이다. 단지 같은 언어로 대화한다는 사실만으로도 두 사람 사이에는 묘한 감정의 기류가 흘렀다.

잠시 소호를 지그시 바라보던 단사유가 말을 돌렸다.

"후후! 그런데 철무련에서는 언제까지 손님을 이렇게 밖에 세워 놓을 작정이지?"

"그들도 오라버니의 출현으로 많이 당황해 하고 있어요. 특히 오룡맹에서는 더욱더 그렇겠지요. 그들 입장에서 보자면 오라버니는 하늘에서 뚝 떨어진 거대한 바위나 마찬가지예요. 그것도 그들이 가려는 길목으로."

"눈엣가시 정도가 아니라 바위라니 매우 황송하구나."

"일단 사람들의 시선이 있으니 노골적으로 나오지는 못할 거예요. 하지만 더욱 은밀해질 거예요. 오라버니는 매우 조심해야 해요."

"그건 너도 마찬가지인 것 같구나. 이미 너도 그들에 의해 척살 대상이 된 것 같으니."

"상관없어요, 이제는 오라버니가 옆에 있으니. 걱정하지 않아도 되죠?"

"후후! 나보다 네가 먼저 위험해지는 경우는 없을 것이다. 장담해도 좋다."

"믿을게요!"

소호가 두말없이 고개를 끄덕였다. 그런 소호를 바라보는 단사유의 눈에 흐뭇함이 깃들어 있었다.

그때 그들의 등 뒤로 누군가 다가왔다.

"흠흠! 오랜만에 만났으니 반가운 것은 이해하겠는데 언제까지 우리를 이렇게 무안하게 세워 둘 참인가?"
"어머!"
 소호가 놀라 고개를 돌렸다. 그러자 짓궂은 표정을 하고 있는 늙은 거지의 모습이 눈에 들어왔다. 홍무규였다. 그의 뒤에 검한수와 막고여가 보였다.
 그제야 단사유가 미소를 지으며 그들을 소개했다.
 "소개가 늦었군. 이쪽은……."
 "이미 알고 있답니다. 개방의 철견자 홍 장로님과 종남의 검한수 소협, 그리고 철마표국의 막 국주님을 뵙게 되어 영광입니다. 저는 대천상단의 소주인인 하소호라고 합니다. 앞으로 잘 부탁드립니다."
 단사유의 말을 끊고 소호가 그들에게 인사를 했다. 그러자 그들의 얼굴에 은근히 놀라는 빛이 떠올랐다. 홍무규나 막고여는 그렇다 치더라도 검한수의 존재는 아직 세상에 알려지지 않았기 때문이다.
 그들의 마음을 읽었는지 소호가 수줍게 웃으며 말했다.
 "비록 부족하지만 그래도 일개 상단을 이끌다 보니 나름대로의 정보망이 있습니다."
 "흘흘! 그런가? 젊은 처자가 보기보다 빈틈이 없군. 여하튼 만나서 반갑네. 앞으로 철무련에 머무는 동안 잘 부탁하겠네."
 "오히려 제가 부탁드려야죠. 앞으로 잘 봐주시길 빕니다."
 "흘흘흘!"
 홍무규가 기분 좋은 웃음을 지었다.
 눈앞의 여인은 자신을 적당히 낮추며 기분을 맞춰 주고 있었다. 그래도 한 상단의 소주인이면 어느 정도 권위 의식이 있을 텐데, 그녀에게서는 전혀 그런 권위적인 면이 느껴지지 않아 좋았다.

소호는 검한수와 막고여에게도 인사를 건네며 이곳까지 오느라고 고생이 많았다고 일일이 말했다. 그런 그녀의 말에 두 사람도 스스럼없이 그녀를 대했다.

"인물이로고. 비록 지금은 시련을 당하고 있지만 이번 시련만 넘기면 큰 인물이 될 거야. 어떻게 세상은 고려에만 저런 인재들을 내려 주는 건지 정말 샘이 나는구나."

홍무규는 소호의 뒷모습을 보며 그렇게 중얼거렸다.

이제까지 홍무규가 적잖은 인재들을 봐 왔지만 무(武)에 관해서는 단사유를 능가하는 사람을 본 적이 없었고, 상재나 인품으로 소호를 능가하는 인재를 만나 본 적이 없었다. 정말 문무 양쪽에 있어 걸출한 인재들이었다. 그러고 보니까 두 사람이 그토록 잘 어울려 보일 수가 없었다.

그저 은은한 웃음만을 지은 채 소호의 뒷모습을 바라보는 단사유, 그런 단사유의 시선을 알면서도 주위의 사람들에게 친절하게 대하는 소호, 그들의 모습은 정말 질투가 날 정도로 잘 어울려 보였다.

'이것은 그야말로 최강의 무력과 금력의 만남이구나. 앞으로는 철무련도 긴장을 해야겠는걸. 흘흘흘!'

홍무규는 내심 웃음을 지었다.

끼긱!

그때 철무련의 거대한 성문이 열리는 소리가 이곳까지 들려왔다. 그에 단사유와 소호에게 집중되었던 사람들의 시선이 일제히 철무련으로 향했다.

군건하게 닫혀 있던 철무련의 성문이 열리며 일단의 사람들이 이곳을 향해 나오고 있었다. 그들을 바라보는 사람들의 눈에 긴장의 빛이 떠올랐다. 드디어 본성에서 사람이 나오는 것이기 때문이다.

소호가 조용히 단사유에게 속삭였다.

"저들의 선두에서 나오는 자는 오룡맹의 총관인 생사집혼(生死輯魂) 염백위라는 자로 오룡맹에서 총관직을 맡고 있어요. 지금이야 오룡맹에 몸을 담고 있지만 한창 그가 강호에서 활동하던 이십 년 전에는 생사집혼이라는 이름만으로도 사람들을 벌벌 떨게 만들었어요. 생사집혼이라는 별호 역시 수많은 사람들을 죽였기 때문에 얻은 것이에요. 그런 그가 왜 오룡맹에서 총관을 맡고 있는지 모르지만 오라버니는 각별히 조심하세요. 그는 심기가 무척이나 깊은 자이니까."

"생사집혼이라……. 재밌구나."

단사유가 조용히 미소를 지었다. 그러자 소호가 그의 옆구리를 팔꿈치로 찌르면서 말했다.

"그는 그렇게 재밌는 사람이 아니에요. 그리고 그의 뒤를 따라오는 자들은 모두 오룡맹의 집법당 소속의 고수들이에요. 오룡맹의 집법을 담당하는 만큼 개개인이 모두 무시할 수 없는 고수예요."

"그래, 알았다."

단사유는 고개를 끄덕이며 안력을 끌어 올렸다. 그러자 그들의 모습이 더욱 또렷이 눈에 들어왔다.

이제 사십 대 중반으로 보이는 학자풍의 남자, 양 갈래로 늘어트린 콧수염이 그를 더욱 학구적으로 보이게 만들었다. 그리고 그의 뒤에는 험상궂게 생긴 무인 열두 명이 따르고 있었다. 사람들은 그들의 기세에 눌려 길을 열어 주고 있었다.

그들이 향하는 곳에는 단사유가 존재했다. 그들은 정면으로 그에게 다가오는 것이다.

"잠시 물러나 있거라."

"예!"

단사유가 소호를 자신의 뒤로 물러나게 했다.

얼마 지나지 않아 염백위와 집법당의 고수들이 단사유의 앞에 도착했다. 그들의 몸에서는 무시할 수 없는 기세가 풍기고 있었다.

단사유를 구경하기 위해 나왔던 사람들은 마른침을 꼴각 삼키며 조금씩 뒤로 물러났다. 그들이 보기에 지금은 일촉즉발의 순간이었다. 아차 하면 대량의 유혈 사태가 일어날 수도 있었다. 괜히 근처에 있다가 날벼락을 맞을 수도 있는 상황인 것이다.

어느새 단사유 주위에는 둥그런 공터가 만들어졌다. 그리고 단사유와 염백위가 대치했다. 사람들은 무언가 기대 어린 눈으로 그들을 바라보았다.

한쪽은 이제까지 강호의 일각을 지배해 오던 거대한 무림 단체였고, 또 하나는 혜성처럼 등장해 숱한 피의 비를 내려온 신흥 절대 강자였다. 자연 그들의 대치에는 타인들을 숨 막히게 만드는 긴장감이 흐르고 있었다.

단사유를 바라보던 염백위가 입을 연 것은 한참의 시간이 지난 후였다.

"당신이 전왕 단 소협이오?"

"그렇습니다만."

"난 오룡맹의 총관인 생사집혼 염백위라고 하오. 천하에 명성을 날리고 있는 신흥 강자를 만나게 되어 반갑소."

"나도 반갑군요. 천하의 철무련에서 오룡맹의 총관을 보게 되다니."

"천하에 이름이 높은 전왕이 이토록 젊은 사람일 줄은 내 미처 짐작하지 못했소. 정말 세상은 불공평하구려. 누구에게는 그토록 어린 나이에 강한 힘을 주고 누구에게는 나이 마흔을 넘겨도 변변한 힘을 주지 않으니……."

염백위가 어깨를 으쓱했다. 그의 어조에는 단사유에 대한 비웃음이 기저에 깔려 있었다. 그의 말에 집법당의 고수들의 얼굴에도 비웃음이 떠올랐다. 지금 염백위는 그를 애송이라고 은근히 말을 돌려 비웃는 것이다.

막고여를 비롯한 단사유를 아는 사람들의 얼굴에 분노의 빛이 떠올랐다. 그러나 정작 당사자인 단사유의 표정에는 조금의 변화도 없었다.

"후후! 생사의 간극을 꽤 많이 경험해 보니 저절로 강해지더군요. 누구라도 그 정도의 경험을 하면 저만큼은 강해질 겁니다."

"으음!"

이번에는 염백위의 얼굴빛이 변했다.

단사유는 수많은 생사를 경험할수록 강해진다고 말하고 있었다. 그것은 바꿔 말하면 당신들은 생사를 경험하지 못했기에 그 지경이라고 은근히 비꼬는 것이었다.

그 광경을 보며 소호가 은은히 미소를 지었다.

'처음부터 기선을 잡기 위한 신경전이 대단하구나. 비록 염백위가 말주변이 뛰어나기는 하지만 사유 오라버니에게는 미치지 못한다.'

그녀는 자신의 걱정이 기우임을 깨달았다.

저들은 일부러 단사유의 신경을 긁어 도발하려고 했으나 그 정도로는 단사유는 미동조차 하지 않았다. 아니, 오히려 백전노장이라 할 수 있는 염백위가 단사유의 말 한마디에 마음이 흔들리고 있었다. 그것은 단사유가 그들이 생각하는 것처럼 무공만 강한 애송이가 아니라는 뜻이었다.

염백위가 헛기침을 하며 말을 이었다.

"젊은 분이 꽤 말솜씨가 좋구려."

"과분한 칭찬입니다. 그런데 이렇게 여럿이서 몰려나온 것은 무력을 동원하겠다는 뜻입니까?"

"설마, 그럴 리가 있겠소. 맹주님께서는 이번 사태에 우려를 표하면서 철저한 진상 조사를 명하셨소. 진상이 밝혀질 때까지는 단 소협은 본 맹의 귀빈이 될 것이오. 이들은 혹시라도 있을지 모르는 위해에 단 소협과 일행을 보호하기 위한 인원들이라오."

"뜻밖이군요."

"나도 그렇소."

단사유를 바라보는 염백위의 눈에는 적개심이 담겨 있었다.

눈앞에 있는 상대는 오룡맹의 권위를 땅에 추락시킨 자였다. 당장 찢어 죽여도 시원치 않을 그런 자였다. 하지만 강호의 시선 때문에 당장 그를 어쩔 수는 없었다. 오룡맹의 권위가 밑바닥까지 추락한 상태에서 그를 건드린다는 것은 화약을 안고 불 속으로 뛰어드는 것과 다름없었다. 일단은 그를 강호의 시선이 없는 곳으로 격리시켜야 했다. 이를테면 철무련과 같은 곳으로 말이다. 그렇기에 지금 당장은 참을 수밖에 없었다.

염백위는 목소리에 내공을 실어 말했다.

"맹주께서는 막 국주가 입은 화에 우려를 표하시고 철저한 진상 조사를 명하셨소. 그래서 이미 며칠 전부터 본 맹 내부에 대한 감찰이 이뤄지고 있소. 그리고 이미 상당히 진전을 본 것으로 알고 있소."

그의 목소리는 선착장 주위에 있는 사람들의 귀에 또렷이 들렸다. 멀리 있는 사람이나 가까이 있는 사람이나 고저 없이 똑같이 들리는 음성. 그것은 그의 내공이 범상치 않다는 것을 의미했다.

염백위의 말에 사람들이 그러면 그렇지 하는 표정으로 수긍을 했다. 사정이야 어찌 되었든 간에 오룡맹주가 공정한 조사를 명했다는 사실만으로 그가 대인이라는 점이 뚜렷이 부각되는 것이다.

"그래도 오룡맹의 입장에서는 찢어 죽여도 시원찮을 텐데 저렇게 공정한 조사를 명하다니. 역시 맹주시군."

"누가 아니라는가. 어쩌면 이 일은 맹주의 뜻이 아니라 누군가 독단적으로 저지른 것일 수도 있어. 사실 말이 나와서 말이지만 오룡맹과 같은 거대한 단체에서 밑의 수하들이 독단적으로 하는 행동을 어떻게 일일이 통제할 수 있겠는가?"

"여하튼 이제라도 일이 잘 풀렸으면 좋겠군."

사람들의 웅성거리는 소리에 염백위의 얼굴에 미소가 떠올랐다. 그의 생각대로 일이 돌아가기 때문이다.

'흐흐! 어차피 우매한 군중들이야 몇 마디 말로도 선동할 수 있는 것. 이 정도는 일도 아니지.'

그의 얼굴에는 은은한 우월자적인 빛이 어려 있었다. 그러나 미소가 어려 있는 것은 단사유 역시 마찬가지였다.

"그러니까 어느 정도 결과가 나왔단 말이군요."

"그렇소! 믿어지지 않는다면 나를 따라 같이 가도 좋소. 이미 우리는 독단적으로 행동해 맹주님의 영명을 손상시킨 자를 확보해 두고 있으니까."

"후후후! 분명 막 국주님의 표국을 구금해 두고 표물을 빼돌린 자를 잡았다는 말이지요. 거, 재밌군요."

"직접 두 눈으로 보게 되면 내 말이 거짓이 아니란 것을 알게 될 거요."

염백위의 얼굴에는 자신 있다는 빛이 어려 있었다. 그것은 무언가를 이미 준비해 두었다는 말과도 마찬가지였다.

단사유의 눈이 한순간 차갑게 빛났다.

'이런 식으로 나온단 말이군. 차라리 정면 대결로 나오는 것이 더 수월할 뻔했다.'

상대는 지금 암계를 부리고 있었다. 이런 싸움에는 마찬가지로 암계로 답하는 수밖에 없었다. 그리고 이런 싸움이야말로 무공을 이용해 싸우는 것보다 몇 배는 더 힘들고 위험하다는 것을 그는 잘 알고 있었다.

그러나 단사유는 알면서도 넘어가 주기로 결정했다.

'어차피 호랑이를 잡으려면 호랑이 굴속으로 들어가는 수밖에 없다. 비록 굴 안에서 호랑이가 시퍼렇게 발톱을 갈고 기다리더라도 말이야.'

그때 소호가 단사유의 손을 잡았다.

조그맣고 보드라운 하얀 손. 고개를 돌리니 그녀가 웃고 있었다. 마치 자신만 믿으라는 듯이…….

단사유는 조용히 고개를 끄덕였다.

*　　　　*　　　　*

단사유와 일행은 염백위를 따라 철무련으로 들어갔다. 그들의 주위에는 집법당의 고수들이 둘러싸고 있었다. 말로는 혹시 있을지 모르는 외부의 위협 때문이라고 하지만 그것은 단사유 일행을 외부와 격리시키기 위한 의도가 더욱 컸다. 그들 때문에 사람들은 단사유를 보면서도 다가갈 수조차 없었다.

그렇게 집법당의 호위 속에서 그들은 철무련에 입성했다.

'이것이 일개 성의 규모인가?'

성 내부를 바라보는 단사유의 눈에 언뜻 놀람의 빛이 스쳤다.

도대체 이 중원이라는 곳에는 크기에 대한 개념이라고는 존재하지 않는 것 같았다. 힘을 가지고 있는 단체나 세가라면 무작정 크게 짓는다. 전에 보았던 남궁세가도 그렇고 철무련도 그렇고, 이것은 무언가 비정상적이다 싶을 정도로 규모가 컸다.

하나같이 전각과 담장에 가려 다른 곳은 보이지 않을 정도로 거대하면서도 무언가 폐쇄적인 분위기가 물씬 풍겼다.

염백위가 앞장을 서며 말했다.

"이미 설명을 들었으리라 생각하지만 혹시나 해서 한 번 더 이야기하겠소. 철무련은 공적인 공간과 사적인 장소가 있소. 공적인 장소에서는 얼마든지 운신해도 상관없으나 구중부, 사자맹, 오룡맹이 있는 장소는 사적인 장소. 만약 사적인 장소에 제멋대로 발을 들여놨다가는 각 단체의 율법에 따라 처벌을 받게 될 것이오. 이점을 유념해 주시오."

"공적인 장소에서는 얼마든지 움직여도 된다는 말입니까?"

"어차피 공적인 장소에서도 움직일 수 있는 공간은 한정이 돼 있소. 기밀이 될 만한 장소는 무인들이 경계를 서니까 말이오."

비록 등을 돌리고 있어 그의 얼굴이 보이지는 않았지만 단사유는 그가 웃고 있을 것이라 생각했다. 그리고 사실 염백위의 얼굴에는 비릿한 미소가 떠올라 있었다.

이쯤 되면 완벽한 연금이나 마찬가지였다. 그것이 저들이 원하는 바인 것이다. 그러나 단사유는 개의치 않았다. 누가 누구를 잡아먹을 것인지는 시간이 흘러 봐야 알 수 있을 것이다.

'이건 인내심의 싸움, 그리고 누가 먼저 치명적인 약점을 쥐어 잡느냐에 따라 향방이 갈리는 싸움이다. 방심하면 그 순간이 죽음이다.'

단사유는 자신의 직감을 믿었다.

그의 등 뒤에는 소호를 비롯해 여러 사람들이 따르고 있었다. 그리고 그들의 목숨은 모두 자신에게 달려 있었다. 때문에 단사유는 한시도 긴장을 늦추지 않았다.

염백위가 안내한 곳은 소호가 머물고 있는 빈객청이었다. 빈객청은 중요한 손님이 묵게 될 경우를 대비해서 마련해 놓은 곳으로, 사방이 높은 담장으로 막혀 있는 공간에 작은 전각 몇 채만 덩그러니 놓여 있는 곳이었다. 말이 손님을 머무르게 하는 것이지 실상은 그들의 움직임을 제한하기 위해 격리시켜 두는 곳이나 마찬가지였다. 사방이 높은 담장으로 막혀 있어 곳곳에 감시를 하는 무인을 배치시켜 놓으면 누구도 쉬이 이곳을 나갈 수가 없다.

소호가 빈객청에 머무는 까닭 또한 그녀 역시 철무련 내에서 요주의 감시 대상이기 때문이다. 그녀는 벌써 몇 달째 이곳에서 머물고 있었다.

염백위는 단사유가 머물게 될 전각을 가리키며 말했다.

"이곳에는 방이 모두 네 개니까 단 소협 일행이 머무르기에 부족함이 없을 것이오. 그리고 혹시 부족한 것이 있다면 사람을 시켜 알려 주시구려. 모두 조치해 드릴 테니."

"후후! 배려에 감사합니다. 그리고 오룡맹에서 확보했다는 사람을 만나고 싶군요."

"일단은 우리도 감시만 하고 있소. 하나 오늘 저녁쯤 해서 그를 잡을 생각이니 원한다면 단 소협도 함께 가시구려. 그 정도는 상관없으니까."

"그럼 그렇게 합시다."

"좋소. 그럼 오늘 저녁에 다시 뵙겠소."

"배웅은 하지 않겠습니다."

염백위는 미소를 짓고 있는 단사유를 잠시 바라보다 이내 몸을 돌려 나갔다.

빈객청의 문을 나서는 염백위의 얼굴에는 이미 웃음 따위란 존재하지 않았다.

'전왕, 감히 철무련에 제 발로 걸어 들어온 것을 후회하게 될 것이다. 그따위 허명이나 믿고 절대자들의 대지에 걸어 들어오다니.'

뿌득!

그의 입에서 소름 끼치는 이빨 가는 소리가 새어 나왔다.

단사유 일행은 소호의 거처로 들어갔다. 그들이 머물 방을 시비들이 정리할 동안 소호의 거처에서 쉬기로 한 것이다.

비록 철무련의 빈객청에 불과했지만 소호의 거처는 그녀가 지내는 데 불편함이 없도록 이미 개조가 된 상태였다. 곳곳이 고풍스런 느낌이 물씬 풍기는 가구들로 장식이 되어 있을 뿐만 아니라 송대의 화병이나 당대의 명인이 그린 그림들로 방 안이 장식되어 있었다. 이런 종류의 물건에 관심이 없는 단사유나 홍무규는 아무런 감흥도 없었지만 어느 정도 안목이 있다고 자부하는 막고여나 검한수는 눈이 휘둥그레질 수밖에 없는 광경이었다. 아마 이곳에 있는 물건들만 처분해도 어지간한 중소문파를 일 년 동안 유지할 수 있는 자금이 나올 것이다.

"이, 이것은 너무 화려한 것이 아니오? 이곳은 하 소저의 본가도 아닌데……."

"이 정도는 해 두어야 무시를 안 받습니다. 어떤 사람들은 겉으로 보이는 모습에 별로 의미를 두지 않는 반면에 어떤 사람들은 사람들의 겉모습이나 치장으로 모든 것을 판단하기도 하니까요. 그리고 불행히도 이곳에는 후자의 경우에 무게를 두는 사람들이 더욱 많이 있습니다."

막고여의 말에 소호가 생긋 웃음을 지으며 대답했다. 이에 막고여는 더 이상 뭐라 말하지 못했다.

본래 그의 성품은 담백하여 표국의 국주를 하면서도 돈을 막 써 본 적이 없다. 그리고 그것을 가지고 무시할 만한 사람도 없었다. 하지만 그것은 어디까지나 그의 경우에나 해당되는 이야기였다. 대다수의 사람은 그렇지 않았지만 세상에는 분명 사람의 겉모습만을 보고 판단하는 부류의 사람들이 있었다. 그들은 사람들의 재력이나 겉모습을 보고 일차로 판단을 한다. 겉모습이 추레하다 싶으면 우선 대화 대상에서 제외시키기 일쑤이기에 그들과 대화를 하기 위해서는 겉모습부터 그럴싸하게 꾸며야 했다. 소호의 말도 그와 같은 맥락이리라.

소호가 붉게 물든 자신의 옷을 가리키며 말했다.

"잠시만 차를 들면서 기다려 주세요. 보시다시피 옷이 이렇게 돼서 갈아입고 와야겠네요. 사유 오라버니는 깨끗한 옷을 준비해 놓을 테니

거처에 돌아가시면 갈아입으세요."

"고맙다."

"흘흘! 어서 갈아입고 오시게나. 우리야 얼마든지 기다려도 되니까."

"감사합니다, 홍 장로님. 그럼……."

소호가 자신의 방으로 들어가자 선양이 다기를 가지고 나와 일행들 앞에서 차를 끓이기 시작했다.

물이 끓고 찻잎이 들어가자 은은하면서도 청량한 향기가 실내에 퍼지기 시작했다. 단지 향기를 맡는 것만으로도 머릿속이 맑아지는 것 같았다.

"혹시 이것이 천하에 유명한 군산은침차(君山銀針茶)가 맞나요?"

"맞습니다, 검 공자님. 천하에서 오직 이곳 군산에서만 생산되는 군산은침차가 맞습니다. 본래 아가씨는 따로 마시는 차가 있었지만 이곳 철무련에 온 이후부터는 항상 이 차만 마십니다."

선양이 조용히 미소를 지으며 검한수의 말에 대답했다. 그러자 검한수가 얼굴을 붉히며 고개를 끄덕였다.

선양은 정성을 다해 차를 끓였다. 그리고 찻물이 제대로 우러날 때쯤 소호가 구름 문양이 곱게 수놓아져 있는 흰색의 비단옷을 입고 나타났다. 그녀의 피부는 매우 희고 고와서 흰옷을 입으니 그 자태가 무척이나 아름다웠다. 아까는 경황이 없어서 제대로 보지 못했던 일행들이 소호의 아름다운 모습을 보고 벌린 입을 다물지 못했다.

'저리도 자태가 아름답고 고우니 뭇 남성들의 넋을 쏙 빼놓겠구나. 흘흘! 작은 여우라더니 저리 잘 어울릴 수가 없구나.'

'강호에 삼화가 있다고 하나 저 여인의 미모도 그녀들에게 전혀 뒤

지지 않겠구나. 아니, 오히려 기품 면에서는 삼화가 그녀를 따라올 수 없겠구나. 저런 기품이라니.'

단지 얼굴만 아름다운 여인은 강호에도 수없이 많이 있다. 하지만 그녀들 중 그 누구도 소호와 같이 기품 있는 모습을 갖춘 여인은 없었다.

그때 소호가 샐쭉한 표정으로 단사유에게 말했다.

"사유 오라버니는 소매의 모습이 예쁘지 않은 모양이지요? 그렇게 무뚝뚝한 표정을 짓다니."

"후후! 충분히 놀라고 있는 중이다. 내 기억 속의 너는 아직도 변함없이 영악하고 귀여운 모습인데 이리 어여쁜 숙녀가 되었으니."

단사유가 웃으며 그리 대답했다. 그리고 실제로 그는 많이 놀라고 있는 중이었다. 설마 소호가 이렇게 아름다운 여인으로 성장했으리라고는 미처 예상하지 못했기 때문이다.

순간 소호의 눈에 반짝이는 빛이 떠올랐다. 하지만 이내 그녀는 곱게 미소를 지으며 선양에게 주전자를 넘겨받아 사람들의 앞에 놓여 있는 찻잔에 일일이 따르기 시작했다.

홍무규를 지나고 막고여, 검한수를 지나 마지막으로 단사유의 곁에 다가왔다.

쪼르륵!

찻물이 단사유의 찻잔을 채웠다.

스쳐 지나가며 소호가 단사유의 귀에 속삭였다.

"잘 왔어요."

"그래."

단사유의 얼굴에 미소가 어렸다. 소호 역시 미소를 지었다. 그녀가 다시 단사유를 스쳐 자신의 자리로 돌아갔다. 순간 은은한 향기가 단사유의 코를 간질였다. 마치 과꽃 같기도 하고 난의 향기 같기도 한 은은한 향기에 단사유가 자신의 코를 문지르며 생각했다.

'본래 여자의 몸에서는 이리 좋은 향기가 나는 것인가? 예전에는 그렇지 않았던 것 같은데……'

지금까지 강호에 나와서 여인이라고는 접촉해 볼 기회를 거의 얻지 못했던 단사유였다. 물론 이제까지 스쳐 왔던 여인 몇 명이 있었지만 그들은 모두가 적인 상태로 만났던 사람들이었다. 그런 여인들에게 단사유가 호감을 가질 리 만무했다. 하지만 소호는 달랐다. 그녀의 몸에서 나는 은은한 향기는 단사유의 뇌리 깊숙한 곳에 각인되었다.

"모두 한 잔씩 드세요. 선양의 차 끓이는 솜씨는 아주 훌륭하답니다. 실망하지 않을 거예요."

소호의 말에 단사유 등은 차를 들었다.

과연 소호의 말처럼 군산은침차는 훌륭하기 그지없었다. 청아한 향과 은은한 맛이 머리를 맑게 했다. 단사유나 홍무규 등은 차하고 인연이 없는 사람들이었지만 그래도 자신들이 마시는 차가 매우 좋은 차라는 것쯤은 알 수 있었다.

"좋구나!"

절로 감탄사가 흘러나왔다.

단사유의 말에 소호가 만족스런 미소를 지었다.

"입맛에 맞다니 다행이에요."

"후후!"

비록 만난 지 한 시진도 지나지 않았지만 그들의 태도에는 격의가 없었다. 그들의 모습을 처음 보는 사람들도 그들이 서로를 신뢰하고 있다는 사실을 느낄 수 있을 정도였다.

　그들은 차를 마시며 담소를 나눴다. 그들은 철무련에 관한 이야기와 막고여의 개인적인 이야기로 시간을 보냈다. 그렇게 시간은 흘러갔다.

　제일 먼저 일어난 사람은 홍무규였다.

　"이제 그만 내 자리로 돌아가 봐야겠네. 할 일도 있고, 더 이상 이곳에서 두 사람의 시간을 방해할 수가 없으니, 아쉽네."

　"하하! 먼 길을 왔더니 저 역시 피곤하군요. 두 사람은 못 다한 이야기를 나누게."

　늙은 생강이 맵다고 했던가?

　홍무규와 막고여는 십 년 만에 만난 두 사람이 허심탄회하게 이야기를 나눌 수 있도록 검한수를 잡아끌고 밖으로 나갔다. 눈치 없는 검한수는 아쉬운 표정을 지었지만 두 사람에 의해 밖으로 나갈 수밖에 없었다.

　선양 역시 의미심장한 미소를 지으며 밖으로 나갔다.

　이제 실내에는 단사유와 소호, 오직 두 사람밖에 없었다.

　단사유가 찻잔을 내려놓으며 자리에서 일어나 소호의 곁으로 다가갔다. 그러자 소호가 은은히 얼굴을 붉혔다.

　"이제 어엿한 숙녀가 되었구나."

　"오라버니도 이제 훤칠한 장부가 되셨어요."

　"후후! 그동안 고생이 많았겠구나. 아무런 연고도 없는 이곳에서 이렇게 대단한 부를 쌓았으니."

　"악착같이 살았으니까요. 아버지나 저나……."

　"그랬구나."

　소호의 목소리에는 지난날의 고단함이 담겨 있었다. 이제까지 아버

해보자는 거지 195

지를 제외한 그 누구에게도 하지 못했던 말이었지만 단사유에게는 자연스럽게 나왔다. 그것은 그만큼 그녀가 단사유를 외인으로 생각하지 않는다는 뜻이기도 했다.

"아버님께서는 잘 계시냐?"

"정정하세요. 이곳에 들어오기 전에는 종종 옛날 일들을 이야기하곤 하셨어요. 그중에서도 할아버지와 오라버니 이야기를 하실 때는 굉장히 기대 어린 눈빛을 했죠."

소호의 아버지인 하만보에게 그날의 기억은 무척이나 강렬했던 모양이었다. 술만 마시면 하만보는 한무백과 단사유의 이야기를 꺼내곤 했다. 그리고 그들이 중원에 오면 모든 판도가 바뀔 것이라고 엄포를 하곤 했다. 그럴 때면 소호는 술 취해서 그런다고 잔소리를 했다. 하지만 그녀 역시 은근히 단사유를 기다렸던 것은 사실이었다. 비록 치기 어린 생각이었지만 단사유는 그녀가 처음으로 투자를 한 사람이었기 때문이다.

문득 생각났다는 듯이 소호가 말했다.

"참! 할아버지는 어떻게 되셨어요? 같이 중원으로 오신 것 아니에요?"

"이미 십 년 전에 돌아가셨다. 그때 너를 만나고 얼마 안 돼서."

"……미안해요."

소호가 고개를 숙였다. 그러나 단사유는 고개를 저으며 그녀의 등을 두드려 주었다.

"오히려 지금이 더 편안하실 게다. 고단하게 세상을 살아왔던 분이었으니."

단사유의 눈에 아릿한 빛이 떠올랐다.

지금쯤 편안하게 눈을 감고 있을 것이라 생각했지만 언제나 한무백은 그에게 그리움의 대상이었다.
소호가 단사유의 손을 잡았다.
"이렇게 와 줘서 정말 고마워요."
"후후! 아직까지 기억해 줘서 고맙구나."
단사유의 말에 소호가 얼굴을 붉히며 생각했다.
'누구도 당신을 잊지 못할 거예요. 당신의 얼굴을, 당신의 미소를.'
그녀는 오랜만에 안온함을 느꼈다.

      *   *   *

단사유와 소호는 자신들이 살아온 이야기를 담담히 나눴다. 비록 그들 사이에는 십 년이라는 공백이 존재했지만 두 사람은 마치 어제 만났던 사람들처럼 친근하게 이야기를 나눴다.
소호는 그제야 알았다.
단사유가 왜 전왕이라는 별호를 얻었는지. 그가 왜 혈로를 걷게 된 것인지. 그리고 앞으로 그가 걸어야 할 길이 얼마나 험할 것인지. 이제야 모든 사실을 알게 되었다.
'하늘은 그에게 강력한 힘을 주었으나 그와 더불어 너무나 큰 시련을 주었구나.'
중원에서 갖은 고생을 하며 상단을 키워 올 때만 하더라도 소호는 자신이 너무나 복이 없다고 생각했다. 그러나 막상 단사유를 눈앞에서 보게 되자 그런 생각은 흔적도 없이 사라졌다. 자신의 운명은 단사유에 비하면 너무나 안온했다. 그녀가 그토록 원망했던 하늘은 알고 보

해보자는 거지 197

면 그녀에게 축복을 내린 것이나 다름없었다. 그래도 그녀는 대천상단이라는 거대한 상단을 일궈 냈으니까. 하지만 단사유의 행로는 언제 끝날지 기약조차 할 수 없었다.

"어쩌면 저 역시 오라버니에게 짐이 될 수도 있겠군요. 저 스스로는 도움이 될 거라 생각했지만 오라버니를 힘들게 하는 여러 요인 중의 하나가 될 수도……."

"그런 생각은 하지 말거라. 왜 네가 짐이 된다는 말이냐? 난 너에게 매우 고마워하고 있다. 네가 아니었으면 철무련에 들어오기 위해서 더욱 많은 피를 봐야 했을 것이다. 네 덕분에 한결 내 어깨가 가벼워졌다. 앞으로도 그런 생각은 하지 말거라."

"오라버니!"

소호의 눈에 붉은 기운이 맺혔다. 그러나 이내 그녀는 배시시 웃으며 말을 이었다.

"오라버니의 운명도 참으로 험하군요. 어쨌거나 이곳에 들어오신 것을 환영해요."

"후후! 고맙구나."

단사유가 고개를 끄덕이며 웃음을 지었다.

눈앞에서 웃고 있는 소호를 보자니 모든 근심 걱정이 한꺼번에 사라지는 느낌이었다. 눈이 부시도록 아름답게 웃는 모습에 문득 그녀가 여인으로 느껴졌다. 그러나 단사유는 이내 고개를 흔들며 상념을 지웠다.

그리고 불현듯 자신의 왼쪽 가슴에 앉은 채 날개를 파르르 떨고 있는 나비 장신구에 생각이 미쳤다. 그것은 그가 제원의 골동품점에서 우연히 구한 것으로 이제까지 가슴에 매달고 있으면서도 까맣게 잊어버리고 있었던 물건이었다.
 단사유는 자신의 가슴에서 나비 장신구를 떼어냈다. 그러자 비로소 소호의 시선이 나비 장신구에 닿았다.
 "이곳으로 오던 중에 우연히 구한 것이다. 아마 예전에 암기로 사용했던 물건 같은데 오랜 세월이 지나면서 사람들에게 잊혀진 물건 같구나. 연원을 짐작하기는 힘들지만 그래도 장신구로 쓰기에 나쁘지 않을 것 같아서 가져왔다."
 "고마워요, 오라버니! 정말 예쁘군요!"
 소호의 눈에 감격의 빛이 떠올랐다.
 나비는 그녀가 제일 좋아하는 생물이었다. 어려서부터 하늘거리며 날아다니는 나비를 보자면 모든 근심이 사라지는 것 같았다. 그렇기에 커서도 나비를 자신의 신표로 삼고 나비를 이용한 장신구를 수집했다. 그러나 그녀가 수집한 장신구 중 그 어느 것도 단사유가 내민 나비 장신구만큼 아름답지는 못했다. 파르르 떨리는 날개가 오색 빛을 은은히 뿌리는 모습은 너무나 아름다웠다.
 단사유는 나비 장신구를 소호에게 건넸다. 그러자 소호가 조심스럽게 받아 자신의 가슴에 달았다. 마치 살아 있는 나비가 그녀의 가슴에 앉은 것처럼 잘 어울렸다.
 "나비의 날개를 자세히 살펴보면 정한자라는 사람이 만든 사접무(死蝶舞)란 법문이 적혀 있을 것이다. 하지만 실용 법문이 없기 때문에 사용할 수는 없을 게야. 만약 실용 법문을 구할 수 있다면 내공이 거의 없는 너도 사용할 수 있을 텐데. 그것이 안타깝구나."
 "아니에요, 오라버니. 이 정도로도 충분해요. 그리고 실용 법문은 어떻게 제가 구해 보도록 하죠. 만약 실전되지만 않았다면 구할 수 있을지도 몰라요."

 소호는 진정으로 자신의 가슴에 앉아 있는 나비가 마음에 드는 듯했다. 그녀는 거울에 자신의 모습을 비춰 보고, 또 비춰 봤다.

 '이것은 정말 나를 위해 만든 것처럼 잘 어울리는구나.'

 그녀는 진정으로 감격했다.

 천하에서 돈을 가장 많이 가지고 있었고, 원하는 것은 무엇이든 살 수 있었지만 이것처럼 마음에 드는 물건을 구할 수는 없을 것 같았다.

 "네가 마음에 든다니 다행이구나."

 "정말 마음에 들어요. 고마워요, 오라버니."

 소호는 아름다운 미소를 단사유에게 보여 주었다. 단사유 역시 미소로 그녀에게 화답했다.

 빈객청은 조용했다.

 외부와 완벽히 격리된 데다 밖은 철무련의 무인들이 경계를 서고 있기 때문에 외인은 함부로 들어올 수가 없었다. 때문에 단사유는 오랜만에 조용히 잠을 잘 수 있었다.

 아침 햇살이 창문을 통해 얼굴을 비추기도 전에 그는 자리에서 일어났다. 그는 조용히 자신의 방을 빠져나와 전각 뒤의 공터로 향했다.

 단사유는 아무도 없는 것을 확인하고 조용히 운기를 했다. 기뢰심결의 법문에 따라 내공을 운용하고 자신의 몸 상태를 점검했다.

 기뢰의 힘은 도도하게 그의 혈도를 흘렀다. 가로막는 모든 것을 휩쓸어 버리며 도도히 흐르는 기뢰의 힘은 그의 정신과 육체를 관통하고 있었다.

 '중원으로 들어올 때보다 더욱 무예가 발전했다.'

단순히 기뢰뿐만이 아니라 육신 자체가 무예를 펼치기 적합하게 변해 가고 있었다. 그것은 그가 천포무장류를 익히기 위해 십 년 동안 만선동에 있을 때 일어났던 변화보다 더욱 급격한 변화였다.

곰곰이 생각해 봤지만 답은 하나였다.

'싸우면서 발전하는 것인가?'

중원에 들어온 두 달 동안 그는 크고 작은 싸움을 여러 번 거쳤다. 그리고 싸움을 거치면서 무예가 완숙해지고 있었다. 그 모두가 불과 두 달 동안 일어난 변화였다.

단사유는 공터에서 천포무장류의 무예를 연이어 펼쳐 보았다.

휙휙!

마치 바람이 움직이는 것처럼 흐릿한 환영만을 남긴 채 그의 몸이 공터 이곳저곳에서 나타났다. 누군가 지켜보고 있다고 해도 그가 무슨 초식을 펼치는지는 알아볼 수 없을 것이다. 일류고수의 안력으로도 도저히 좇아가지 못할 만큼 그는 엄청난 속도로 움직이고 있었다.

그렇게 얼마나 움직였을까? 마침내 단사유가 움직임을 멈췄다. 그토록 격렬하게 움직였음에도 불구하고 그의 얼굴에는 땀방울 하나 맺혀 있지 않았다.

"후!"

그는 마지막으로 호흡을 고르며 모든 것을 마무리했다.

그가 빙그레 웃었다.

"좋군!"

몸 상태는 최적이었다. 막히는 곳도 없고, 불편한 곳도 없다. 그야말로 최상의 몸 상태였다. 만족스러웠다.

단사유는 공터를 빠져나와 자신의 거처로 돌아왔다. 그때 빈객청의 정문이 열리며 몇 명이 들어오는 발소리가 들렸다.

'염백위.'

단사유의 눈빛이 차갑게 가라앉았다.

비록 그들은 최대한 자신들의 기척을 숨긴 채 다가오고 있었지만 단사유의 이목을 숨길 수는 없었다. 그리고 그들이 익힌 무공의 특성 때문인지 그들의 발걸음은 여러모로 다른 사람들과 구별이 되었다. 때문에 단사유는 그들의 발소리를 듣는 것만으로도 정체를 알아차릴 수 있었다.

과연 잠시 후에 문밖에서 염백위의 목소리가 들려왔다.

"단 소협, 일어나 계시오?"

"들어오십시오."

염백위와 집법당의 고수들이 안으로 들이닥쳤다.

"아침부터 무슨 일입니까?"

"드디어 막 국주를 억류한 배후가 밝혀졌소. 지금 집법당의 고수들을 이끌고 맹주님의 위명에 먹물을 끼얹은 자를 잡으러 가는 길이오. 그래서 같이 가자고 이렇게 결례를 무릅쓰고 왔소이다."

"그렇습니까?"

단사유는 자리에서 일어났다.

배후가 있을 리 없다. 그러나 이들이 무엇을 꾸미고 있는지 궁금했기에 단사유는 그들을 따라나서기로 작정했다.

단사유는 빈객청을 나서서 염백위를 따랐다. 염백위는 기세등등하게 모처로 향했다. 뿐만 아니라 그를 수행하고 있는 집법당의 고수들에게서는 심상치 않은 살기가 풍겨 나오고 있었다. 때문에 가는 길에 마주친 몇몇 사람들이 흠칫하며 길을 내줬다.

단사유는 조용히 그들을 따랐다. 그는 굳이 그들에게 목적지가 어딘지를 물어보지 않았다. 물어봐서 알려 줄 것 같았으면 진즉에 알려 줬을 것이기 때문이다.

'무슨 수를 꾸미고 있는 것이냐?'

염백위의 등을 바라보는 단사유의 눈은 차갑기 그지없었다. 단사유는 막고여가 오룡맹주에 의해 감금되었던 사실을 알고 있었다. 그러나 저들은 그게 아니라 누군가의 음모에 의해 막고여가 감금되었던 것이라고 했다. 그리고 실제로 그렇게 행동하고 있었다.

그들이 도착한 곳은 철무련 내에 있는 조그만 전각이었다.

염백위가 집법당의 고수들을 향해 고개를 끄덕여 보이자 집법당의 고수들이 앞으로 나서며 우렁차게 목소리를 높였다.

"죄인 등무현은 나와서 무릎을 꿇으라!"

"등무현은 나오거라!"

그들의 목소리에 전각에서 웅성거리는 기척이 들려왔다. 이어 전각의 문을 열고 오십 대 후반으로 보이는 노인이 부채를 흔들며 나왔다. 그는 청수한 얼굴을 한 학자풍의 분위기를 물씬 풍기고 있었다.

그는 영문을 모르겠다는 얼굴로 말했다.

"아침부터 이게 무슨 무례한 짓이오?"

"죄인 등무현을 잡으러 왔다."

"그게 무슨?"

노인의 얼굴에 어이없다는 빛이 떠올랐다. 그는 영문을 알 수 없다는 표정으로 말했다.

"내가 왜 죄인이란 말이오?"

"등무현, 오리발을 내밀어도 소용없다. 이미 당신의 행적은 집법당과 비모각에 의해 낱낱이 파악되었으니까."

"말도 안 되는……."

등무현의 얼굴이 찌푸려졌다.

그는 오룡맹에서도 장로원에 속해 있는 전대의 고수였다. 그것도 오대세가 출신이 아닌 신분으로 텃세가 심한 오룡맹의 장로원에 들어갔을 정도로 출중한 고수였다.

평소 그는 당당한 성정과 올곧은 인품으로 후학들에게 많은 존경을 받는 인물이었다. 비록 지금은 일신상의 이유로 장로원에서 나와 밖에서 생활했지만 그래도 장로원에서 적잖은 영향력을 끼칠 수 있는 인물이었다. 그런데 염백위는 그런 등무현을 죄인이라고 몰아붙이고 있었다.

"당신이 북원과 내통을 한 증거가 이미 확보되었소. 당신은 오룡맹에 들어오기 전부터 이미 북원에 포섭이 되었더군. 그런 주제에 오룡맹에 들어와서 내부 분열을 위한 획책을 시도했소. 그리고 모용세가의 표물을 가지고 들어온 철마표국의 사람들을 제멋대로 억류하고 표물을 빼돌린 물적인 증거가 나왔소. 그런데도 그렇게 뻔뻔하게 나온단 말이오?"

"뭣이? 그럴 리가 없다. 난 당당한 중원의 무인이다. 그런 내가 어찌 원의 무리에 철무련의 기밀을 팔아먹는단 말이냐? 난 하늘을 우러러 한 점 부끄러움도 없는 사람이다. 그런데 어찌 나를 매국노로 모는 것이냐?!"

등무현의 노성이 터져 나왔다. 그의 음성은 사자후처럼 주위를 쩌렁쩌렁하게 울렸다. 그러나 염백위를 비롯한 집법당의 고수들은 눈썹 하나 까닥하지 않았다.

"감히 북원의 무리들에게 철무련의 기밀을 넘겨준 죄, 그리고 맹주를 모함하고 중간에서 표물을 빼돌린 죄로 추포하겠다. 변명은 후에 하도록."

"흥! 누구 마음대로 원의 무리로 밀어붙이는 것이냐? 내가 바로 철심운검(鐵心雲劍) 등무현이다. 그런 내가 어찌 나라를 배신하고, 철무련을 배신한단 말이냐? 분명 이것은 누군가의 모함이다."

"변명은 통하지 않는다. 조용히 제압이 된다면 정상이 참작될 것이다. 죄가 없다면 풀려날 터, 순순히 오라를 받으시오."

염백위의 말에 등무현이 입술을 질끈 깨물었다.

그가 소매를 활짝 펼치며 계단을 내려왔다.

"좋다. 난 숨길 것이 하나도 없으니 마음대로 해 보거라. 대신 아무런 증거도 나오지 않는다면 각오를 해야 할 것이다. 감히 맹의 장로를 아무런 증거도 없이 구금한 죄를 엄히 물을 것이다."

"흥! 만약 당신이 원의 주구가 아니라면 내 스스로 목숨을 끊을 것이오."

염백위가 차갑게 중얼거리며 등무현의 대혈을 제압했다. 그러자 등무현의 몸이 축 늘어지며 무릎을 꿇었다.

등무현을 제압한 염백위가 외쳤다.

"뭐 하고 있느냐? 어서 안으로 들어가 증거를 확보하거라."

"옛!"

그의 명령에 집법당의 고수들이 우르르 전각 안으로 들어갔다. 그리고 등무현의 거처를 샅샅이 뒤지기 시작했다.

단사유는 차가운 눈으로 등무현을 바라보았다.

등무현은 어디 두고 보자는 얼굴로 집법당의 고수들이 자신의 거처를 뒤지는 것을 바라보았다. 그의 얼굴에는 한 점의 그늘도, 한 점의 부끄러움도 존재하지 않았다.

단사유의 얼굴이 어두워졌다. 문득 한 가지 가정이 떠올랐기 때문이다.

'설마……'

그는 다시 전각 쪽을 바라봤다. 그때 집법당 고수들의 목소리가 들려왔다.

"찾았습니다."

"등무현이 적과 내통한 증거가 발견됐습니다."

그들의 목소리에 등무현이 어이없다는 얼굴을 했다. 그가 소리쳤다.

"그럴 리 없다. 내가 떳떳하거늘 어찌 그런 증거가 나온단 말이더냐?"

"이미 모든 증거가 확보되었다고 하지 않았소."

염백위가 득의양양한 표정을 지었다.

잠시 후, 집법당 고수들이 몇 개의 서신과 문건을 가지고 왔다.

"이런 말도 안 되는……"

등무현의 얼굴에 경악의 빛이 어렸다. 펼쳐 보여 주는 문건에 적혀 있는 글씨는 그의 필체가 분명했기 때문이다. 또한 누군가에게 보내는 서신에는 그의 글씨로 그가 표물을 중간에 빼돌렸으며 이미 어딘가에 보냈다는 사실이 적혀 있었다.

"크억!"

갑자기 등무현이 붉은 피를 토했다. 심화가 내장을 상하게 한 것이다. 그가 피를 흘리며 말했다.

"이것은 누군가의 음모이다. 난 하늘에 맹세코 그런 적이 없다."

"시끄럽다! 당신을 맹주부로 압송하겠다. 오룡맹의 배신자!"
"말도 안 된다. 말도……. 우웨엑!"
갑자기 등무현이 검은 피를 와락 쏟아 냈다. 그것은 조금 전에 토해 낸 피와 달리 검은색의 피였다.
"이런!"
염백위가 급히 등무현의 입을 벌리며 안을 살폈다. 그리고 손가락을 집어넣어 이리저리 휘저었다. 그런데도 등무현은 아무런 반항도 하지 못하고 연신 검은 피만 토해 냈다.
또르륵!
그의 뺨을 따라 한 줄기 눈물방울이 흘러내렸다.
순간 그의 눈과 단사유의 눈이 마주쳤다.
'난 억울해.'
그는 눈으로 그렇게 말하고 있었다. 단사유가 조용히 고개를 끄덕였다.
그때 염백위가 등무현의 입 안에서 반쯤 녹은 검은색 환약을 꺼내 들었다.
"극독이다. 자해를 하다니. 지독한……."
그가 치를 떨었다.
이미 등무현의 몸은 차갑게 식어 가면서 검은색으로 급속히 물들어 가고 있었다.
염백위가 반쯤 녹은 독단을 단사유에게 보여 주면서 말했다.
"정체가 밝혀지자 입 안에 있던 독단을 삼켰소. 그러나 이미 증거는 확보되었으니 이것을 살펴보면 표물과 철마표국 사람들의 행방을 찾을 수 있을 것이오. 이로써 맹주님이 무고하다는 것이 증명되었소."

"으음!"

"난 이자의 시신과 증거를 가지고 맹주부로 가야겠소."

염백위의 얼굴에는 어떠냐는 듯한 표정이 떠올라 있었다. 마치 이럴 줄 알았다는 듯이.

순간 단사유가 빙긋 웃으며 말했다.

"오룡맹의 수완에 정말 감탄했습니다. 여하튼 좋은 소식 기다리지요."

그가 몸을 돌려 자신의 거처로 향했다. 그런 단사유의 등을 보며 염백위가 차갑게 웃었다. 그러나 만일 그가 단사유의 얼굴을 보았다면 그리 웃지 못했을 것이다.

단사유의 눈에는 지독한 한기가 맴돌고 있었다.

'감히 내 앞에서 그런 술수를 쓰다니……'

천포무장류의 전승자라는 것은 천하에서 가장 인체에 해박하다는 말과도 같았다. 염백위 딴에는 은밀하게 한다고 했지만 이미 그의 일거수일투족은 단사유에 의해서 파악된 지 오래였다.

그가 차갑게 중얼거렸다.

'그래, 한번 해보자는 거지!'

제7장

암계(暗計)

암계
(暗計)

 단사유는 웃고 있었다.
 솔직히 이런 술수를 쓸 것이라고는 예상을 하지 못했다. 그토록 짧은 시간에 희생양을 찾아 모든 죄를 뒤집어씌우다니.
 등무현은 왜 자신이 그렇게 모든 죄를 뒤집어쓰고 죽어야 했는지 알지 못할 것이다. 표정을 보아하니 그는 자신이 죽어야 하는 이유조차 모르고 있는 것 같았다.
 '아마 모든 증거를 조작해 놓았겠지. 등무현이라는 그 노인이 미처 눈치 채지 못한 사이에…….'
 자신들이 숨겨 두었던 증거를 찾는 것이니 그만큼 쉬운 것도 없으리라. 만약 단사유 자신이 반역을 꾀했다면 저들이 저리 쉽게 찾을 수 있도록 증거를 숨겨 두지 않았을 것이다. 수색을 하더라도 도저히 찾을 수 없는 곳에 숨겨 두었을 것이다. 하지만 저들은 너무나 쉽게 반역의 증거를 찾아냈다. 그것은 등무현이 허술하게 증거를 숨겨 놓았거나 저들이 증거를 조작해 두었다는 말이 된다.

단사유는 후자라고 생각했다.

'결국 자신들에게 걸림돌이 되던 방해물을 철마표국을 명분 삼아 제거했다는 말이군. 재밌어, 정말 재밌어.'

뿌득!

단사유의 입술 사이로 이빨 가는 소리가 흘러나왔다.

염백위가 등무현을 제압하기 위해 짚었던 대혈 중에는 치명적인 요혈도 존재했다. 염백위 딴에는 은밀하게 손을 쓴다고 했겠지만 불행히도 단사유의 눈은 그들의 생각보다 예리했다. 그리고 염백위가 등무현의 입에서 꺼낸 독단은 실제로 그가 뒤지는 척하면서 집어넣은 것에 불과했다.

단사유는 그 모든 것을 자신의 눈으로 확인했다. 그럼에도 불구하고 움직이지 못한 것은 증거가 없었기 때문이었다. 이미 등무현은 죽었고, 모든 증거는 조작되어 있었다. 그런 상태에서 확실한 증거 없이 하는 이의 제기는 짚을 지고 활활 타오르는 불길에 몸을 던지는 것과 같이 무모한 짓이었다. 그렇기에 지금은 물러갈 수밖에 없었다.

단숨에 숨통을 끊어야 한다.

이곳은 저들의 땅이다. 저들에게는 실패를 하더라도 얼마든지 기회가 주어지지만 자신에게는 한 번의 실패가 되돌릴 수 없는 치명타가 될 수 있었다.

단 한 번의 기회를 잡기 위해서 지금은 참아야 했다. 그렇기에 몸을 돌리는 것이다.

우두둑!

단사유의 주먹에서 마치 콩 볶는 듯한 소리가 울려 나왔다. 하지만 그는 이내 힘을 빼며 평상시와 같이 미소를 지었다.

"당신이 전왕이라 불리는 단사유 소협인가요?"

그때 여인의 목소리가 단사유를 붙잡았다.

단사유의 걸음이 멈췄다. 그러자 화려한 궁장을 갖춰 입은 여인이 담 한쪽에서 걸어 나왔다. 지독한 한기를 풀풀 날리는 여인의 얼굴에는 얇은 면사가 걸려 있었다.

"당신은?"

"호호! 한 번쯤은 들어 봤을 거예요, 남궁서령이라고. 그게 나를 부르는 이름이에요."

"남궁서령."

단사유의 얼굴에 의외라는 빛이 떠올랐다.

이미 몇 번 들어 본 이름이다. 남궁세가를 거론할 때면 빠지지 않고 반드시 등장하는 이름. 여인으로 태어났으되 남자보다 더한 강단을 가지고 있다는 여인. 이미 다섯 살 때부터 천재성을 인정받아 가문의 기대를 한 몸에 받고 열다섯이 되기 전에 철무련에 입성한 철의 여인. 그리고 현재 오룡맹의 두뇌 역할을 하고 있는 것으로 알려져 있었다.

"많이 들어 본 이름이군요. 그런데 천하에 이름이 드높은 삼화의 일인인 남궁 소저가 어찌하여 불초 소생의 앞길을 가로막는 것인가요?"

"보고 싶어서요."

"보고 싶어서라······."

"내 가문을 피로 물들인 그 얼굴을 내 눈으로 똑똑히 보고 싶어서예요."

남궁서령의 음성에서는 냉기가 풀풀 묻어 나왔다. 만약 이곳이 철무련의 공동 구역이 아니었다면 당장이라도 단사유를 난도분시할 기세였다. 그러나 그녀를 바라보는 단사유의 표정에는 여전히 여유가 넘쳐흘렀다.

"마침 나도 보고 싶었습니다. 오룡맹주의 손에서 막 국주님을 빼돌린 간 큰 여인이 누군가 하고 말이오."

"흥~! 나도 감히 오룡의 하나인 본가를 친 간 큰 작자가 누군지 확인하고 싶었어요."

그녀는 뚫어져라 단사유를 노려봤다. 만약 눈빛만으로 누군가를 죽일 수 있다면 단사유는 이 자리에서 수백 번도 더 죽었을 것이다. 그만큼 그녀의 눈동자 안에는 원독의 빛이 가득했다.

그녀는 자신이 막고여의 일가에게 한 짓은 생각하지 않고 오직 자신의 본가가 입은 참화만을 생각하고 있었다. 어쩌면 그것이 사람들의 속성인지도 몰랐다. 남이야 어떤 아픔을 겪든지 자신이 당한 처지나 상처가 가장 큰 아픔이라고 생각하는 이기심 말이다.

남궁서령은 단사유를 스쳐 지나가면서 말했다.

"그 목, 조심해요. 자칫 잘못하다가는 맹주에 의해서 쥐도 새도 모르게 제거될 수 있으니까. 당신의 목은 반드시 내가 벨 거예요. 그때까지 잘 간수해 둬요."

"나도 한마디만 하죠."

"……."

"막 국주님의 식구들이 살아 있기를 빌어야 할 거예요. 그것도 무사히."

빙긋!

웃음과 함께 단사유는 남궁서령의 반대편으로 걸어갔다.

뿌득!

남궁서령이 이빨을 갈았다. 만약 면사로 얼굴을 가리지 않았다면 보기 흉하게 일그러진 얼굴이 보였을 것이다.

그녀가 몸을 돌려 단사유를 바라보았다. 단사유는 휘적거리면서 이미 사라져 가고 있었다.

"단사유…… 단사유."

그녀가 단사유의 이름을 중얼거리며 원독에 찬 눈길을 보내고 있을 때, 남궁제진과 남궁상원이 그녀의 곁으로 뛰어내렸다. 그들은 담 뒤에 숨어서 사태의 추이를 지켜보고 있었던 것이다.

만약 단사유가 남궁서령에게 조금이라도 위해를 가했다면 그것을 빌미로 삼아 공격할 명분을 얻었을 것이다. 그러나 단사유는 영악하게도 그들의 존재를 눈치 챘는지 그냥 돌아갔다. 그것이 못내 아쉬운 두 사람이었다.

남궁서령은 단사유가 사라진 쪽을 보며 중얼거렸다.

"이제부터 당신의 지옥이 시작될 것이다."

이곳은 그녀의 대지였다. 그녀가 사용할 수 있는 수는 무궁무진했다.

"얼마든지……."

단사유는 그렇게 중얼거리며 걸음을 옮겼다.

이미 도발을 하고 있다는 것쯤은 눈치 채고 있었다. 담벼락 뒤에 숨어 있던 수많은 은밀한 기척들도. 그들은 호흡마저 숨겼지만 심장의 박동마저 숨기지는 못했다.

만약 자신이 남궁서령에게 손끝 하나라도 댔다가는 그것을 핑계로

덤벼들었을 것이다. 그들을 상대하는 것은 어렵지 않으나 그렇게 되면 그의 계획에 차질이 빚어진다. 그렇기에 참아야 했다.

"두고 보면 알겠지. 누가 마지막까지 살아서 웃음을 지을 수 있을지."

살아남는 자가 최후의 승자다.

이번 싸움은 과정이 중요한 것이 아니다. 결과로 모든 것을 말해 주는 싸움이었다. 그래서 더욱 험하고 거친 싸움이 될 것이다. 수단과 방법을 가리지 않을 것이기에.

단사유가 자신의 거처로 돌아왔을 때는 이미 모든 사람들이 기상을 한 뒤였다. 그들은 한자리에 모여 앉아 단사유가 돌아오기만을 기다리고 있었다.

"아침부터 어디를 갔다 오는 것인가? 내 잠결에 오룡맹의 무사들이 온 것을 느꼈었는데."

"맞습니다. 그들을 따라갔다 왔습니다."

홍무규의 말에 단사유가 아침에 있었던 일들을 설명했다. 그의 말이 계속될수록 사람들은 놀람과 경악을 감추지 못했다. 오직 단 한 사람, 소호를 제외하고.

소호는 담담한 목소리로 말했다.

"이처럼 거대한 단체를 이끌기 위해서는 어떤 오욕이라도 감수할 수 있어야 해요. 비록 그것이 눈 가리고 아웅 하는 것처럼 겉모습만 감추는 것에 불과할지라도 오룡맹과 같이 공신력이 있는 단체에서 하는 일이라면 민초들은 믿어 버려요. 아마 내일이 되면 등무현 대협은 천고의 죄인이 되어 있을 것이고, 오룡맹은 중소 표국을 핍박했다는 오명에서 벗어나 있을 거예요."

"그게 무슨 말인가? 이렇듯 엄연히 증인이 있는데도 말인가?"

홍무규가 한쪽에 앉아 있는 막고여를 가리키며 침을 튀기며 말했다. 그러나 소호는 고개를 저었다.

"그들도 증거가 있기는 마찬가지예요. 비록 그것이 조작된 것이라고는 하지만 사람들이 확인할 방법은 없으니까요."

쾅―!

소호의 말에 홍무규가 참지 못하고 책상을 주먹으로 내리쳤다. 그는 분한 듯 콧김을 씩씩 내뿜으며 말했다.

"아니, 이것이 말이 되는 소린가? 엄연히 이 자리에 피해자가 있고, 오룡맹이 그랬다는 증거가 있는데도 참고만 있어야 한다니. 도대체 어떻게 된 게 이리도 철저히 썩었다는 말인가?"

"철무련 내의 사람들이 구중부와 사자맹, 오룡맹의 수뇌를 평가하는 말이 있어요. 구중부의 부주인 매화검성(梅花劍聖) 운엽자는 칼 같은 기상을 온화한 얼굴로 감추고 있다고 해요. 그러나 그가 한번 움직이면 그의 검에 방원 수십 장이 완벽하게 초토화가 된다고 하죠. 들리는 풍문에 의하면 그의 경지는 이미 이기어검을 뛰어넘고 있다고 하니까요."

"이기어검을 뛰어넘은 경지가 도대체 무엇인가? 이 늙은 거지는 도무지 믿을 수가 없구만."

홍무규의 얼굴에 도저히 믿을 수 없다는 빛이 떠올랐다. 하지만 그의 반응에 상관없이 소호는 담담히 말을 이어갔다.

"저도 그래요. 하지만 우리와 같은 범인들이 그와 같은 절대고수의 경지를 알 수는 없는 법이지요. 하지만 전 사실일 거라고 생각해요. 누가 뭐라고 해도 운엽자는 최근 백 년 내에 태어난 검사들 중 최고의 경지에 오른 인물이니까요. 그리고 사자맹의 맹주인 무적도패(無敵刀覇) 철무성 역시 도로써 일가를 이룬 인물이에요. 그의 도는 무지막지한 내공을 바탕으로 한 강공일변도. 강격으로만 이어지는 그의 도를 정면으로 받을 수 있는 무인은 존재하지 않는다는 것이 강호의 중론이에요. 그는 천성적으로 머리를 쓰는 것은 싫어하지요. 하지만 본능적으로 싸움의 흐름을 읽을 줄 알아요. 그렇기에 더욱 무서워요. 굳이 머리로 계산하지 않더라도 본능적으로 자신에게 대세를 유리하게 이끌 줄 아니까."

"으음!"

"하지만 제일 무서운 사람은 바로 오룡맹의 맹주인 일주권성 황보군악이에요. 그는 무공도 무공이거니와 가공할 심계와 정치적인 감각을 가지고 있다고 전해져요. 사실 어울릴 수 없는 세 세력이 같은 자리에 있는 것 자체가 그의 공이 커요. 그가 가운데서 균형을 잡아 주지 않으면 철무련이라는 존재 자체가 성립할 수가 없으니까. 그렇기에 오룡맹에 대한 강호의 여론이 좋지 않아도 그들은 나서지 않는 거예요. 그저 암중에서 치열하게 암투만 벌일 뿐이죠. 아마 이번 일도 그의 작품일 가능성이 커요. 이렇듯 과감하게 장로원의 장로를 희생시켜 모든 분란을 한꺼번에 잠재울 수 있는 사람은 그밖에 없어요. 비록 남궁서령이 뛰어난 심기를 가지고 있다지만 이것은 심기 이전에 배포의 문제예요. 오룡맹에서 장로를 희생시킬 수 있는 배포를 가진 자는 맹주 황보군악 밖에 없어요. 그가 나선 거예요. 어쩌면 이것은 사유 오라버니에게 보내는 경고의 뜻일지도 몰라요. 더 이상 나서지 말라는."

막고여의 얼굴이 어두워졌다.

소호의 말을 듣다 보니 자신이 얼마나 큰 일에 휘말린 것인지 실감이 나기 때문이다. 오룡맹주가 직접 나설 정도의 일이라니. 이제까지 그가 존재하던 세상에서는 감히 상상할 수도 없던 일들이 그의 주위에서 벌어지고 있는 것이다.

"그럼 내 동생과 표국 식구들은 어떻게 되는 겁니까?"

"아직 살아 있을 거예요. 아마 그들도 일이 이렇게 커질 줄 예상하지 못했을 거예요. 그들의 계산에 사유 오라버니는 존재하지 않았으니까요. 만약 그냥 내버려 뒀으면 그들의 뜻대로 모든 일이 돌아갔을 것이고, 철마표국의 사람들은 죽임을 당했을 거예요. 하지만 사유 오라버니가 나타났고, 그들의 뜻대로 일이 돌아가지 않게 된 이상, 저들도 함부로 철마표국의 사람들을 죽일 수 없게 되었어요. 혹시 일이 잘못되었을 경우를 대비한 최후의 보루가 될 테니까요."

"혹시 증거를 인멸하기 위해 그들을 모조리 죽일 수도 있지 않소?"

"황보군악은 그렇게 성급한 사람이 아니에요. 그는 만에 하나의 가능성도 놓치지 않는 사람. 분명 철마표국의 사람들은 살아 있어요. 문제는 그들이 아니라 앞으로 일을 어떻게 진행해 나가느냐예요. 이제부터는 사유 오라버니에 대한 견제와 도전이 이어질 거예요. 어차피 이곳도 무림의 축소판이니까요."

소호의 말에 사람들이 고개를 끄덕였다. 그중에서도 홍무규의 놀람은 더욱 컸다.

'대천상단의 소주인이 영명하기 그지없다더니 이것은 그 수준을 훨씬 뛰어넘었구나. 단지 여러 가지 정황 증거만으로 사태를 정확하게 파악하다니. 이 정도면 가히 하늘에서 내린 재지를 지녔다고 봐야겠구나.'

이제까지 수많은 인재를 봐 온 그였지만 소호만큼 주변 상황을 본능적으로 짚어 내는 사람은 본 적이 없었다. 아마 그것은 다른 사람들도 마찬가지일 것이다.

홍무규야 속으로 놀라든 말든 소호는 웃음을 지으며 단사유를 바라보았다.

"이제부터는 오라버니도 편안하지 않을 거예요."

"그렇겠지."

"대단한 각오가 필요해요."

"후후!"

"오라버니는 이미 마음의 준비가 되어 있군요."

소호가 부드러운 웃음을 지었다. 그것은 보는 이의 넋을 빼앗을 만큼 아름다운 웃음이었다. 단사유 역시 마주 웃음을 지어 보였다.

"이미 싸움은 시작되었다. 단지 아직 보이지 않을 뿐이다."

본격적인 싸움은 이제부터였다.

그것은 저들도 알고 단사유도 아는 사실이었다. 그리고 소호도.

* * *

단사유와 소호는 고즈넉한 빈객청 내를 거닐었다.

소호는 단사유에게 철무련 내의 권력 구도와 내부 사정을 아는 대로 설명해 주었다. 그것은 단순히 소호가 철무련 내에서 보고 들은 이야기뿐만이 아니라 대천상단의 정보망을 총동원해서 알아낸 내부 사정까지 포함되어 있었다. 그것은 오직 철무련 내의 고위급 인사들만 접할 수 있는 정보였지만 소호는 돈의 힘으로 정보를 산 것이다.

단사유는 소호의 말을 묵묵히 들었다. 홍무규와 함께 다니면서 정보의 중요성을 깨달은 그였다. 특히 지금 소호가 이야기해 주는 것과 같은 고급 정보는 수천 금을 주고도 살 수 없는 정보였다.

소호의 이야기는 계속됐다.

"지금까지는 구중부와 사자맹, 오룡맹 이 세 세력이 힘의 균형을 이루고 있기 때문에 철무련이라는 거대한 단체가 유지될 수 있었어요. 하지만 그것이 언제까지 갈 것이라는 보장은 없어요. 커다란 변수만 주어진다면 내일이라도 무너질 수 있는 게 바로 세 세력의 연합이에요."

"어째서 그런 것이냐?"

"그것은 이들에게 적이 없기 때문이에요."

"적이 없기 때문이라……. 그들은 북원의 무인들을 토벌하기 위해 힘을 모은 것이 아니더냐? 그렇기에 뭉치기 힘든 세 세력의 수장이 뜻을 모은 것이라고 알고 있는데."

단사유의 말에 소호가 은은한 미소를 지었다. 그녀의 미소는 무척이나 독특하고 아름다워 일시지간 단사유는 눈앞에 꽃이 만개하는 듯한 느낌을 받았다.

그런 단사유의 마음을 아는지 모르는지 소호는 정원에 피어 있는 꽃 한 송이를 어루만지며 말을 이었다.

"분명 십 년 전만 하더라도 철무련에는 공동의 적이 존재했어요. 북원의 무인들이라는, 공동의 적인 그들이 있었기에 철무련이라는 거대 단체가 태어날 수 있었지요. 그리고 몇 년간은 북원의 무인들을 토벌하면서 그들은 하나라는 동질감을 느낄 수 있었어요. 하지만 몇 년 전부터 북원의 무인들이 약속이나 한 듯이 한꺼번에 모습을 감췄어요. 그때부터였어요. 철무련에 분열의 조짐이 보인 것은. 철무련이 존재할 수 있었던 이유인 북원의 무인들이 없어졌기에 목표가 사라진 것이나 다름없어요. 목표가 없는 단체, 더구나 뿌리가 셋이기에 이질적인 철무련의 내부 분열은 이미 정해져 있던 수순이에요."

"그 말은 다시 북원의 무인들이 등장하면 철무련이 다시 하나로 뭉칠 수 있다는 말이냐?"

"이론상으로는요. 하지만 그것은 사실상 힘들 거예요. 이미 북원의 무인들은 지리멸렬한 상태이고, 철무련의 세 세력은 감정의 골이 깊어졌어요. 이렇게 감정이 상한 상태에서는 다시 뭉친다 하더라도 예전처럼 큰 힘을 발휘할 수 없어요."

"으음, 복잡하구나."

"그렇게 복잡할 것도 없어요. 그냥 쉽게 이해하면 돼요. 저들은 지금 밥그릇 싸움을 하고 있는 거예요. 세 세력이 헤어지는 것은 이미 정해져 있는 수순이라고 볼 때, 문제는 누가 더 많은 밥그릇을 차지하느냐예요. 더욱더 많은 이득, 더욱더 많은 영역을 확보하기 위해 그들은 지금 암투를 벌이고 있어요."

소호는 어루만지던 꽃 앞에 무릎을 꿇고 앉았다. 그리고 손을 휘저어 꽃의 향기가 자신의 코로 날아오게 부채질을 했다.

"힘들게 앉으니 꽃을 꺾는 게 편하지 않느냐?"

"꽃은 꺾으라고 있는 게 아니에요. 그냥 보고 즐기면 족할 뿐이죠. 그리고 저는 살아 있는 꽃을 더 좋아해요."

"그렇구나."

단사유가 멋쩍게 말하자 소호가 은은한 웃음을 지으며 손을 내밀었다. 단사유는 그녀의 손을 잡아 몸을 일으켜 주었다. 그러자 소호의 몸에서 나는 은은한 향기가 코끝을 간질였다.

"고마워요."

"별말을."

"어쨌거나 철무련의 내부 사정이 그러하니 우리들은 그 사이에서 줄타기를 해야 해요. 아니면 독자적인 세력을 키워야 하는데 오라버니의 성격으로 보아 그것은 힘들 것 같군요."

소호는 단사유가 세력을 형성할 성격이 아니라는 것을 이미 파악하고 있었다. 만약 그럴 사람 같았으면 대력보를 도와줬을 때부터 이미 어떤 움직임을 보였을 것이다.

"복안이 있는 것 같구나."

"복안이라고 할 것도 없어요. 상인들이 난세에서 살아남을 수 있는 방법은 한 가지뿐이에요. 그것은 바로 돈을 이용하는 것이지요. 그리고 오라버니만 있으면 한 가닥 가능성이 있어요. 그동안 나에게 부족한 것은 오라버니와 같은 절대고수였으니까요."

"후후후! 나를 너무 높게 평가하는 것이 아니냐?"

단사유의 말에 소호가 정말 어쩔 수 없다는 듯이 고개를 저었다. 정말 이 사람은 자기 자신을 너무 모른다고 생각하면서.

"오라버니는 아직 자신의 가치를 인식하지 못하고 있지만 지금 정국에서 오라버니는 폭풍의 핵이나 마찬가지예요. 어떤 세력에도 속해 있지 않으면서 아홉 명의 초인들과 어깨를 나란히 할 정도의 가공할 무력을 소유한 자가 바로 오라버니예요. 아마 오라버니를 끌어들이는 쪽이 향후 정국을 주도하게 될 거예요. 그렇기에 오룡맹이 오라버니를 척살하려는데도 구중부와 사자맹이 소극적인 움직임을 보인 거예요."

"영광이구나."

"하지만 오룡맹은 조심해야 할 거예요. 남궁서령이나 맹주인 황보군악은 모욕을 참지 못하는 사람들이니까요. 그들은 오라버니에게 당한 것을 모욕이라고 생각하고 있을 거예요. 그 말은 언제 어디서나 오라버니를 노릴 수 있다는 말과 다르지 않아요."

"이미 각오하고 있는 바이다. 그리고 나는 그들의 도발을 기다리고 있지."

"무슨 생각이 있는 건가요?"

"대국을 보는 것은 네가 해라. 난 백 번을 죽었다 깨어나도 너처럼 넓은 시야를 가지지 못할 테니까. 하지만 싸움이라면, 그것도 목숨을 걸어야 하는 싸움이라면 누구도 나를 따르지 못한다. 믿어도 좋다."

이제까지 미처 깨닫지 못했었던 것이지만 단사유에게는 싸움을 본능적으로 유리하게 이끄는 재능이 있었다. 그것은 누가 가르쳐 준 것도 아니었고, 배운 것도 아니었다. 하지만 전투를 거듭할수록 그는 성장하고 있었다. 단지 눈앞의 싸움뿐만이 아니라 그 후에 펼쳐질 싸움의 양상까지 짐작하고 전개해 나가는 것이다.

어쩌면 그것은 단사유의 내면에 잠재되어 있던 가장 큰 가능성이었을지도 모른다. 이제까지는 가능성에 그쳐 있던 잠재력이 전투를 거듭하면서 깨어나는 것이다.

"오라버니를 전왕으로 만들어 준 그 무예는 역시 얼음 할아버지에게 배운 것이 맞지요?"

"후후! 내 인생의 유일한 스승이셨다. 나의 모든 것은 그분에게서 나온 것이다."

"대단하군요, 할아버지나 오라버니나."

소호는 순수하게 감탄을 했다.

중원에 수많은 무맥이 존재를 하고 수많은 무인들이 존재한다. 그중에는 뛰어난 능력을 가진 무인들도 많다. 하나 그렇다고 해서 그들의 무공이 고스란히 전수가 되는 것은 아니다. 제아무리 스승이 뛰어나더라도 제자의 능력이 받쳐지지 못하면 진수를 잃고 실전되고 마는 것이 무공이다. 때문에 명문 대파에서는 능력 있는 제자를 얻기 위해 갖은 수를 쓴다. 그러고서도 명맥만 이어도 다행이라는 소리가 나오는 것이 현실이다. 그런데 단사유와 그의 스승이 잇는 무맥은 벌써 천 년 동안이나 진수를 고스란히 후대로 전수해 주면서 발전을 거듭하고 있었다. 그것이 얼마나 어려운 일인지 아는 소호는 그저 감탄할 수밖에 없었다.

"얼굴에 금칠은 그만하면 됐다. 앞으로 내가 널 어떻게 도와주면 되겠느냐?"

"당분간은 오라버니 마음대로 하세요. 한 가지 해결할 일이 있긴 한데 그것은 오라버니가 어떻게 하실 수 있는 영역이 아니니까요."

"그러느냐? 하지만 어떤 일인지 궁금하구나. 그냥 알려 주면 안 되겠느냐?"

"돈 문제예요. 요즘 여유 있는 돈이 얼마 없어요. 앞으로의 난세를 생각하면 여유 있는 돈이 반드시 필요해요. 하지만 이것은 어디다 불평한다고 나올 수 있는 것이 아니니까 열심히 벌 수밖에 없어요. 그리고 당분간은 긴축재정을 운용해야겠지요."

"돈이라면 내가 좀 있는데."

"조금 가지고는 안 돼요. 대천상단을 운영하기 위해서는 막대한 돈이 필요해요."

"황금 한 수레 정도면 안 될까?"

"그 정도로는 안……. 지금 뭐라고 했죠?"

소호의 눈에 믿을 수 없다는 빛이 떠올랐다.

암계(暗計) 225

황금 한 수레면 철무련이라는 거대한 공룡을 이 년 이상 운영할 수 있는 막대한 금액이었다. 그리고 그 정도라면 대천상단의 일 년치 총수입에 육박하는 엄청난 금액이었다.

"황금 한 수레. 왜, 그 정도로는 모자라느냐?"

소호가 급히 고개를 흔들었다.

"아니에요. 충분해요. 그런데 오라버니는 어떻게 그런 엄청난 황금을 가지고 있죠?"

"사실은……."

단사유는 그녀에게 요녕성에서 있었던 금 탈취 사건의 전말을 모두 말해 줬다. 한참 동안 그의 말을 듣던 소호가 교소를 터트렸다.

"호호호! 결국 도적들의 금을 최종적으로 오라버니가 빼돌린 것이군요. 대력보와 모용세가는 닭 쫓던 개 꼴이 되었고요. 호호호!"

그녀는 무엇이 그리 기분 좋은지 연신 교소를 터트렸다. 그녀의 맑은 웃음소리가 단사유를 기분 좋게 만들었다.

"당장 믿을 수 있는 사람을 보내서 금을 운반해 와야겠어요. 고마워요, 오라버니. 많은 도움이 될 거예요."

"후후! 너한테 도움이 된다니 나도 기분이 좋구나."

"이 보답은 확실히 할게요. 정말 고마워요."

소호는 달콤한 미소를 보여 줬다. 그것은 요 근래 처음 짓는 그녀 본연의 미소였다.

단사유를 바라보는 그녀의 눈빛은 따뜻하기 그지없었다. 단지 같은 고려인이라는 사실 말고도 그녀와 단사유 사이에는 그 어떤 교감 같은 것이 존재했다. 하지만 그것이 무엇이냐고 물으면 확실히 대답할 수는 없었다.

"잠시 걷자꾸나."

"네!"

두 사람은 다시 걸음을 옮기기 시작했다.

단사유와 함께 걸음을 옮기는 소호의 얼굴에는 미소가 지워지지 않았다. 이렇게 마음 놓고 활보하는 것이 도대체 얼마 만인지 기억이 나지 않았다. 본래 그녀는 따뜻한 햇볕 아래에서 걷는 것을 무척 좋아했다. 하지만 철무련에 들어온 이후부터 의식적으로 외출을 삼갔다. 철무련의 모든 것은 그녀에게 이질적이면서도 낯설었다. 더구나 그녀를 황금처럼 바라보는 사람들의 시선에는 정말 질릴 대로 질리고 말았다. 그렇기에 그녀는 가급적 외출을 삼가며 측근들만 만나 왔다.

그러나 지금은 그렇지 않았다. 변한 것이라고는 단지 그녀의 곁에 단사유라는 남자 하나가 있다는 것뿐이다. 하지만 그가 옆에 있다는 사실만으로 그녀는 무한한 든든함을 느꼈다. 세상 그 어떤 풍파가 오더라도 그녀에게는 위해를 끼치지 못할 것이라는 안온함이 그녀를 편안하게 만들었다. 그만큼 단사유가 옆에 있다는 것만으로도 그녀는 세상 그 어느 곳에 있는 것보다 안온함을 느꼈다.

소호는 자신도 모르게 단사유의 곁에 바짝 붙어서 걸었다. 옷이 스치는 소리가 사락사락 들려왔다. 그만큼 소호의 미소도 깊어졌.

두 사람은 바깥을 향해 걸음을 옮겼다.

단사유는 자신의 눈으로 철무련의 위세를 확인하기를 바랐고, 소호 역시 그동안의 반 연금 생활 때문에 제대로 철무련을 구경한 적이 없었기에 자신의 눈으로 철무련의 모습을 보고 싶었다. 그렇기에 그들은 스스럼없이 밖을 향해 걸어갔다.

"응?"

그때 단사유의 눈에 누군가 들어왔다.

무복이 땀에 젖은 것이 아침 수련을 한 듯한 검한수였다. 검한수는 바닥에 주저앉아 자신의 검을 만지고 있었다.

단사유는 그에게 걸어갔다. 그러자 검한수가 그의 기척을 눈치 채고 급히 일어났다.

"형님, 오셨습니까?"

"수련을 한 것이냐?"

"예. 마음이 답답해서……."

검한수가 머리를 긁적이며 말했다. 그의 얼굴에는 은은한 수심이 담겨 있었다.

"그러고 보니 검 공자께서는 이곳에 온 이후 한 번도 구중부에 가지 않으신 것 같군요."

"예……."

소호의 말에 검한수가 말끝을 흐렸다.

구중부는 그의 사문인 종남파가 있는 곳이었다. 분명히 그곳에는 그의 사형제나 사문의 어른들이 있을 것이다. 그런데도 한 번도 가지 않았다니.

"무슨 이유라도 있는 것이냐?"

"이유는요. 그저 마음이 내키지 않을 뿐입니다."

검한수는 한숨을 내쉬며 검을 검집에 넣었다. 사문인 종남으로부터 받은 검을 바라보는 그의 눈에는 복잡한 빛이 교차하고 있었다.

단사유는 무슨 사정이 있을 거라 생각했지만 묻지는 않았다. 어차피 이런 종류의 고민은 스스로 말하기 전에는 참견하지 않는 것이 오히려 도와주는 것이었다.

"같이 걷겠느냐?"

"두 분에게 방해가 되지 않겠습니까?"

"괜찮아요, 검 공자. 마침 철무련에도 좋은 차를 끓이는 곳이 있다고 하니 우리 그곳으로 가지요. 이곳에만 있으면 답답해서 마음도 위축됩니다."

소호가 미소를 지으며 말하자 검한수도 더 이상 거절하지 못했다. 그는 결국 단사유와 소호를 따라 빈객청을 나서고 말았다.

철무련은 커다란 규모답게 내부에 사람들을 위한 편의 시설이 잘 갖춰져 있었다. 비록 크지는 않지만 시장도 들어서 있었고, 주루나 객잔들도 적잖게 있었다. 단사유 등이 향한 곳은 바로 주루들이 밀집해 있는 곳이었다.

시장으로 나오자 와자지껄한 분위기에 무척이나 소란스러웠다. 그러나 이제까지 고즈넉한 빈객청에만 연금되어 있던 소호는 그 시끄러운 분위기가 무척이나 마음에 드는 듯했다. 그는 단사유의 소매를 잡아끌며 앞장섰다.

소호가 앞장을 서자 단사유와 검한수는 고개를 흔들며 그녀의 뒤를 따랐다.

그때 낯선 목소리가 그들의 발걸음을 잡았다.

"여어~! 이게 누구야."

"이런 곳에서 사제를 보게 되다니. 너무 뜻밖인걸."

검한수의 얼굴이 미미하게 떨렸다. 그러나 그는 억지로 본래의 표정을 회복하며 뒤를 돌아봤다. 그러자 낯익은 모습들이 보였다.

검한수의 입이 열렸다.

"사……형."

* * *

검한수의 눈동자가 미미하게 흔들렸다.

그를 보고 웃음을 짓고 있는 사람들이 보였다. 그들은 웃고 있었지만 검한수는 웃을 수가 없었다.

"오랜만이네. 그런데 철무련에 들어왔으면서도 우리를 찾아오지 않다니. 이거 종남의 기강이 해이해질 대로 해이해졌군."

웃음을 지으면서 말하는 남자, 그러나 그의 말속에는 날카로운 가시가 존재했다.

검한수는 말을 더듬거리면서 그에게 포권을 취했다.

"사제 검한수가 사숙과 사형들에게 인사를 올립니다."

"아~아! 오랜만이야. 그런데 언제 철무련에 온 거지? 우리는 네가 도착했다는 소식을 듣지 못했는데."

건성으로 대답을 하는 남자. 삐쩍 마른 몸매에 훤칠한 키의 이 남자는 종남의 이제자인 조주역이었다. 그리고 그는 검한수의 사형이기도 했다. 그의 등 뒤에 서서 웃음을 짓고 있는 남자들 역시 종남의 제자들이었다. 그리고 그들의 맨 뒤에 서서 못마땅한 표정을 짓고 있는 검은 수염의 중년인은 이곳 철무련에 파견 나온 종남의 제자들을 이끌고 있는 이장로인 도룡검(屠龍劍) 석문해라고 했다.

장문인인 종남일학(終南一鶴) 곽창선이 종남산에 처박혀 두문불출하고 있음을 생각하면 현 종남의 얼굴은 이장로인 석문해였다. 철무련에서의 대외적인 활동은 모두 그의 통제하에 있었으니까.

조소를 짓는 조주역 앞으로 석문해가 나섰다.

"사형이 너를 보냈다는 이야기는 들었다. 그런데 어찌 구중부로 들어오지 않은 것이냐?"

"저…… 그, 그게……."

검한수가 말을 더듬었다.

그의 얼굴에는 붉은 기운이 떠올라 있었다. 항상 이랬다. 그는 스승인 안도역을 제외하고는 종남의 누구와 말을 해도 이렇게 말을 더듬었다. 원인은 그 자신도 몰랐다. 그냥 이들 앞에만 서면 가슴이 답답해져 왔다. 그리고 그런 그를 종남의 어른들은 매우 못마땅해 했다. 지금 검한수를 바라보는 석문해의 눈빛 역시 마찬가지였다.

"비록 사형이 기일을 정해 주고 보낸 것은 아니라 할지라도 나에게 오는 것인 이상 너는 최대한 빨리 이곳에 올 의무가 있었다. 그런데 어찌하여 이제 도착한 것이냐? 그리고 철무련에 도착했으면서도 어찌 구중부로 들어오지 않고 이리 외인들과 어울려 다니는 것이냐?"

"자, 장로님, 그게……."

"듣기 싫다. 너의 대답은 차후에 들을 것이다."

"예."

결국 검한수는 고개를 숙이며 대답을 할 수밖에 없었다. 하고 싶은 말은 산더미처럼 많았지만 그는 말을 할 수 없었다. 이들 앞에만 서면 언제나 작아지는 자신이 싫었지만 그런 사실을 내색할 수는 없었다.

단사유와 소호는 조용히 뒤에서 검한수가 석문해에게 혼나는 모습을 지켜보았다.

'그의 얼굴에 떠올라 있던 그늘은 바로 이것 때문이었는가?'

단사유는 조용히 고개를 저었다.

철무련에 들어왔으면 가장 먼저 구중부로 가야 했을 검한수가 빈객청에 머물러 있으려고만 한 것도 모두가 이해가 되었다. 저렇듯 사형들이나 사문의 어른들에게 위축감을 느끼고 있는데 그들에게 가고 싶겠는가? 아마 저들에게 가기 싫어서 그렇게 어두운 표정을 하고 있었을 것이다.

주위에 많은 사람들이 지나가고 있음에도 불구하고 노골적으로 검한수를 비웃는 종남의 제자들, 그리고 그들을 제지하지 않고 오히려 한심하다는 눈으로 바라보는 석문해. 이런 환경에서라면 천하의 그 누구도 위축되고 말 것이다.

석문해가 차가운 목소리로 검한수에게 명했다.

"너에 대한 처벌은 숙소로 돌아가서 할 것이다. 그러니 먼저 구중부에 들어가서 기다리도록……."

"하지만……."

"내 말이 말 같지 않느냐?"

"아니……. 예."

결국 검한수는 고개를 숙이고 말했다.

그는 몇 번이나 사정을 이야기하려 했으나 자신을 바라보는 석문해의 싸늘한 눈초리에 그만 포기하고 말았다.

"끌끌! 하여간 저 우유부단한 성격하고는……."

"하하하!"

검한수의 귓가로 조주역이 빈정거리는 소리가 들렸다. 그러자 다른 사형제들이 비웃음을 흘렸다.

검한수는 입술을 질끈 깨물며 주먹을 꽉 쥐었다. 부르르 떨리는 그의 신형, 그러나 이내 그의 어깨가 축 늘어졌다. 그런 그를 보며 석문해가 혀를 차며 말했다.

"성격하고는, 제 스승을 꼭 빼다 박았구나. 과단하지도 못한 주제에 전대에 실전된 검법을 복원시키겠다고 주제넘게 나선 스승이나 그런 스승을 따르는 제자나……."

"……."

순간 검한수의 얼굴이 딱딱하게 굳었다. 그가 고개를 휙 들어 석문해를 노려봤다. 그러자 석문해의 얼굴에 더욱 싸늘한 기운이 피어올랐다.

검한수를 바라보는 석문해의 눈에는 미묘한 빛이 교차하고 있었다. 조소와 함께 어울려 있는 그것은.

'질시하고 있군.'

단사유의 눈에 이채가 떠올랐다.

이유는 모르지만 석문해는 검한수의 스승을 질시하고 있었다. 이미 죽어 세상에서 사라진 존재를 질시하고 있다니. 단사유는 꽤나 복잡한 이유가 있을 것이라고 생각했다.

그때 검한수가 용기를 내어 말을 꺼냈다.

"제 스승께서는……."

"시끄럽다!"

그러나 그의 목소리는 채 반도 나오기 전에 석문해에 의해 쏙 들어가고 말았다.

부르르!

검한수의 몸에 경련이 일어났다. 그와 함께 그의 눈에는 습기가 어렸다. 그만큼 분한 것이다.

그때 단사유가 앞으로 나섰다. 그는 검한수의 앞을 가로막아 남들이 그의 눈물을 볼 수 없게 했다.

순간 석문해의 눈에 이채가 떠올랐다.

이제까지 그는 검한수에만 신경을 썼다. 하지만 그렇다고 해서 주의를 게을리 한 것은 아니다. 그러나 단사유가 나서기 전까지 그의 존재를 눈치 채지 못하고 있었다. 몸을 숨긴 것도 아니요, 기척을 감춘 것도 아닌데도 불구하고 그의 존재를 인지하지 못하다니.

"자네는 누군가?"

"이 친구의 의형이 되는 사람입니다."

"한수의?"

석문해의 미간이 찌푸려졌다.

"이곳에 오는 도중 저와 만나 늦어지게 된 것입니다. 모두가 저 때문에 그런 것이니 너무 그를 탓하시지 않았으면 합니다."

"흠! 자네의 마음은 알지만 이것은 종남 내부의 문제라네. 규율이 흐트러지면 문제가 생기기 때문에 사소한 것 하나라도 허투루 넘길 수가 없다네."

"제 얼굴을 봐서 그냥 넘어갈 수는 없겠습니까?"

"자네를 봐서?"

그러나 석문해가 뭐라 말하기도 전에 불쑥 끼어드는 목소리가 있었다.

"헛소리! 네가 뭔데 감히 종남의 일에 배 놓아라 감 놓아라 하는 것이냐? 치도곤을 당하기 전에 썩 꺼지지 못할까?"

조주역이었다.

그는 단사유가 나설 때부터 못마땅한 얼굴로 바라보고 있던 참이었다. 그런데 단사유가 자신의 정체도 밝히지 않고 말을 하자 불편했던 심기가 폭발한 것이다.

단사유의 시선이 조주역에게 향했다. 그러자 조주역이 움찔했다. 왠지 모르지만 단사유의 시선이 닿는 순간 몸에 한기가 올라왔기 때문이다.

"당신은?"

"난 대종남의 일대제자인 조주역이다. 넌 누구냐?"

"당신 정도로는 내 이름을 알 자격이 없습니다."

"뭣이?"

조주역의 얼굴이 사납게 일그러졌다. 그의 사나운 눈매가 파르르 떨렸다. 그는 당장에 검을 뽑기라도 할 듯 검병에 손을 가져갔다. 그러나 그를 바라보는 단사유의 시선에는 여전히 변화가 없었다.

석문해가 내심 한숨을 내쉬었다.

조주역은 그의 제자였다. 자질은 그 누구보다도 좋았지만 거칠고 성급한 성격 때문에 손해를 많이 보는 자였다. 만약 그가 안목이 조금만 더 있었다면 결코 이렇게 나서지 않았을 것이다.

'이자, 평범한 자가 아니다.'

석문해는 단사유의 몸에서 은은히 뿜어져 나오는 기파를 온몸으로 느끼고 있었다. 조주역 정도의 수준으로는 죽었다 깨어나도 감지할 수 없는 기운, 그것은 결코 범상한 것이 아니었다. 그조차도 이상한 마음에 신경을 쓰지 않았더라면 결코 감지해 내지 못했을 것이다.

단사유의 입가에 의미심장한 웃음이 어렸다.

딱 그 정도였다.

딱 석문해가 느낄 수 있을 정도만 기도를 흘려 냈다. 그리고 그의 의도는 맞아떨어졌다. 석문해가 그의 기운을 느낀 것이다.

석문해가 단사유를 뚫어지게 바라보았다. 그러나 단사유를 아무리 보아도 떠오르는 것이 없자 그가 입을 열었다.

"자네는 누군가? 설마 나도 자네의 이름을 알 자격이 없다는 것은 아니겠지?"

"단사유, 그것이 내 이름입니다."

"단사유? 그런 이름을 우리가 어찌……. 설마 전왕?"

기고만장해 하던 조주역의 얼굴이 하얗게 질려 갔다.

비록 얼굴은 모르나 전왕이라는 별호만큼이나 단사유의 이름도 천하에 널리 알려져 있었다.

이제까지 그가 행한 일을 살펴보자면 입이 떡 벌어질 정도였다. 모용세가를 비롯해 태원에서의 흑상과의 결전, 그리고 남궁세가의 혈전과 살림에서의 살수들과의 싸움까지. 남들이라면 평생을 걸쳐도 하나도 경험해 보지 못할 혈로를 그는 단 두 달 동안 헤쳐 왔다. 때문에 젊은 무인들은 그를 경외시하고 있는 것이 현실이었다.

"으음, 전왕이라니……."

석문해의 입에서 앓는 듯한 소리가 흘러나왔다.

무림은 기본적으로 힘이 지배하는 세상이다. 석문해를 비롯해 그의 제자들이 철무련에서 행세할 수 있는 것도 그들의 사문인 종남파가 힘을 가지고 있기 때문이다.

마찬가지였다.

눈앞에 있는 남자는 힘을 가지고 있었다. 그것이 그 혼자만으로 가히 일인문파(一人門派)라고 할 만한. 그 때문에 오룡맹의 기도가 번번이 무산되고 섣불리 건드리지 못하고 있다는 사실을 석문해는 잘 알고 있었다. 눈앞의 남자는 결코 함부로 건드릴 수 있는 사람이 아니었다.

"자네, 아니 소협이 전왕이라니 뜻밖이군. 그런데 자네를 봐서 그냥 넘어가 달라고 했던 것은?"

"그것은 저 때문에 한수가 구중부에 가지 못했기 때문입니다."

"소협 때문에?"

석문해가 새삼스럽게 검한수를 바라봤다. 그러나 검한수는 여전히 고개를 숙이고 있어 표정을 알 수 없었다.

단사유는 미소를 지으며 말했다.

"장강에서의 인연도 있고 해서 그냥 헤어지기가 아쉬웠습니다. 그래서 붙잡아 놓았는데 그것이 종남파에 결례를 빚었군요."

"으음!"

석문해의 미간이 잔뜩 찌푸려졌다.

다른 이도 아닌 천하의 전왕이 검한수를 두둔하고 있었다. 여기에서 더 그가 검한수를 쏘아붙인다면 자신의 속 좁음만을 드러내게 되는 상황이었다. 더구나 주위에 보고 있는 시선이 너무 많았다. 길 가던 사람들이 전왕이라는 말에 걸음을 멈추고 그들을 바라보고 있는 것이다. 비록 상황이 마음에 들지 않았지만 대인의 모습을 한 번쯤 보여야 했다.

"단…… 소협이 그렇게 말하니 그를 혼내는 것은 그만 하겠소. 원한다면 며칠 더 옆에 데리고 있어도 좋소이다. 하지만 오늘 저녁에는 그가 날 찾아와야 할 것이오. 이것은 문파 내부의 일이니까."

"그 정도야 얼마든지 기다릴 수 있습니다. 배려에 감사합니다."

여전히 단사유는 예의가 깍듯했다. 하지만 그것이 더 석문해의 마음을 불편하게 만들었다.

단사유 정도의 남자라면 얼마든지 오만해도 괜찮았다. 그리고 보통 무림에서 단사유 정도의 힘을 가진 사람들은 오만했다. 그리고 차라리 오만한 것이 대하기가 편한 법이다.

그는 단사유를 대하기가 불편했다. 자신의 제자뻘밖에 안 되는 나이에 강호를 진동시키는 엄청난 무위, 그리고 무엇보다 그와 같은 공간에 있다는 사실 자체가 왠지 거북스러웠다. 그는 더 이상 단사유를 마주하는 것이 싫었다.

"흐음, 어쨌거나 오늘 만나서 반가웠소이다. 공무가 바빠서 이만 가 보겠소."

석문해가 포권을 취한 후 몸을 돌렸다. 그러자 그의 제자들이 뒤를 따랐다. 그러나 조주역은 여전히 미련을 버리지 못하고 단사유를 바라보았다. 그러나 그가 전왕이라는 사실을 알고도 그를 노려볼 배짱은 없었다. 대신 그는 검한수에게 신경질적으로 소리쳤다.

"이따 저녁까지 구중부로 오거라. 그따위 무공으로 잘도 천하 유랑을 했구나. 흥!"

스승의 말을 다시 한 번 전한 것에 불과했지만 그의 목소리에 담긴 적의까지 숨길 수는 없었다.

그때 단사유가 조용히 입을 열었다.

"지금은 비록 한수가 당신들에게 뒤쳐져 있지만……."

"……."

석문해의 걸음이 우뚝 멈췄다. 그를 따라 그의 제자들 역시 걸음을 멈췄다.

비록 뒤는 돌아보지 않고 있었지만 그들의 귀에는 단사유의 목소리가 또렷이 전달되고 있었다.

"그가 자신의 능력에 눈을 뜨게 되면 당신들의 무지를 후회하게 될 겁니다."

"설마 그가 우리를 능가할 거란 말이오?"

조주역이 참지 못하고 외쳤다. 석문해가 눈치를 주었지만 이미 뱉은 말을 주워 담을 수는 없었다.
단사유가 빙긋 웃었다. 그러자 기이한 분위기가 그들이 있는 공간을 지배했다.
"그럴지도……."

* * *

단사유와 소호는 길을 걸었다. 그들의 뒤로 검한수가 고개를 푹 숙인 채 걷고 있었다. 축 늘어져 있는 어깨가 그의 심정을 대변하고 있는 듯했다.
이미 종남파의 사람들은 사라지고 없었다. 그런데도 검한수의 어깨는 펴질 줄 몰랐다. 단사유가 한 말 때문이었다.
'형님은 어쩌자고…….'
생각하자니 나오는 것은 한숨뿐이다.
종남의 제자들 앞에서 자신이 그들을 능가할 것이라고 공언을 해 버렸으니 이제 앞으로 그들의 얼굴을 어찌 본단 말인가? 그는 벌써부터 마음이 심란했다.
아직도 자신을 노려보던 이사형 조주역의 눈빛이 기억에서 지워지지 않았다. 만일 그곳이 대로가 아니었다면 무슨 일이 일어났더라도 벌써 일어났을 것이다. 그러나 한편으로는 기분이 좋았다. 그래도 천하의 전왕이 자신을 인정해 주었으니.
그때 단사유의 목소리가 들렸다.
"그만 머리 굴려라. 네 녀석 머리 굴리는 소리가 여기까지 들린다."

"예."

"자신을 가져라. 넌 결코 그들보다 작은 그릇이 아니야."

"예."

검한수의 목소리를 들으며 단사유는 피식 웃음을 지었다.

어지간히 소심한 놈이다. 보통 자신과 같은 인물에게 그런 소리를 들었으면 기분이 하늘을 찌를 듯할 텐데도 저리 머릿속이 복잡한 것을 보면. 하지만 오히려 그런 모습이 검한수를 인간적으로 보이게 만들었다. 그래서 더욱 마음에 드는 것일지도 몰랐다.

소호가 그의 옆구리를 쿡쿡 찔렀다. 옆을 보니 그녀가 곁눈질로 검한수를 가리키고 있었다. 단사유는 단숨에 그녀의 의도를 알아차리고 전음으로 답했다.

'자신감이 부족해서 그렇지 검을 대하는 마음만큼은 이제까지 내가 보아 온 그 어떤 무인보다 진지한 녀석이다. 비록 지금은 잘난 사형들한테 잔뜩 위축되어 자신의 능력을 십분 발휘할 수 없지만 녀석이 눈을 뜨면 그들을 추월하는 것은 그야말로 순식간일 것이다.'

그의 말에 소호가 고개를 끄덕였다. 그녀의 눈가는 곡선을 그리며 휘어져 있었다. 아마도 웃음을 짓고 있는 것이리라.

그 순간 단사유의 머릿속에 퍼뜩 떠오르는 생각이 있었다.

"너?"

"쉿—!"

그녀가 한쪽 눈을 찡긋하며 손가락으로 자신의 입을 가렸다. 그녀의 얼굴에는 여전히 웃음이 떠올라 있었다. 단사유는 어쩔 수 없다는 듯이 고개를 흔들었다.

사실 소호에게는 검한수가 투자할 만한 대상으로 보이고 있었다. 강호에 널리 알려진 삼룡이니, 삼화니 하는 젊은 무인들과 친분을 쌓으려면 무척이나 많은 돈이 든다. 그리고 실제로 그녀는 많은 돈을 투자해 그들과 조금씩이나마 친분을 쌓고 있었다. 화산의 기녀로 알려진 혈매화 단목성연과도 그렇게 친분을 쌓았다. 물론 나중에는 서로의 마음을 열 정도로 친근한 사이가 되었지만 그 시작은 구중부에 기부한 많은 금자였다. 물론 그렇게 투자한 돈이 아깝다는 생각은 들지 않았다. 그만큼 많은 덕을 본 것이 사실이니까.

'하지만 검한수 공자와 같이 알려지지 않은 사람에게는 그리 많은 돈을 투자할 필요가 없지. 하지만 그 보상은 오히려 몇 배로 돌아오지. 더구나 그는 사유 오라버니가 보장한 사람. 이것은 실패할 위험이 없는 투자다.'

그런 그녀의 생각을 남들이 안다면 욕할지도 모른다. 인간관계를 돈으로 계산한다고. 하지만 그녀는 그런 자신이 부끄럽다고는 한 번도 생각하지 않았다. 그녀는 천성적으로 타고난 장사꾼이기 때문이다. 그리고 진정으로 마음을 준 사람들에게는 장사라는 생각은 하지 않는다. 단사유의 경우처럼 말이다.

단사유 역시 그녀에게 뭐라 말하지 않았다. 소호가 장사꾼 속셈으로 생각하더라도 그것이 검한수에게 해가 될 것이라고는 생각하지 않았기 때문이다.

생각을 정리한 소호가 배시시 웃었다. 그러자 단사유가 어쩔 수 없다는 듯이 그녀의 머리를 손으로 몇 번 문질렀다. 하지만 소호는 그의 손길을 피하지 않고 오히려 느낌을 즐겼다.

그런 단사유와 소호의 모습은 무척이나 친근하게 느껴졌다. 그들을 바라보는 사람들의 눈에는 감탄의 빛이 떠올라 있었다. 그들 사이가 어쨌거나 두 사람이 함께 있는 모습은 꽤나 잘 어울렸기 때문이다. 단사유의 얼굴도 어디 가서 빠지지 않는 데다 소호는 그야말로 좀처럼 보기 힘든 미인이었기 때문이다. 더구나 두 사람이 하는 행동은 어지간히 친하지 않으면 할 수 없는 종류의 것이었다.

"저기 객잔이 깨끗해 보이는구나. 잠시 들어가 쉬자꾸나."

"예!"

소호와 검한수가 동시에 대답했다.

단사유는 그들을 이끌고 객잔으로 들어갔다. 그들은 이층의 전망이 좋은 창가 자리에 앉아 주문을 했다.

소호가 햇볕이 따가운지 손으로 부채질을 하면서 말했다.

"오늘따라 사람들이 많은 것 같군요."

"그러게요. 사람들의 시선이 부담스럽네요."

검한수 역시 자신들을 따라다니는 시선이 부담스러운지 연신 눈치를 봤다.

단사유 역시 동감이라는 듯이 어깨를 으쓱했다.

"후후! 하루 만에 유명 인사가 되었으니 당연한 것인지도 모르지. 하지만 남자들의 집요한 시선은 정말 부담되는군."

"예? 그게 무슨 말입니까?"

"설마 호기심 때문에 우리를 바라보는 사람들만 있다고 생각하는 것은 아니겠지? 빈객청을 나서면서부터 따라붙은 시선이 스물은 넘는다. 그들은 이제까지 사람들에 섞여 은밀히 우리를 감시하고 있다."

"그런?"

단사유의 말에 검한수가 놀라 주위를 둘러보았다. 그러나 어디서도 이상한 사람들을 발견할 수는 없었다. 그러자 단사유가 웃음을 지으며 말했다.

"모두 뛰어난 은신술과 동화술(同化術)을 지닌 자들이다. 전문적으로 그런 종류의 무공만 익혔겠지. 지금 네 수준으로 그들의 기척을 발견한다는 것은 무리이다."

"예."

단사유의 말에 검한수가 다시 풀 죽은 표정을 했다. 정말 쉽게 포기하는 녀석이었다. 그래도 다른 사람들이라면 기척을 감지하려는 노력이라도 할 텐데 자신의 한마디에 알아볼 생각도 하지 않다니.

"누굴까요?"

"글쎄. 구중부와 오룡맹, 그리고 사자맹에서 붙인 인물들이겠지. 그리고 필요에 의해서 따로 사람을 붙인 문파도 있을 테고. 여하튼 우리의 일거수일투족은 그들의 귀에 들어가겠지. 정말 재밌는 세상이야. 마음 놓고 거리를 걷지도 못하니."

"이미 오라버니와 저와의 관계도 그들의 귀에 들어갔을 거예요."

"후후!"

웃음을 짓고 있는 단사유와 달리 소호는 속 편하게 웃을 수가 없었다. 비록 마음으로는 각오를 하고 있었지만 어디까지나 그녀는 무공을 익히지 않은 평범한 여인에 불과하기 때문이다. 지금 이 순간은 그저 단사유만 믿을 뿐이었다.

단사유의 말처럼 그의 행보는 곳곳에서 감시하고 있는 인원들에 의해 그들 주인의 귀로 전해지고 있었다. 그가 누구와 걷고 있는지, 누구와 만났는지, 그리고 어떤 말을 나눴는지까지도 말이다.

남궁서령 역시 사람을 붙여 단사유의 행동을 감시하고 있었다. 오룡맹에서도 사람을 붙였지만 그와는 별도로 오직 그녀만을 위한 정보망을 가동한 것이다.

그녀는 제자리에 가만히 앉아서도 단사유의 행동을 자신의 손금 보듯 파악하고 있었다. 방금 전에도 단사유의 행보를 누군가 전하고 돌아갔다.

"단사유, 배짱도 좋군. 감히 철무련에서 여인과 노닥거리다니."

그가 소호와 같이 길거리를 걷는다는 소식에 그녀가 차갑게 중얼거렸다.

사실 소호가 단사유와 이미 오래전부터 아는 사이라는 것은 그녀에게도 뜻밖이었다. 설마 중원 최고 상단의 소주인과 북방에서부터 남하해 온 전왕이 이미 면식이 있는 사이라는 것은 그 누구도 짐작조차 할 수 없었을 것이다.

남궁서령은 아침에 보았던 단사유의 모습을 떠올렸다.

잘생긴 얼굴이었다. 만약 그가 전왕만 아니었다면 여인의 방심을 흔들기에 충분한 그런 얼굴이었다. 하지만 그가 전왕이라는 사실은 세월이 가도 변하지 않는 절대 불변의 사실이었다. 그리고 그가 자신의 원수라는 사실도.

"어떻게 해야 하나?"

그녀는 손 안에 잡힌 찻잔을 만지작거리며 중얼거렸다.

가만히 두고 볼 수만은 없었다. 이곳은 그녀의 터전이나 마찬가지였다. 자신의 터전에서 단사유가 마음대로 활보하는 모습을 두고 볼 수는 없었다.

"어설프게 건드려서는 안 된다. 그리고 내가 개입되었다는 사실도 알리면 안 된다. 더 이상 맹주에게 밉보이게 된다면 남궁세가의 존립 자체가 위험하게 된다."

 이미 맹주에게 한 번 경고를 받은 그녀였다.
 만일 맹주가 나서서 수습하지 않았으면 그녀에게 책임이 돌아왔을 것이다. 누가 뭐라고 해도 사건의 발단은 그녀가 빼돌린 철마표국의 국주였으니까. 그녀가 감히 그를 빼돌리지 않았다면 전왕이 남궁세가를 초토화시키는 일도 없었을 것이고, 맹주가 나서서 사건을 무마하는 일도 없었을 것이다.
 본래 그녀 선에서 모두 해결되었어야 했을 일들이다. 그러나 그녀가 수습을 하지 못하고 맹주가 나섰다는 것 자체가 시사하는 바는 결코 작은 것이 아니었다.
 '한 번은 넘어가더라도 두 번의 실수는 결코 용납하지 않는 사람이 맹주. 만약 여기에서 또 한 번 무능함을 보인다면 그는 결코 나를 용서하지 않을 것이다. 그리고 남궁세가도. 내가 저지른 실수를 무마해 준 것으로 그는 나에게 빚을 지운 것이다.'
 그녀의 심정은 무척이나 복잡했다.
 이제까지 남궁세가가 오룡맹에서 해 온 공로가 있으니까 봐주는 것이지, 만약 일반 세가였다면 맹주의 위명을 더럽혔다는 이유만으로 벌써 멸문당했을지도 모른다. 맹주는 충분히 그럴 만한 사람이었다.
 "맹주에게도 빚을 지워 둬야 한다. 그래야 후일 감당 못할 일이 생기더라도 뭐라 할 수 없게. 어떻게 하면……."
 그녀가 손을 멈췄다. 동시에 그녀의 입가에 은은한 미소가 어렸다.
 "백문!"
 "옛!"
 그녀의 말이 떨어지기 무섭게 허공에서 하얀 그림자가 나타났다. 백문은 나타나자마자 그녀의 앞에 무릎을 꿇었다.

"지금 황보 공자는 어디에 있지?"

"이 시간이면 팽가의 이공자와 함께 검술을 수련할 겁니다. 최근에 두 사람이 마음이 맞아 어울려 다니고 있으니까요."

"그럼 그는 대천상단의 소주인이 전왕과 어울려 다닌다는 사실을 까마득히 모르고 있겠군."

"그렇습니다."

"그에게 은근히 이 사실을 알리도록. 아울러 전왕과 대천상단의 소주인이 있는 곳도."

"알겠습니다."

"호호! 꽤 볼 만할 거야."

남궁서령이 교소를 터트렸다. 오랜만에 시원하게 터트리는 웃음이었다.

황보운천이 소호를 좋아한다는 사실은 비밀이 아니었다. 아니, 황보운천은 여자라면, 특히 아름다운 여인이라면 모두 좋아했다. 그렇기에 남궁서령에 집착하는 것도 모자라 소호에까지 관심을 두고 있었다. 이제까지는 특별한 경쟁자가 없었기에 그냥 내버려두고 있었지만 단사유와 같이 외인이 그녀의 곁에 붙어 있다면 이야기가 달라진다.

"비록 겉으로는 내색을 안 하지만 그는 무척이나 질투가 심하지. 그리고 속이 그리 넓은 편이 아니야."

"하지만 그가 전왕에게 어떤 해코지라도 당하면 맹주의 분노를 사게 될지도 모릅니다."

"호호호! 넌 그를 잊은 모양이구나."

"그러면?"

"맹주는 황보 공자에게 그를 붙여 줬다. 그가 있는 이상 황보 공자가 해를 당할 일 따위는 없다."

"그렇군요."

그제야 백문이 수긍을 했다.

그 역시 남궁서령이 가리키는 사람이 누군지 잘 알고 있었다. 그리고 그의 능력도.

"그가 죽어도 상관없어. 만약 그렇게 되면 그의 사부가 나설 테니까. 그가 나서면 제아무리 전왕이라 할지라도 죽을 수밖에 없어. 그는 결코 햇병아리 무인이 당할 수 있는 사람이 아니니까."

"알겠습니다. 그리 조치하겠습니다."

백문이 제자리에서 스르륵 사라졌다. 그제야 남궁서령이 웃음을 딱 멈췄다.

"내가 그랬지, 이곳에 들어서는 그 순간부터 지옥이 될 거라고. 이제부터 시작이다, 단사유!"

뿌드득!

그녀의 입에서 소름 끼치는 소리가 새어 나왔다.

제8장

무인은……

무인은……

 단사유 일행은 햇볕이 잘 드는 창가에 앉아 차를 마셨다.
 철무련에 평지풍파를 일으킨 주제에 태연하게 밖에 나와 차를 마시는 단사유의 행동은 무척이나 자연스러웠다. 그것은 소호 역시 마찬가지였다. 비록 사람들의 시선은 부담스러웠으나 그녀는 지금 이 순간을 즐기고 있었다.
 그렇게 보면 안절부절못하고 있는 사람은 검한수뿐이었다. 검한수는 목덜미까지 빨개진 채 고개를 숙이고 차만 마시고 있었다. 평생을 종남에서만 자란 데다 숫기마저 없는 그에게 이토록 많은 사람들의 시선이 집중되는 것은 곤혹스런 일이었다.
 "날씨가 무척 좋군요. 사람들만 없었다면 더 좋았을 텐데……."
 "후후. 그러게……."
 단사유가 소호의 의견에 동의했다. 하지만 그것이 이루어질 수 없는 바람이라는 것은 단사유 자신이 더 잘 알고 있었다. 이곳 철무련에 머무는 이상 그들의 시선에서 절대 자유로울 수 없을 것이다. 그가 어디에 있더라도 그들의 시선은 단사유를 따라붙을 것이다.

"하루라도 빨리 이곳을 나가고 싶군요. 저들의 시선에서 자유롭고 싶어요."

"그러고 보니 아직까지 대천상단의 본거지가 어디에 있는지도 모르고 있었구나."

"호호! 그건 비밀이에요."

소호가 싱긋 웃으며 단사유에게 손을 내밀라는 시늉을 했다. 그녀는 단사유가 손을 내밀자 그 위에 자신의 손가락으로 뭐라고 썼다.

"그런 곳에 총단이 있었느냐?"

"네! 오라버니만 알고 있어요."

"물론이다."

단사유가 고개를 끄덕이며 자신의 손바닥을 꽉 쥐었다. 무공을 거의 익히지 않은 소호이기에 전음은 무리였다. 그렇기에 이런 번거로운 방법을 쓴 것이다.

검한수는 그들의 모습을 그저 멀뚱하니 바라만 봤다. 솔직히 그에게 대천상단은 먼 나라 이야기나 마찬가지였다. 대신 그의 머릿속을 가득 채우고 있는 것은 오늘 저녁에 만나기로 한 종남파 사람들의 얼굴이었다. 장로인 석문해를 비롯해 조주역 등의 얼굴이 눈앞에 아른거려 도저히 정신을 집중할 수가 없었다. 어쩌면 그들이야말로 검한수의 앞길을 가로막는 심마나 마찬가지였다.

쿵쿵!

그때 그의 귓가에 계단이 울리는 소리가 들렸다. 적잖은 무게가 실린 것인지, 그도 아니면 누군가 화가 나서 올라오는 것인지 모르지만 계단에서 울리는 소리에는 살벌한 기세가 실려 있었다.

검한수뿐만 아니라 모든 사람들의 시선이 일제히 계단으로 쏠렸다.

쿵쿵—!

발자국 소리가 더욱 커졌다. 그리고 발자국의 주인이 모습을 드러냈다.

"저 사람은?"

"황보 공자다. 그리고 저 뒤에 있는 사람은 팽 공자……."

"저 두 사람이 이곳에 왜?"

주루에 있던 사람들이 웅성거렸다.

이층에 나타난 사람은 오룡맹주의 둘째 아들인 황보운천이었다. 그리고 그와 함께 나타난 칠 척 거구의 남자는 오호단문도의 절기로 천하에 이름을 떨친 하북 팽가의 팽기문이었다. 황보운천은 두말할 것 없거니와 팽기문 역시 칠 척의 장신에서 뿜어져 나오는 강력한 힘을 바탕으로 한 패도적인 도법으로 철무련 내에서 명성을 날리고 있었다. 이미 알고 있는 사람들은 알고 있었지만 오룡맹 내에서도 두 사람의 사이는 유난히도 막역했다. 어쩌면 그것은 두 사람의 외형이 비슷하기 때문인지도 몰랐다. 그의 아버지와 달리 기골이 장대한 황보운천이나 칠 척이 넘는 거구의 팽기문은 어딘지 모르게 잘 어울렸으니까.

이층에 올라온 두 사람은 잠시 주위를 둘러보다 단사유와 소호를 발견하고는 곧장 그들에게 다가왔다.

그들의 기세는 사뭇 사나워 단사유 주위의 탁자에 있던 사람들이 서둘러 일어나 자리를 비켜 줬다. 하지만 정작 당사자인 단사유는 무척이나 태평한 모습으로 차를 들이켰다.

두 사람은 단사유가 앉은 탁자 바로 앞에 섰다.

"당신이 전왕이라고 불리는 단사유이오?"

사뭇 도전적인 팽기문의 목소리가 주루를 울렸다. 그제야 단사유가 마시던 차를 내려놓고 위를 올려다봤다.

"그렇소만?"

"난 하북 팽가의 팽기문이라고 하오. 그리고 이쪽은 내 친우이자 오룡맹주님의 둘째 아들인 황보운천이라고 하오."

"그런데?"

"나와 비슷한 또래에 감히 전왕이라는 거창한 별호로 불리는 자가 있다고 해서 얼굴이나 보러 왔소."

팽기문의 목소리는 마치 거대한 동종이 울리는 것처럼 거친 울림을 가지고 있었다. 거기다가 그의 음성은 무척 거칠어 가까이서 듣는 사람들은 고막이 찢어지는 듯한 착각이 들 정도였다.

아니나 다를까 소호의 미간이 찌푸려졌다. 내공이 거의 없는 그녀로서는 가까이서 팽기문의 목소리를 듣는 것만으로 귀가 아파 온 것이다. 하지만 다행히 팽기문의 목소리는 그것으로 끝이었다. 팽기문 대신 황보운천이 나선 것이다.

"하 소저와 같이 있다고 해서 얼굴이나 보러 왔소이다. 앞에 앉아도 되겠소?"

그러나 그는 단사유가 어떤 대답을 하기도 전에 그의 앞에 앉았다. 그것은 팽기문 역시 마찬가지였다. 그들의 태도는 단사유의 존재 자체를 무시하는 것이었다. 천하에 전왕이라는 이름이 널리 알려졌지만 그들 자신은 개의치 않는다는 것을 태도로 보여 주는 것이다. 그러나 단사유는 조용히 웃음만 지을 뿐 어떤 말도 하지 않았다. 그에 팽기문이

득의양양한 웃음을 지으며 말했다.

"하도 전왕이라는 이름이 많이 들리기에 난 또 강호에 삼두육비의 괴물이라도 출현한 줄 알았소. 그런데 막상 내 눈으로 직접 보니 정말 고운 피부를 가지셨소이다. 어떡하면 그리 고운 피부를 가질 수 있는지 정말 부럽소."

팽기문의 말에 황보운천이 은근히 미소를 지었다.

사실 단사유의 피부는 남자의 그것이라고 하기에는 하얗고 고왔다. 그도 그럴 것이 십 년이나 햇볕 한 점 들어오지 않는 암동에 있었기 때문이다. 어렸을 때 구릿빛으로 빛나던 그의 피부는 십 년이라는 세월 동안 하얗게 탈색되고 말았다. 그래도 근래 햇볕을 받아 많이 그을리긴 했지만 남자의 피부라기에는 고운 감이 없지 않았다.

순간 단사유가 빙긋 웃더니 입을 열었다.

"그리 어렵지 않은 일이오. 십 년 동안 햇볕 한 점 들지 않는 암동에서 폐관수련하면 누구나 이렇게 되니까. 이 피부가 부러우면 지금이라도 팽가에 돌아가 십 년 폐관수련이나 하시구려."

"아니, 무슨 무공을 익히는데 십 년이나 폐관수련을 한단 말이오? 난 성질이 급해서 그러지는 못하겠구려. 그러니 난 죽었다 깨어나도 단 형처럼 강해지지는 못하겠구려."

팽기문의 목소리에는 비아냥이 가득 담겨 있었다. 비록 말은 좋게 하지만 그 기저에 단사유를 내려다보는 오만함이 담겨 있다는 것은 누구라도 알 수 있을 정도였다.

소호의 안색이 변했다.

'지금 이들은 노골적으로 시비를 걸고 있다. 오라버니가 비록 밖에서 대단한 명성을 얻었다고 하나 이곳 철무련 내에서는 별거 아니라는

것을 말하고 있는 것이다. 이런······.'

그녀가 혀를 차는 그 순간에도 팽기문의 말은 계속되고 있었다.

"난 말이오, 아직까지 강호에 나갈 일이 한 번도 없었다오. 어렸을 때부터 가문의 절기를 죽어라 익혔는데 스무 살이 되니까 강호 대신 이곳으로 가라고 보내더군. 그 덕분에 강호라는 곳은 구경도 해 보지 못하고 이곳에서 내 청춘을 썩히고 있소. 정말 나도 누구처럼 강호를 주행하며 악당들을 물리쳐 이름을 얻고 싶었는데, 젠장!"

"이 친구, 처음 보는 사람한테 실례지 않은가! 미안하오. 내가 대신 사과드리오리다. 이 친구가 하도 요즘 갑갑하게 갇혀 지내서 그런지 말이 좀 심했소. 그나저나 이 몸의 구애에도 하 소저가 미동도 없기에 혹시나 했는데 역시나 임자가 있었구려. 이거 정말 안타깝구려."

팽기문을 탓함과 동시에 은근히 두 사람의 사이를 떠보는 황보운천, 그의 눈에는 숨길 수 없는 질투의 빛이 떠올라 있었다.

자신이 마음에 두었던 여인이 다른 남자에게 웃음을 보이고 친근한 행동을 한다는 것이 그에게는 견딜 수 없는 치욕이나 마찬가지였다. 비록 얼굴은 웃고 있었지만 그의 속은 질투의 불길로 이글이글 타오르고 있었다.

"후후! 십 년 만에 만났는데 이런 미인이 되어 있을 줄은 꿈에도 생각하지 못했소. 이거 봉 잡았다고 해야 하나?"

단사유의 말에 소호가 얼굴이 은은히 붉혔다. 전혀 예상치 못했던 말이었기 때문이다. 하지만 그만큼 황보운천의 얼굴은 붉어져 있었다.

'형님은 도대체 왜? 이거는 아예 불난 집에 기름을 붓는 격 아닌가? 이제 큰일 났다.'

마음 약한 검한수만이 둘 사이에서 안절부절못했다.

주위 환경에 유난히도 민감한 이가 바로 검한수였다. 검한수는 본능적으로 자신의 주위에서 벌어지는 단사유와 황보운천의 대립을 느낄 수 있었다. 아니 그들이 대치하는 기세를 느끼고 있다고 해야 할 것이다.

갑자기 황보운천이 웃음을 터트렸다.

"하하하! 이거 행복하길 바란다고 해 줘야 하나? 이것 참……."

"자고로 미인은 영웅의 곁에 있을 때 빛나는 법이라네. 친구여, 내가 보기에 하 소저는 대상을 잘못 택한 것 같네. 하 소저는 영민한 사람이니 곧 자신의 잘못을 깨닫고 옳은 결정을 할 것이네."

황보운천의 말에 팽기문이 은근슬쩍 끼어들었다.

그들은 죽이 무척 잘 맞는 듯했다. 팽기문의 말이 도가 지나칠 정도가 되면 황보운천이 나서서 무마했고, 황보운천의 말이 노골적이 되면 팽기문이 나섰다.

그들의 태도는 역력히 단사유를 무시하는 것이었다. 하지만 단사유는 여전히 여유로운 웃음만 지은 채 그들의 행동에 소극적으로 대응했다.

얼핏 보기에 단사유의 시선은 황보운천을 향해 있었으나 사실은 그 너머를 보고 있었다.

'저자…….'

황보운천이 등장했을 때부터 유난히도 그의 신경을 거슬리던 사내. 마치 넝마 같은 허름한 장포로 온몸을 감싼 채 이층 구석에 앉아 있는 음침한 느낌의 사내. 그는 사람들의 시선이 황보운천과 팽기문에 쏠린 틈을 타 나타났다. 그리고 탁자 한쪽을 차지한 채 단사유를 바라보고 있었다.

그가 장포를 입은 사내를 보고 있는 동안에도 팽기문과 황보운천의 말은 계속됐다. 그들의 말이 계속될수록 소호의 미간은 찌푸려지고 검한수는 더욱 어쩔 줄을 몰라 했다.

"그런데 말이오, 사람의 몸을 벨 때 느낌이 어떻소? 정말 사람들 말처럼 짜릿하오? 젠장! 이럴 줄 알았으면 나도 아버지를 졸라서 도적들이나 소탕하는 건데. 그러면 나도 거창한 별호를 얻었을 텐데 말이야."

"이를 말인가? 자네라면 도적 떼 수백이 아니라 수천이라도 몰살시켰을 걸세. 팽가의 오호단문도는 그 정도의 위력이 있으니까. 자네가 제대로 된 적수를 만나지 못한 게 안타깝군. 제약만 없다면 허명이 아니라 진짜 실력으로 자신의 이름을 알릴 수 있었을 텐데."

"크하하! 그렇지. 나도 그렇게 생각하네. 그래서 정말 궁금하네. 누구의 무공이 세상에 알려진 것처럼 그리 고강한지 내 몸으로 직접 알아보고 싶다네. 하지만 그는 비루먹을 망아지는 말귀를 못 알아듣고 가만히 앉아 있구나."

"후후후."

갑자기 단사유가 나직이 웃음을 흘렸다.

이제까지 여유로운 미소로 그들의 대화를 듣던 단사유가 처음으로 이질적인 행동을 한 것이다.

'걸렸다.'

황보운천의 눈에 빛이 반짝였다.

소호의 예상대로 그는 단사유를 도발했다. 비록 단사유가 뛰어난 명성을 가지고 있다고 하나 이곳은 철무련이었다. 밖에서야 얼마든지 이름을 떨칠 수 있다고 하나 이곳은 이제까지 단사유가 경험했던 세상과는 다른 곳이었다. 이곳에서 함부로 무력을 휘두른다는 것은 자신의 발에 옥쇄를 채우는 것이나 마찬가지였다. 그리고 그것이 황보운천이 바라는 바였다.

그는 기대 어린 눈으로 단사유의 변화를 지켜봤다.

"후후! 결국 말을 빙 돌려서 말했지만 결론은 나와 싸워 보고 싶다는 말이군요."

"크하핫! 이제야 말을 알아듣다니 정말 비루먹은 당나귀만큼이나 눈치가 없구나."

팽기문이 마치 동종이 울리는 듯한 웃음소리를 터트렸다. 그에 단사유는 암암리에 내공을 일으켰다. 그러나 그것은 자신이 아니라 소호를 위한 것이었다. 팽기문의 목소리에 소호가 괴로워하자 그녀를 위해 일으킨 것이다.

소호는 단사유와 손끝 하나 닿지도 않았는데도 몸이 편안해지자 자세를 편하게 잡았다. 그녀가 무공에 문외한이었기에 그러려니 했지만 조금이라도 무공에 대해 알았으면 이것이 얼마나 대단한 일인지 깨달았을 것이다. 매개체를 통해 내공을 전해 주는 것과 아무것도 없는 빈 공간을 격해 내공을 전이해 주는 것은 아예 차원이 다른 것이다. 현 강호에 이 정도의 내공을 가진 자는 열 명 정도에 불과했다. 하지만 그런 사실을 눈치 챈 자는 아무도 없었다.

단사유는 소호의 표정이 한결 안정되자 팽기문을 향해 시선을 옮겼다.

움찔!

순간 팽기문은 등골에 한기가 올라오는 것을 느꼈다. 단사유는 여전히 웃고 있는 얼굴이었지만 무언가 달라져 있었다. 그러나 팽기문은 애써 고개를 저으며 자신의 생각을 부인했다.

자신은 팽가의 적통이었다.

이제까지 그가 먹은 영약만 따져도 어지간한 중소문파의 몇 년치 운영비가 나올 것이다. 어릴 때부터 팽가의 기대를 한 몸에 받고 자라난 만큼 그는 엄청난 양의 영약과 절기를 익혔다. 그리고 아직까지 그와 비슷한 또래에서 적수를 찾지 못해 자신감이 충만해 있는 상태였다. 그런 자신이 일순간이긴 해도 단사유에게 한기를 느꼈다는 사실이 수치스러웠다.

쾅―!

그가 책상을 힘껏 내리치며 자리에서 일어났다. 그러자 두꺼운 탁자가 쩌억 소리와 함께 양쪽으로 갈라졌다.

"흥! 지루해서 더 이상 기다려 줄 수 없다. 어떡할 테냐? 싸울 테냐, 아니면 이대로 물러날 테냐?"

그의 목소리가 주루에 거칠게 울려 퍼졌다.

황보운천은 그를 말리지 않았다. 아니, 오히려 팽기문을 통해 단사유의 실력을 직접 알아볼 생각이었다. 원래부터 그럴 목적으로 팽기문을 데려왔다. 그의 폭급한 성격을 이용하기 위해서 말이다. 그리고 그의 의도대로 돌아가고 있었다.

"비무인가, 목숨을 건 도전인가?"

"뭣?"

갑작스런 단사유의 말에 팽기문이 반문을 했다.

그 순간 단사유의 웃음은 더욱 짙어지고 있었다.

"당신들의 자존심 충족을 위한 비무 따위는 하지 않아. 날 확인하고 싶으면 목숨을 걸어."

마치 아지랑이처럼 주위를 잠식해 가는 단사유의 기운은 분명 살기였다.

*　　　*　　　*

 숨이 턱턱 막혀 왔다. 주위에서 그들의 충돌을 재밌게 구경하던 사람들은 갑작스런 살기에 제대로 몸을 움직일 수조차 없었다. 마치 거미줄에 걸린 파리처럼 숨조차 제대로 쉴 수 없을 정도로 엄청난 압박감이 중인들을 급습했다.
 살기의 중심에 단사유가 있었다.
 여전히 앉아 있는 자세 그대로 웃음을 짓고 있는 모습이었지만 팽기문은 더 이상 그를 비웃을 수 없었다. 자신을 바라보는 단사유의 눈빛에 가슴속에 있는 무언가가 짓눌리는 듯한 느낌이 들었기 때문이다.
 어지간한 살기라면 웃음 한 번으로 물리칠 수 있는 그였지만 단사유에게서 흘러나오는 살기는 이미 그가 어찌할 수 있는 선을 넘은 지 오래였다.
 단사유가 다시 한 번 물었다.
 "비무인가, 목숨을 건 도전인가?"
 "크으!"
 팽기문의 얼굴이 일그러졌다.
 그가 도의 손잡이를 힘껏 잡았다. 그러나 손잡이를 잡은 그의 손은 자신도 모르게 미세하게 떨리고 있었다.
 어느 정도 각오를 했지만 이것은 상상 이상의 살기였다. 단지 그가 살심을 먹은 것만으로 팽기문의 몸은 죽음의 위협을 느끼고 있었다.
 당황한 것은 황보운천 역시 마찬가지였다. 내심 그는 단사유에 대한 소문이 과장되었다고 생각하고 있었다. 자신도 강호에서 활동만 했으면 그보다 더한 명성을 얻을 수 있었을 거라고 자신했다. 하지만 막상 눈앞에서 단사유의 기도를 정면으로 받으니 그런 자신의 생각이 얼마나 어리석은 것인지 깨달을 수 있었다. 하지만 그의 깨달음은 너무 늦었다. 이미 단사유의 살기가 눈 덩이처럼 불어만 가고 있었기 때문이다.

"으음!"

"이런 지독한……."

이층에서 그들을 구경하던 사람들의 입에서 자신도 모르게 그런 말들이 쏟아져 나왔다. 그들이 느끼는 살기는 팽기문이나 황보운천이 느끼는 것에 비하면 조족지혈에 불과했다. 그런데도 이렇게 몸이 떨리니 두 사람이 느끼는 압박감이 얼마나 될는지 상상이 되지 않았다.

"나, 나는……."

팽기문이 이를 악물었다. 그의 얼굴에서는 식은땀이 쉴 새 없이 흐르고 있었다.

팽가의 자존심이 걸려 있었다. 만일 이대로 물러나면 팽가의 자존심이 산산이 박살난다. 그래서 그는 이를 악물고 참으려 했다. 그러나 그러면 그럴수록 그를 옥죄어 오는 살기는 위력을 더해 갔다.

그제야 그는 깨달았다. 자신을 죄어 오는 살기가 단순한 것이 아님을.

'이것은 분명히 무형지기(無形之氣)다. 크윽!'

절대고수들만이 발출할 수 있다는 무형지기. 의지만으로 상대의 심혼에 상처를 낼 수 있는 절대의 기도. 단사유가 뿜어내는 것은 분명 무형지기였다.

"나, 나는……. 크으!"

어찌나 꽉 다물었는지 팽기문의 입술이 터져 나가며 선혈이 흘러나왔다.

그런 팽기문의 모습을 단사유는 오연한 시선으로 바라보고 있었다.

수많은 눈들이 있다. 오늘 이 자리에서 일어난 일을 그들은 자신의 동료, 자신의 상관에게 말할 것이다. 이곳에서 약세를 보인다면 앞으로도 수없이 많은 팽기문과 황보운천이 나타날 것이다. 여기에서 그들의 예봉을 꺾어야 했다. 그래서 전왕의 전설이 거짓이 아님을 알려 줘야 했다.

"커흑!"

기어이 팽기문이 선혈을 토해 냈다. 그의 손에는 여전히 도의 손잡이가 잡혀 있는 상태였다. 그는 그 자세 그대로 엎어져 연신 각혈을 했다.

"됐……소. 이제 그만…… 하시오. 그만하면 충……분히 알아들었소."

황보운천이 손을 들어 항복의 뜻을 밝혔다. 그의 입에서도 이미 선혈이 흘러내리고 있었다. 만일 이대로 조금만 더 시간이 지나면 그 역시 팽기문과 마찬가지로 엎어져 꼴사나운 모습을 보여야 할 것이다. 대황보세가의 적통으로서 그것만은 사양하고 싶었다.

그러나 단사유는 살기를 거두지 않았다. 아니, 오히려 그의 살기는 계속해서 주위를 잠식해 나갔다. 그것은 마치 끊임없이 먹이를 탐하는 불가사리와도 같았다. 처음에는 황보운천과 팽기문만이 내상을 입었지만 시간이 지날수록 주위 사람들 역시 하나 둘 얼굴이 하얗게 질려 가며 조금씩 선혈을 흘렸다.

무인은……

"크으으!"

황보운천이 입술을 질근 깨물었다.

문득 그의 눈동자에 무심히 자신을 바라보고 있는 소호의 모습이 비쳤다.

'이……것은 굴욕이다. 이 황보운천 일생일대의 굴욕.'

자신이 마음에 두었던 여인 앞에서 당하는 굴욕이라니. 그는 죽고 싶었다. 아니, 단사유를 죽이고 싶었다. 당장 이 자리에서 처참하게 말이다. 하지만 그것은 어디까지나 그의 마음뿐이었다. 그의 육체는 이미 단사유에게 철저히 굴복하고 있었다.

미미하지만 소호의 눈가가 떨렸다.

'오라버니는 대체 무슨 생각을……. 이 자리에서 황보운천을 죽였다가는 당장 오룡맹주의 분노를 살 뿐이다. 오라버니가 그것을 모르지는 않을 텐데 왜 이런 짓을 하는 거지?'

머리를 굴렸지만 소호는 그 이유를 알아낼 수 없었다. 그것은 그녀가 무인이 아니기 때문이었다. 비록 이론적으로는 모든 것을 알고 있는 그녀였지만 이론과 실제는 다른 법이다. 더구나 그것이 목숨이 걸린 싸움이라면 더욱 그렇다. 그녀로서는 단사유가 무엇을 노리고 이들을 핍박하는지 알 수 없었다. 그렇기에 그저 지켜볼 수밖에 없었다.

그때였다.

"그쯤 해 두지!"

누군가의 차가운 목소리가 들려왔다. 사람들의 시선이 목소리가 들여온 곳을 향했다.

지독할 정도로 차가운 한기를 날리는 음성. 그리고 그보다 더욱 냉막한 얼굴을 갖고 있는 사내였다. 그는 단사유가 주시하던 남자였다.

황보운천의 뒤를 따라와 조용히 탁자에 앉았던 사내, 그가 드디어 일어선 것이다.

단사유의 입가에 조용한 미소가 어렸다. 이에 사내의 눈에 이채가 떠올랐다. 단사유가 마치 이 순간을 기다렸던 것처럼 느껴졌기 때문이다.

단사유의 주위에서 넘실거리던 살기가 흔적도 없이 사라졌다. 그제야 사람들이 한숨을 내쉬며 바닥에 주저앉았다.

"당신은?"

"한구유, 하지만 사람들은 날 투귀(鬪鬼)라고 부르지. 자네도 그렇게 부르도록."

"투귀 한구유……."

단사유의 눈가가 가늘어졌다.

온몸을 가리는 허름한 장포 속에 자신의 몸을 감춘 사내. 그럼에도 불구하고 그의 몸에서 흘러나오는 한기는 결코 단사유에게 뒤지지 않았다.

한구유가 황보운천과 팽기문의 앞을 막아섰다. 그제야 그들의 얼굴에 안도감이 떠올랐다. 그러나 그들의 눈동자에는 숨길 수 없는 굴욕의 빛이 담겨 있었다.

결코 원하지 않았던 최악의 결과가 나타났다. 그들은 한구유의 등장을 반기지 않았다. 그가 등장했다는 것은 결코 그들로서는 감당할 수 없는 위험이 닥쳤다는 뜻이니까.

단사유가 여전히 웃음을 지우지 않은 채 말했다.

"역시 당신이 이들의 보호자였습니까?"

"후후! 애송이들의 뒤를 봐 주는 것은 여러모로 피곤한 일이지. 스승의 빚 때문에 몇 년간 그의 뒤를 돌봐 주기로 했다네."

한구유의 얼굴에 약간은 자조적인 빛이 떠올랐다 사라지며 이내 냉막한 표정을 회복했다.

"사정을 알아도 되겠습니까?"

"후후! 스승이 오룡맹주에게 목숨을 구함 받은 적이 있다네. 그게 무척이나 고맙다고 여겼는지 제자인 나에게 그의 아들을 몇 년간 지켜 달라고 부탁을 하더군. 그 덕분에 황보 공자의 뒤를 봐 주고 있다네. 충견처럼 말이야."

"별로 기분 좋은 일은 아니군요."

"그렇지. 하지만 어쩔 수 없지. 지금의 난 사냥개에 불과하거든."

뒤틀린 웃음을 짓고 있는 한구유. 그의 눈에는 서서히 살기가 어리고 있었다. 그것은 이미 그가 살심을 품었다는 뜻이기도 했다.

단사유는 눈앞의 사내에 대해 아무것도 모르고 있었지만 객잔에 있던 사람들은 투귀가 어떤 자인지 잘 알고 있었다.

오 년 전에 혜성처럼 나타나서 강호에 평지풍파를 일으켰던 사내가 있었다. 그는 고수들을 찾아다니며 목숨을 건 비무행을 시작했다. 산동 땅에서 이름을 날리던 철귀아(鐵鬼兒) 등창해가 그의 손에 몸이 두 쪽이 났고, 강소성에서 한 자루 검으로 영명을 드높이던 일검창해(一劍蒼海) 육지겸이 마치 잘 이겨진 고깃덩이처럼 변했다. 그는 그렇게 상대를 가리지 않고 비무행을 했다.

연전연승(連戰連勝).

한구유를 가리키는 말이었다. 그의 몸에서는 피가 마를 날이 없었다. 하루라도 싸우지 않는 날이 없었다. 그래서 강호인들은 그를 가리켜 투귀라고 불렀다. 본래 그의 이름은 한구유였으나 투귀라는 별호에 가려 사람들의 뇌리에서 잊혀져 갔다. 대신 투귀라는 별호는 그의 이름처럼 되었다.

그렇게 강호를 미친개처럼 누비던 투귀가 종적도 없이 사라진 것이 이 년 전이었다. 사람들은 강호를 어지럽히던 투귀의 실종에 의문을 표했으나 그 어디서도 그의 행적은 발견되지 않았다. 그래서 어디선가 누군가에게 처참한 죽음을 당했을 것이라고 막연히 추측했다. 그런데 그가 오룡맹의 황보운천을 경호하는 일을 하고 있었다니. 그것은 충격이나 마찬가지였다.

'만약 그의 비무행이 계속되었다면 사존의 자리에 한 명이 더 추가되었을 것이라는 소문마저 돌았던 초강자가 바로 투귀다. 그런 그가 황보운천의 뒤치다꺼리나 하고 있었다니.'

소호가 침음성을 흘렸다. 그것은 검한수 역시 마찬가지였다.

그의 사부가 살아 있을 때 강호에 나가서 결코 싸워서는 안 될 상대를 말해 준 적이 있었다. 투귀 역시 그중 한 명이었다.

'투귀가 강한 것은 그의 무공 때문이 아니라 죽음을 두려워하지 않는 투지 때문이다. 그는 자신의 육신이 망가지는 것을 두려워하지 않는다. 그렇기 때문에 어떤 절정고수라도 그와 싸운다면 낭패를 면할 수 없다. 천하삼십육검을 완벽하게 익히기 전까지는 그와 상대하지 말거라.'

그때는 사부가 해 준 말을 이해하지 못했다. 하지만 지금은 이해할 수도 있을 것 같았다.

투귀의 몸에서는 죽음의 냄새가 났다. 음습하면서도 차가운 기운이 그의 몸 주위를 맴돌고 있었다. 그것은 아직 검한수가 경험해 보지 못한 종류의 기운이었다.

투귀가 단사유를 향해 한 걸음 내디뎠다. 그러자 지독한 한기가 소호와 검한수를 엄습해 왔다.

"날 아비의 위세만 믿고 날뛰는 저런 애송이들과 비교했다가는 큰코다칠 거야."

"후후후!"

"너라면 내 전력을 다할 수도 있을 듯하군. 정말 기뻐!"

투귀가 하얀 이빨을 드러내며 웃었다. 그는 진심으로 기쁜 듯 웃고 있었다.

단사유 역시 웃었다. 그의 입을 통해 마음속에 담아 두었던 말이 흘러나왔다.

"무인은 입이 아니라 몸으로 자신의 가치를 증명하는 것."

"후후! 사내라면 마땅히 그래야지."

스르릉!

투귀의 몸에서 무언가 부딪치는 소리가 들렸다. 그러나 아무도 그에 신경 쓰는 사람들은 없었다.

그들의 마음속에 울리는 단사유의 말 때문이었다. 그것은 황보운천이나 팽기문 같은 애송이 무인들에게 하는 말이기도 했다.

장내가 기이한 열기에 휩싸였다.

*　　　*　　　*

쉬아악!

전혀 기척도 없이 이루어진 공격이었다. 갑자기 투귀의 장포를 뚫고 기다란 물체가 튀어나온 것이다. 그와 단사유 사이의 거리는 불과 이

장여. 순식간에 기다란 물체가 이 장을 단축해 단사유의 머리를 향해 날아왔다.

단사유의 눈가가 가늘어졌다.

고개만 돌려도 쉽게 피할 수 있다. 그러나 그렇게 되면 그의 등 뒤에 있는 소호가 위험해진다. 결국 그에게 선택의 여지란 존재하지 않았다.

촤르륵!

단사유가 손을 들어 날아오는 물체를 막았다. 그러자 기다란 물체가 살아 있는 구렁이처럼 단사유의 손을 칭칭 동여 감았다.

"이건?"

"후후! 마아(魔牙)라고 하지. 악마의 어금니 말이야."

투귀의 얼굴에 차가운 웃음이 번져 갔다.

그의 장포를 뚫고 나와 단사유의 손을 휘감은 물체는 다름 아닌 은빛 쇠사슬이었다. 어른 새끼손가락 굵기의 쇠사슬이 그의 몸에서 나와 단사유를 연결하고 있었다.

단사유의 눈썹이 꿈틀하는 찰나, 막대한 공력이 쇠사슬을 타고 그를 향해 밀려왔다. 투귀의 독문 공력이 쇠사슬을 타고 전해지는 것이다. 동시에 투귀가 마아라고 부르는 쇠사슬을 자신을 향해 당겼다.

이대로 가다가는 단사유의 손이 걸레처럼 찢길 판이었다.

파캉!

순간 단사유가 기뢰를 운용했다. 그러자 그의 손을 칭칭 감고 있던 쇠사슬이 산산이 부서지며 사방으로 비산했다.

"흠! 허명은 아니란 말이지."

자신의 사슬이 부서져 나가는데도 투귀는 웃음을 지었다. 얼음처럼 하얀 웃음을.

슈와악!

다시 한 번 그의 몸에서 쇠사슬이 발출되었다. 은빛 사슬은 파도처럼 꿈틀거리며 엄청난 경력을 뿜어냈다. 그러나 쇠사슬은 다시 단사유의 몸에 닿기도 전에 허공에서 부서져 나갔다. 단사유가 기뢰를 머금은 손으로 쳐낸 것이다.

"정말 재밌어. 이건 진심이야."

투귀가 그렇게 중얼거리며 몸을 약간 비틀었다. 그러자 그의 어깨와 허리 부근에서 몇 개의 사슬이 다시 발출되었다. 쇠사슬은 단사유가 피할 공간을 미리 점유하고 날아왔다. 만약 단사유가 피한다면 그의 등 뒤에 있는 소호가 치명상을 입고 죽어 갈 것이다.

그는 이 객잔에 들어서는 순간 단사유의 약점이 소호라고 판단했다. 둘이 어떤 사이든 상관없었다. 지금 이 순간 단사유의 발목을 잡을 유일한 걸림돌이 그녀라고 판단한 것이다. 그것이 그가 싸우는 방식이었다. 상대의 약점을 파악하고 죽어라 그곳만 공략한다. 상대의 약점은 곧 자신의 장점이나 마찬가지다.

"형님!"

상황을 파악한 검한수가 소호의 앞을 가로막으며 검을 뽑아 들었다. 소호를 보호하기 위함이다. 그러나 그는 그럴 필요가 없었다. 그의 앞에 있는 남자는 다름 아닌 단사유였다.

어느새 그의 손이 하얗게 빛나고 있었다.

콰콰쾅!

허공에서 연신 폭음이 울려 퍼졌다. 천포무장류의 절예 중 하나인 삼절폭이 펼쳐진 것이다.

사방에서 날아오던 쇠사슬이 박살나며 파편이 사방으로 튀었다. 은빛 파편은 주위의 모든 기물을 박살내는 것도 모자라 그들의 싸움을 구경하던 사람들에게까지 날아갔다.

"우와악!"

"크윽!"

수많은 사람들이 피를 토하며 쓰러졌다. 그들의 얼굴과 몸에는 은빛으로 빛나는 편린이 박혀 있었다.

그제야 구경꾼들이 상황을 인식했다. 이것은 그들이 마음 편하게 얼마든지 구경할 수 있는 여느 싸움이 아니었다. 목숨이 걸린 싸움, 단사유와 투귀는 결코 주위 사람들을 배려하지 않는다. 그것은 싸움의 여파로 얼마든지 목숨을 잃을 수도 있다는 말과 같았다.

"으으!"

"여기 있다가는 목숨이 두 개가 있어도 모자랄 거야. 나가야 해!"

몇몇 눈치 빠른 사람들이 서둘러 객잔을 빠져나갔다. 그러자 뒤늦게 다른 사람들도 우르르 객잔을 빠져나갔다.

삽시간에 관객들이 빠져나가고 단사유 일행과 투귀 일행만이 객잔에 남았다.

"전왕이라 불릴 만하군. 여태껏 내 마아를 이토록 수월하게 막아내는 자는 처음 봤어. 하지만 이번은 다를 것이다."

촤르륵!

이제껏 움직이지 않던 투귀가 단사유를 향해 달려들었다. 그와 함께 그의 장포 속에 숨겨져 있던 쇠사슬 여덟 줄기가 모습을 드러냈다. 마치 살아 있는 생명체처럼 꿈틀거리며 쇠사슬이 단사유의 요혈을 향해 날아왔다.

"도……대체 옷 속에 얼마나 많은 쇠사슬이 숨겨져 있는 거야?"

부수고 또 부숴도 끊임없이 나타나는 쇠사슬의 모습에 검한수가 질렸다는 듯이 말했다. 하지만 정작 상대하는 당사자인 단사유는 눈썹 하나 깜빡이지 않고 투귀에게 마주 달려 나갔다.

피피핏!

쇠사슬이 스쳐 지나가면서 단사유의 어깨와 허리의 옷 조각이 떨어져 나갔다. 그러나 단사유는 몸을 비틀면서 쇠사슬과 쇠사슬 사이를 비껴 나와 순식간에 투귀의 가슴팍까지 쇄도했다.

"챠핫! 염마팔황류(炎魔八荒流)!"

순간 투귀의 입에서 거친 외침이 토해져 나오며 넓게 퍼져 있던 쇠사슬들이 일제히 투귀를 향해 빨려들 듯 날아왔다. 그의 쇠사슬 하나하나에는 붉은 기운이 맺혀 있었다. 쇠사슬에 맺혀 있는 또렷한 기운은 분명 강기였다.

사람들의 눈이 크게 떠졌다. 그것은 믿을 수 없는 일이었기 때문이다. 도나 검으로 강기를 만들어 내는 데에도 막대한 공력이 필요하다. 도나 검도 그럴진대 길이를 알 수 없는 쇠사슬에 강기를 모두 뒤집어씌우려면 얼마나 무지막지한 공력이 필요할지 감히 상상조차 가지 않았다.

쐐애액!

등 뒤에 여덟 줄기의 기파가 느껴졌다. 하나하나 강기를 머금은 쇠사슬이다. 그러나 단사유는 웃었다. 오랜만에 피가 들끓기 때문이었다.

콰―앙!

한 줄기 폭음이 객잔을 울렸다. 사방의 집기가 부서져 나가고 객잔이 금방이라도 무너질 듯 흔들렸다. 사람들은 난무하는 파편과 먼지 때문에 눈을 질끈 감았다.

먼지 폭풍이 지나간 후 사람들이 눈을 떴을 때는 이미 객잔은 거의 초토화된 상태였다. 그들은 급히 단사유와 투귀의 행방을 찾았다. 그리고 볼 수 있었다.

단사유와 투귀는 여전히 대치 중이었다. 한 가지 달라진 점이 있다면 단사유는 여전히 웃는 얼굴이었고, 투귀의 얼굴은 일그러졌다는 것이다. 그리고 투귀의 몸에 걸쳐 있던 장포가 가루가 되어 사라지고 안의 모습이 환하게 드러났다는 정도였다.

"그랬었군."

"후후! 그런 거지."

단사유의 말에 투귀가 자신의 가슴을 털며 답했다. 그의 가슴에는 은빛이 찬연한 쇠사슬이 가득 감겨 있었다. 몸통뿐만 아니라 그의 팔다리에도 쇠사슬이 칭칭 감겨 있었다. 그 때문에 단사유를 공격하던 쇠사슬들이 부서져 나가고, 가슴에 일격을 허용했어도 그는 살아 있었다.

하지만 그는 내심 무척이나 놀라고 있었다. 만년묵철을 정련해서 만든 사슬이다. 강도만 놓고 따진다면 천하의 그 어떤 신병이기에도 뒤지지 않는다고 자부했다. 한데 단사유의 일격은 만년묵철로 이루어진 마아를 뚫고 그의 가슴을 관통했다. 만약 쇠사슬의 두께가 조금이라도 얇았다면 터져 나간 것은 쇠사슬이 아니라 그의 가슴이었을 것이다. 하지만 이번 일격으로 알았다. 자신의 쇠사슬은 단사유의 공격을 충분히 막아낼 수 있다는 것을.

"이제야 알았을 것이다. 너의 공격은 나에게 통하지 않는다. 만년묵철로 이루어진 마아는 완벽한 공방일체의 무기. 이것으로 너의 심장을 가루로 만들어 주지."

"후후! 정말 재밌는 무기군요. 쇠사슬로 몸을 보호하다니. 무게와 길이도 꽤 될 것 같은데."

"길이는 정확히 삼십이 장, 무게는……"

쉬익!

갑자기 투귀의 몸이 흐릿한 그림자를 만들어 내며 단사유의 눈앞에서 사라졌다.

쐐애액!

"……비밀이다."

말보다 빠르게 공격이 이어졌다.

갑자기 단사유가 딛고 있는 바닥이 부서지며 은빛 쇠사슬이 솟구쳐 올랐다.

"안 돼!"

소호가 소리쳤다. 그녀의 눈에는 쇠사슬에 의해 단사유가 수직으로 관통된 것처럼 보였기 때문이다. 하지만 그녀는 이내 눈을 크게 치뜨고 말았다. 쇠사슬에 관통된 단사유의 신형이 하늘거리더니 사라졌기 때문이다.

그녀가 멍하니 단사유의 허상을 바라보고 있을 때 검한수의 목소리가 들렸다.

"위다."

그녀의 시선이 검한수의 목소리를 따라 움직였다. 그리고 들을 수 있었다.

파바방!

공기가 터져 나가는 소리, 그러나 어디서도 단사유나 투귀의 모습은 보이지 않았다. 오직 흐릿하게 나타났다 사라지는 그림자와 가끔씩 번쩍이는 섬광만이 그녀가 볼 수 있는 모든 것이었다.

쐐애액! 철컹!

쇠가 부딪치는 소리가 객잔에 울려 퍼졌다. 동시에 객잔의 외벽과 천장이 요란하게 터져 나갔다. 십 년 전통을 자랑하던 객잔으로서는 그야말로 재앙의 날이었다.

퍼버벙!

쇠사슬이 터져 나가고 있었다.

투귀는 혼신의 힘을 다해 쇠사슬을 휘두르고 있었다. 한 줄기였던 쇠사슬은 어느새 두 줄기, 네 줄기가 되고 최종적으로 열여섯 줄기까지 늘어나 단사유를 공격했다. 마치 각자가 살아 있는 생명체처럼 단사유의 요혈을 노리는 쇠사슬들. 그러나 단사유는 마치 부유하는 유령처럼 몸을 움직이며 손을 움직이고 있었다. 그의 손에 닿을 때마다 사납게 몰아쳐 오던 쇠사슬이 펑펑 터져 나갔다. 그러나 투귀의 몸을 감싸고 있는 쇠사슬은 아직도 많이 남아 있었다.

"크하하! 정말 좋구나. 이런 짜릿함이라니."

격렬하게 몸을 움직이는 와중에도 투귀는 광소를 터트렸다. 온몸의 피가 들끓고 있었다. 황보운천의 뒤를 봐 주면서부터 느낄 수 없었던 짜릿함, 그것은 목숨을 건 혈전에서만 느낄 수 있는 쾌감이었다. 그는 이런 기분을 원하고 있었다. 지난 이 년 동안 말이다. 이 년 동안 꾹꾹 눌러 왔던 그의 본성이 눈을 뜨고 있었다.

피핏!

쇠사슬 파편이 몸을 스치고 지나가면서 곳곳에 선혈이 터져 나왔다.

그래도 그는 웃었다. 그것은 광기와도 비슷했다. 그는 지금 생명의 위협을 느끼고 있었다. 아차 잘못하면 목숨을 잃을 수도 있는 상황, 하지만 그래서 자신의 모든 것을 아낌없이 펼칠 수 있었다.

눈앞의 상대는 괴물이었다. 이제야 그가 왜 전왕이라 불리는지 알 것 같았다. 저런 얼굴로 펼치는 가공할 살수라니. 덕분에 삼십 장이 넘는 사슬이 채 십여 장도 남지 않았다. 이대로 가다가는 그의 패배가 확실했다. 밑천을 모조리 드러내야 했다.

차르륵!

그의 몸을 뱀처럼 감고 있던 사슬이 부딪치며 움직였다. 허공에 눈부신 은빛 편린을 뿌리며 쇠사슬이 투귀의 주위를 맴돌았다. 스스로의 의지를 가진 것처럼 스스로 꼬리에 꼬리를 물고 투귀의 몸을 둥글게 맴돌던 쇠사슬에서는 지독한 핏빛 기운이 감돌고 있었다.

"저것이 투귀 한구유의 최종 절기라는 혈륜팔황살인가?"

객잔 밖에서 두 사람의 격돌을 구경하던 사람들 중 누군가 중얼거렸다. 비록 직접 본 적은 없었지만 혈륜팔황살은 투귀를 상징하는 최종 절기였다. 붉은 기운을 머금은 은빛 사슬이 펼쳐지는 순간, 방원 이십여 장에 존재하는 모든 생명체가 말살되고 만다는 전설을 만들어 낸 투귀의 성명절기가 그들의 눈앞에서 모습을 드러내고 있었다.

"혈륜팔황살(血輪八荒殺)."

사람들의 짐작처럼 투귀의 외침이 전장에 울려 퍼졌다. 그와 함께 그의 몸을 맴돌던 마아가 엄청난 기세로 단사유를 향해 일렬로 날아왔다.

붉은 사슬 하나하나에는 투귀 혼신의 공력이 담겨 있었다. 그것은 보통 강기가 아니었다. 쇠사슬을 이루는 고리 하나하나가 충격을 받으면 순간 폭발을 일으킨다. 강기의 폭발을. 투귀는 그것을 폭강이라 명명했다.

폭강을 머금은 쇠사슬이 화살처럼 단사유에 날아왔다. 단사유의 얼굴에 하얀 음영이 생겨났다. 동시에 그의 웃음이 더욱 진해졌다.

츄화학!

그의 손이 하얗게 타오르며 몸이 섬전처럼 쏘아져 나갔다. 그것은 쇠사슬이 쇄도하는 속도에 결코 뒤지지 않았다.

콰콰—쾅!

연신 폭음이 터져 나왔다.

투귀의 눈이 크게 떠졌다. 그의 망막에 폭발을 일으키며 터져 나가는 은빛 고리의 모습이 맺혔다. 그리고 터지는 은빛 고리 사이를 단축해 오는 단사유의 모습도. 그의 손이 거대한 원을 그리고 있었다. 그러자 생겨나는 하얀 막. 은빛 고리는 하얀 막에 막혀 폭발을 일으키고 있었다.

'아름답다.'

순간 그런 생각이 들었다. 자신의 목숨이 위태롭다는 생각은 들지 않았다. 단지 눈부시다는 생각이 들었을 뿐이다.

콰직!

그 순간 가슴에 불같은 통증이 느껴졌다. 고개를 내려다보니 어느새 단사유의 손이 가슴에 꽂혀 있었다.

"아······."

퍼엉!

무어라 말을 하려는 찰나 그의 등이 터져 나갔다. 기뢰가 발동한 것이다.

투귀가 비칠비칠 뒤로 물러서더니 그만 주저앉고 말았다.
 사람들은 눈앞에서 펼쳐진 두 사람의 결전에 그만 입을 벌리고 말았다. 그들에게 과정 따위는 보이지 않았다. 단지 처참한 모습으로 주저앉은 투귀의 모습만 들어올 뿐이었다.
 단사유가 그를 바라보며 입을 열었다.
 "당신은 내가 중원에 들어온 후 처음 인정한 무인, 그래서 나도 최선을 다했습니다."
 "크크! 그랬……는가? 정말 최고였어. 이런 쾌감 두 번 다……시 느낄 수 없을 거야."
 투귀가 주저앉은 채 나직한 웃음을 터트렸다. 회색빛으로 물들어 가는 그의 얼굴에는 만족스런 빛이 떠올라 있었다.
 그를 내려다보는 단사유의 표정에는 그늘이 드리워져 있었다.
 그가 펼친 초식은 천포무장류의 수많은 기법들 중에서도 방어력으로 따지면 으뜸을 다툰다는 방산수의 초식이었다. 방산수에 이은 기뢰의 직격에 이미 투귀의 내부가 산산이 터져 나갔기에 대라신선이 오더라도 목숨을 구할 수 없었다.
 투귀가 힘들게 고개를 올렸다. 이미 그의 얼굴은 곳곳이 깨지고 터져 나가 선혈투성이였다.
 "후후! 내 사부가 이…… 꼴을 보면 기겁하겠군. 자존심 하나는 끝내 주는 사람인데……. 앞으로 조심……하라구. 내 사부는 나보다 더 급하고, 나보다 더 무서우니까."
 "도전해 오는 자는 피하는 법이 없습니다. 그게 천포무장류입니다."
 "후후! 내 사……부는 사존의 일인인 일지관천 원무외라고 불리지. 정말 밥……맛없는 데다 고지식하긴 하지만 무공 하나만큼은 끝내 주지. 사부와 자네의 싸움 정말 끝내…… 주게 재밌을 텐데 내 눈으로 보지 못……하는 것이 아깝군."

투귀의 눈빛이 회백색으로 물들어 가고 있었다. 그의 생명력이 빠져나가고 있다는 증거였다.

"감히 철무련에서 외인이 살인을 저지르다니."

그때 누군가의 목소리가 들려왔다.

고개를 돌려 보니 황보운천이 보였다. 그는 덜덜 떨리는 손가락으로 투귀를 가리키며 말했다.

"철무련에서 이유 없는 살인은 중죄다. 네 녀석은 이제 뇌옥에 갇힐 것이다. 네가 아무리 강하다고 하더라도 소용없다. 이제 철무련의 무인들이 들이닥칠 것이다."

그의 눈에는 질시의 빛이 담겨 있었다.

자신과 같은 선상에 있다고 생각한 자가 다시 보니 자신은 감히 바라볼 수 없는 영역에 도달해 있었다. 투귀가 그렇고 단사유가 그랬다. 세상에서 자신이 제일 잘난 줄 알고 있었는데 어느 날 나타난 낯선 방문자는 그가 감히 상상도 해 보지 못한 영역을 거닐고 있었다. 그 사실을 어떻게 받아들여야 할까?

결국 그는 받아들이지 못했다. 아니, 받아들일 수 없다. 받아들이면 그 자신의 존재 가치를 찾을 수 없기에.

지금 그는 이성적으로 생각할 수 없었다. 단사유의 등 뒤에서 그를 흐뭇한 눈으로 바라보는 소호를 바라보자 더욱 속이 뒤집어졌다.

"넌 철무련 소속의 고수를 죽인 것이다. 너의 죄는 뇌옥에서 평생을 살아도 갚지 못할 것이다. 순순히……."

"시끄럿!"

대답을 한 사람은 뜻밖에도 투귀였다.

그가 숨의 마지막 끝을 붙잡고 가래 끓는 목소리로 쥐어짜듯 말했다.

"이것은 목……숨을 걸고 싸운 생사결이야. 사내와 사내의 대결에 철무련이라는 이름 따……위를 집어넣지 마라. 난 사내……로서 최선을 다했어. 철무련은 무인들의 대……지, 그리고 무인은 입이 아니라 몸……으로서 자신의 가치를 증명……하는 자. 그렇지?"

그의 시선은 단사유를 향해 있었다. 점차 동공이 흐려지고 있었다.

단사유가 고개를 끄덕였다.

"그렇소."

"그래! 나는 최……선을 다했어. 여한 따……위는 없다구. 날 부끄럽게 하지 마. 난 무인이……야."

덜컥!

그의 목이 모로 꺾였다. 앉은 자세 그대로 숨을 거둔 것이다.

"한…… 대협!"

단사유는 투귀를 향해 포권을 취했다. 그것이 무인에 대한 그의 예의였다.

"이……건 말도 안 돼."

황보운천이 망연히 중얼거렸다.

이미 장내의 시선은 그에게 호의적이지 않았다.

공전절후한 결투를 지켜본 사람들은 투귀를 불쌍하다고 생각하지 않았다. 아니, 오히려 무인으로서 장엄한 최후를 맞이한 그를 경외의 시선으로 바라보고 있었다. 그런 사람들이 황보운천의 꼴을 좋아할 리 없었다.

"이익! 철무련에는 철무련의 법이 있단 말이다!"

그가 소리를 쳤지만 공허한 외침에 불과했다. 그에 동조하는 사람은 존재하지 않았다. 오히려 그를 경멸의 시선으로 바라볼 뿐이었다.

누군가 외쳤다.

"무인은 몸으로 자신의 가치를 증명하는 자. 정당한 무인들의 싸움에 제삼자가 개입할 순 없다. 이 대결은 우리가 공증한다."

"맞소! 우리가 공증한다."

사람들의 외침이 곳곳에서 터져 나왔다. 그에 황보운천의 얼굴이 하얗게 질렸다. 아무도 그의 편이 되어 주지 않았다. 오히려 여론은 그에게 나쁘게 돌아가고 있었다.

"황보 형, 어서 돌아갑시다. 이곳은 우리가 있을 곳이 아니오."

팽기문이 불리하게 돌아가는 여론을 감지하고 급히 황보운천을 잡아끌었다. 그들은 군중 속으로 사라져 갔다.

단사유는 그들에겐 시선을 주지도 않았다. 그의 시선은 오직 투귀라고 불렸던 한구유에게 머물러 있었다.

"잘 가라는 말은 하지 않겠습니다. 당신은 무인이기에……."

소호는 단사유의 등을 보며 중얼거렸다. 그녀는 온몸에 소름이 올라오는 것을 느끼고 있었다.

"이제 힘과 힘의 대결이 성립됐어. 철무련이 뜨겁게 들끓을 거야."

철무련 내에서 처음으로 외인에 의해서 일어난 살인이다. 그러나 외인의 개입 여지 따위는 없다.

이것은 순수한 힘과 힘에 의한 대결.

모략이나 음모 따위는 필요 없다.

많은 무인들이 단사유를 지켜보고 도전해 올 것이다. 그리고 단사유의 영향력은 갈수록 거대해질 것이다. 본래 무인들은 강자를 존경하기에. 비록 수뇌들의 필요에 의해 세 세력으로 나뉘어져 있었지만 철무련을 이루는 구성원 개개인은 모두 무인이었다. 무인들은 자신들의 눈앞에서 이뤄지는 전설의 행보에 환호를 보낸다.

이제 오룡맹이라고 하더라도 쉽게 단사유를 건드릴 수 없을 것이다.

소호의 눈에는 단사유에게서 시작된 거대한 폭풍이 보이는 듯했다. 그 폭풍은 이제 철무련을 집어삼키려 하고 있었다.

"이제까지 중원이 잊어버리고 있던 진정한 무인들의 싸움이 시작될 거야."

그녀의 음성이 철무련의 하늘 아래 울려 퍼졌다.

외전

귀신의 탄생

귀신의 탄생

그들은 오래 전부터 그곳에서 대치하고 있었다.
한쪽은 그들을 넘으려고 하였고, 다른 한쪽은 넘으려는 자들을 필사적으로 막으려 했다. 그렇게 대치한 것이 벌써 오래다.
병사들의 얼굴에는 먼지와 땀으로 범벅이 되어 있었다. 하지만 적진을 노려보는 그들의 시선은 사납기 그지없었다.
둥둥!
전고가 울리고 있었다.
그것은 조만간 진격이 있을 것이라는 신호였다.
"움직여라! 진격이 얼마 남지 않았다."
"뒤처지는 놈은 내 손에 뒈질 줄 알아라! 빨리빨리 움직여라!"
전고가 울리자 지휘관들은 휘하의 병사들을 독려해 공격 대형을 만들어 가고 있었다. 오만이나 되는 숫자이다 보니 대형을 정렬하는 데도 상당한 시간이 걸렸다. 각 부대를 상징하는 수많은 깃발이 지휘관들의 고함에 따라 움직이고 있었다. 그 모습은 마치 수많은 용들이 꿈틀거리는 것과 같은 장관을 연출했다.

철컹! 철커덩!

군사들이 움직일 때마다 쇳소리가 울렸다. 지휘관들이 입고 있는 철갑옷 때문이었다. 그들의 움직임 하나하나에는 절도가 있었고, 그들의 눈에는 생기가 감돌고 있었다.

한 남자가 그 광경을 바라보고 있었다.

병사들이 움직이는 모습을 흔들림 없는 눈으로 바라보는 사내. 화려한 갑주로 온몸을 감싸고, 제장들의 호위를 받고 있는 모습이 마치 하늘에서 천장(天將)이 강림한 것과 같은 위압감을 풍기고 있었다.

불어오는 바람에 반백의 머리칼과 서리가 내린 듯한 새하얀 수염이 휘날리고 있었다. 하지만 그는 미동도 없이 병사들이 전열을 가다듬는 모습을 바라보았다.

그가 문득 입을 열었다.

"나의 병사들이 드디어 생기를 되찾았다. 이 모든 것이 품일(品日), 자네 아들의 희생 덕분이네. 고맙네!"

그의 말에 등 뒤에 있던 제장 중 한 명이 튀어나와 무릎을 꿇었다. 그가 힘찬 목소리로 입을 열었다.

"아닙니다. 제 아들 역시 저승에서나마 웃고 있을 겁니다. 전장의 흐름을 바꿔 놓고 간 것, 그것이 짧은 삶을 살다 간 제 아들의 천명(天命)이었을 겁니다."

힘차게 시작했으나 말미에 이르러서 그의 어깨가 떨리고 있었다. 고개를 들지 않아 직접 보지는 못했으나 그가 눈물을 흘리고 있다는 것쯤은 누구라도 알 수 있었다. 눈물을 보이는 것은 장수의 치욕, 그러나 이 자리에 있는 그 누구도 그를 탓하지 않았다. 그는 방금 전에 아들을 잃은 사람이기 때문이다.

그의 아들의 희생을 바탕으로 병사들이 사기를 되찾았다. 때문에 지휘관들은 모두 그에게 감사의 마음을 가지고 있었다.

사내는 제장의 어깨를 두어 번 두들겨 줬다. 그것만으로 제장은 충분하다고 생각했다. 아들의 희생을 바탕으로 자신들은 승리할 테니까. 하지만 가슴 한곳이 아릿해지는 것은 자신도 어쩔 수 없었다.

사내가 넓은 벌판 너머로 보이는 적진을 바라보며 중얼거렸다.

"이것은 그도 어쩔 수 없는 하늘의 천명이다. 우리는 승리하고 그는 패할 것이다."

"충!"

그의 말에 뒤에 있던 제장들이 일제히 대답했다. 그들의 눈은 패기로 이글이글 타오르고 있었다.

"난승(難勝)을 완승(完勝)으로 바꿔 놓을 것이다. 선인들마저 우리를 돕고 있으니 이 땅의 주인은 우리가 될 것이다. 출진 준비를 하라."

"충―!"

제장들이 일제히 대답한 후 일사불란하게 움직이기 시작했다.

수백의 깃발이 바람에 나부끼고, 엄청난 양의 먼지 구름이 피어났다. 말들은 곧 전투가 시작될 것임을 본능적으로 느끼고 연신 투레질을 했다.

뿌우우!

돌격을 알리는 뿔 고동 소리가 울렸다.

군막 안에 있던 사람들의 안색이 변했다.

적의 총공세가 시작되었다는 것을 본능적으로 알아차렸기 때문이다. 그러나 그들 중 누구도 두려운 표정을 짓는 이는 없었다. 이미 죽음을 각오했기 때문이다.

검은색의 투구를 쓰고 있던 초로의 남자의 입가에 자조적인 웃음이 어렸다.

"드디어 시작된 것인가? 그들의 마지막 공세가. 정말 모든 것이 늦는 친구들이야. 우리의 열 배나 되는 숫자를 가지고도 이제까지 연전연패하다니 말이야."

"하하하!"

"그들이 늦는 것이 아니라 우리가 그만큼 강한 것이 아니겠습니까? 네 번 싸워서 네 번 모두 이겼으니까요. 그것도 열 배가 넘는 적을 상대로 말입니다. 으하하!"

군막 안에 웃음소리가 울렸다.

그들은 알고 있었다.

이번이 적들의 마지막 공세가 될 것이라는 것을, 그리고 이번이 자신들의 생애 마지막 전투가 되리라는 것을. 그러나 그들은 웃었다. 이것이 그들의 살아 숨 쉬는 마지막 순간이 되리라는 것을 알면서도.

최선을 다했다.

압도적인 숫자의 열세 속에서도. 지원을 기대할 수 없는 최악의 상황에서도. 이제 그들의 죽음으로 칠백여 년의 역사를 가진 그들의 나라도 멸망하고 말 것이다.

"크흐흐!"

"하하하!"

웃고 있지만 그들의 눈에서는 피눈물이 흐르고 있었다. 하지만 하늘이 허락한 그들의 역사는 여기까지였다.

투구를 쓴 초로의 노인이 최후의 명을 내렸다.

"모두 나가서 최후의 결전을 준비하도록. 우리의 이름에 먹칠 따위는 하지 말자. 죽더라도 가슴을 펴고 당당하게!"

"당당하게!"

제장들이 노인에게 최후의 군례를 올린 후 군막을 빠져나갔다. 이제 군막 안에는 노인과 젊은 무장 한 명만이 남아 있을 뿐이다. 모두가 나갔는데 남아 있는 젊은 무장, 그러나 노인은 그런 젊은 무장을 탓하지 않았다.

초로의 노인이 잔에 남아 있던 마지막 술을 쭈욱 들이켠 후 무장에게 내밀었다. 젊은 무장은 말없이 그의 잔을 받았다.

검게 그을린 피부에 허리까지 내려온 검은 머리카락, 다른 무장들처럼 쇠로 만든 철갑옷을 입지 않고 짐승의 가죽으로 만든 피혁 갑주를 차려입었다. 그의 허리에는 마찬가지로 검은색으로 빛나는 두 자루의 검이 걸려 있었다. 그의 몸에서는 알 수 없는 패기가 흐르고 있었다.

쪼르륵!

노인이 술잔에 마지막 술을 따라 줬다. 젊은 무장은 말없이 그가 따라 준 술을 들이켰다.

노인의 눈가에 흐뭇한 빛이 떠올랐다. 그는 젊은 무장을 향해 무어라 말을 하려 했다. 그러나 순간 젊은 무장이 그가 있는 곳을 향해 들고 있던 술잔을 내던졌다.

쐐애액!

투구를 스쳐지나 간 술잔이 군막을 뚫고 지나갔다.

귀신의 탄생

"크윽!"

이어 들리는 누군가의 신음 소리와 당혹성.

"들켰다. 공격하라."

촤아악!

순간 군막이 처참하게 찢겨 나가며 사방에서 시퍼렇게 날이 선 칼날이 날아왔다.

'습격?'

노인의 미간이 찌푸려졌다. 그러나 움직이지는 않았다. 자신의 앞에 있는 무장의 능력을 누구보다 잘 알고 있기 때문이었다.

츄화학!

무장의 허리에서 검이 벼락처럼 뽑혀 나와 정면에서 날아오는 검을 향해 부딪쳐 갔다. 그에 검의 주인이 궤도를 바꾸려 했지만 무장의 검은 말 그대로 벼락처럼 직격했다.

콰앙!

폭음이 터져 나오며 검의 주인이 검과 함께 박살나 뒤로 날아갔다.

젊은 무장은 그의 상세도 살피지 않고 곧장 팽이처럼 몸을 돌렸다. 그의 손에는 어느새 한 자루의 검이 더 들려 있었다.

콰지직! 콰득!

양손에 들고 있던 검이 노인을 좌우에서 습격해 왔던 가솔을 통째로 부숴 버리며 관통하고 있었다. 무지막지할 정도로 패도적인 공격이었다.

"크윽!"

"케에엑!"

처참한 비명이 터져 나왔다. 그러나 아직도 적들의 공세는 끝나지 않았다.

갑자기 바닥을 뚫고 누군가의 양손이 불쑥 튀어나왔다. 그와 동시에 천장에서도 습격자가 매처럼 뛰어내리고 있었다. 그가 노리는 사람은 역시 노인이었다.

"응?"

검을 뽑아 그들을 공격하려던 젊은 무장의 미간이 찌푸려졌다. 적들을 관통한 검이 뽑히지 않기 때문이다. 고개를 돌려 보니 가슴팍이 박살난 상태로 습격자들이 그의 검을 움켜쥐고 있었다. 이미 숨이 끊어진 상태, 그래도 그들은 웃고 있었다. 죽음으로 임무를 완수했기 때문이다. 젊은 무장의 검을 봉인하기 위한 희생양, 그것이 그들의 임무였다. 그리고 진짜 습격자는 바닥과 천장에서 튀어나온 이들이었다. 그렇기에 그들은 숨이 끊어져도 웃을 수 있었던 것이다.

그러나 그들은 젊은 무장의 능력을 너무도 몰랐다. 젊은 무장은 검이 봉쇄되자 추호의 망설임도 없이 검을 포기하고 맨손으로 최후의 습격자들을 향해 달려들었다.

그의 양손은 하얗게 빛나고 있었다. 그러나 습격자들은 미처 그런 사실을 깨닫지 못하고 있었다. 오직 눈앞에 있는 노인을 죽이기 위해 혈안이 되었기 때문이다. 그만 죽인다면 자신들의 목숨 따위는 어찌 돼도 좋았다. 그렇기에 젊은 무장의 공격을 허용하더라도 끝까지 검을 휘두를 기세였다.

쾅! 퍼엉!

순간 두 줄기 폭음이 군막 안에 울려 퍼졌다. 그 여파에 그나마 걸레쪽처럼 찢겨져 있던 군막이 크게 펄럭였다.

"역시 자네답군."

여파가 가라앉은 후 노인이 차분한 어조로 입을 열었다.

귀신의 탄생

그의 발밑에는 불쑥 손이 솟아난 채로 붉게 물들어 있었다. 그리고 허공에서 습격해 왔던 자는 등가죽이 터진 채 바닥에 나뒹굴고 있었다. 그 상태로도 그는 숨이 미약하게 붙은 채 꺽꺽거리고 있었다.

만 근의 무게가 실려 있는 진각으로 바닥에서 공격한 자를 압사(壓死)시키고 동시에 백옥처럼 빛나는 손으로 허공에서 공격해 오던 자를 격퇴시킨 것은 그야말로 순식간에 일어난 일이었다. 무장의 손에 닿은 그의 가슴은 벼락에 맞은 것처럼 처참하게 터져 나가 있었다.

인간의 주먹에 저 정도의 위력이 담길 수 있다는 사실 자체가 경악스러웠다. 그러나 노인은 전혀 놀라지 않았다. 그것이 무장의 본모습이라는 사실을 너무나 잘 알고 있었기 때문이다.

아직 숨이 미약하게 붙어 있던 습격자가 저주 섞인 눈빛으로 말문을 열었다.

"여, 역……시 귀……신, 하지만 이 나라의 운명은 이미 끝. 역사가 이들을 버렸……. 켁!"

콰직!

그러나 말이 채 이어지기도 전에 젊은 무장의 신발이 그의 머리를 으깨고 말았다.

노인의 입가에 자조적인 웃음이 어렸다.

"허허! 이제 조금만 있으면 나의 죽음을 볼 텐데 그 시간조차 아까웠단 말인가?"

"이들은 일반 무인이 아닙니다. 이들은……."

"알고 있네. 그를 돕고 있는 선인들이겠지. 이들의 개입으로 저들은 흥하고, 우리는 망하게 됐지. 하나 그들을 원망하지는 않는다네. 그것이 역사의 흐름이니까. 단지 안타까울 뿐이네. 인간의 역사가 그들에 의해 좌우된다는 것이."

노인의 눈은 먼 곳을 바라보고 있었다. 어느새 밖에서는 병사들이 격돌하는 소리가 들려왔다. 드디어 격전이 시작된 것이다.

노인의 시선이 다시 젊은 무장을 향했다.

그는 젊었다. 그리고 강했다. 평생 그보다 강한 무장은 본 적이 없었다. 그리고 앞으로도 존재하지 않을 것이다.

"자네는 살아남게."

"장군!"

젊은 무장이 고개를 들었다. 그러나 노인의 말은 담담히 이어지고 있었다.

"아네, 그것이 얼마나 가혹한 말인지. 이 땅의 역사와 함께 시작한 싸울아비들……. 그들 덕분에 나라를 지켜 올 수 있었지. 하지만 이제는 그들도 전란에 거의 죽고 명맥조차 유지하지 못했다네. 누군가는 살아남아야 하네. 그래서 명맥을 유지해야 하네."

"장군을 따라 옥쇄할 것입니다. 그것이 장군을 처음 뵈었을 때 맹세한 소장의 결심입니다."

"그동안 고마웠네. 자네 덕분에 이만치 해 볼 수 있었어. 하지만 이미 운명은 우리를 버렸네. 자네까지 죽을 필요는 없어."

"장―군!"

젊은 무장이 절규를 하며 무릎을 꿇었다. 하늘이 무너져도 흔들릴 것 같지 않던 그의 얼굴이 일그러져 있었다. 그에게 하늘은 눈앞에 있는 노인이었다. 그런데 하늘이 자신에게 이곳을 떠나라고 명하고 있었다.

"미안하네. 하지만 앞으로도 누군가는 선인들을 견제해야 하네. 그들이 두 번 다시 인간 세상에 개입해서는 안 되네. 그 일을 할 사람은

귀신의 탄생

자네밖에 없네."

"어찌 저에게 그리 가혹한 명을 내리시는 겁니까?"

"미안하네, 정말 미안하네. 자네에게 이런 명을 내리는 내 자신이 싫네. 하지만 누군가가 해야 하는 일이라면 그것은 최강의 싸울아비인 자네밖에 없네. 난 이미 알고 있다네. 자네가 명맥을 잇고 있는 무류가 병사들 사이에서는 이미 다른 이름으로 불린다는 것을. 허허! 천포무장류라고 하던가? 정말 잘 어울리는 이름이네."

"장군!"

무장의 눈에서 굵은 눈물이 흘러내렸다. 노인은 두툼한 손을 뻗어 그의 뺨에 흐르는 눈물을 닦아 주었다. 평생을 전장에서 보낸 덕에 온갖 흉터로 뒤덮인 손이었다. 이 손을 믿고, 이 손의 주인을 믿고 무장 역시 그를 따라 평생을 전장에서 보냈다.

"살게! 이것은 명령이야. 그래서 우리를 기억해 주게. 약속하겠나?"

"장……군."

"약속해 주게."

"약……속하겠습니다, 명이시라면……."

"고맙네!"

뚝!

상처가 가득한 손등 위로 눈물 한 방울이 떨어졌다. 그러나 노인은 그것을 들킬세라 손을 거뒀다.

"이제 헤어질 시간이네. 최후의 싸움이 날 기다리고 있어."

젊은 무장이 자리에서 일어났다.

그는 손을 가슴에 올려 군례를 올렸다. 그것이 평생을 모셨던 사람에 대한 그가 할 수 있는 유일한 예의였다.

"그동안 당신을 따르게 해 주셔서 감사합니다."

"고마웠네! 그동안 나 계……백을 따라 주어서. 내세에서 만나 술 한잔을 나누세."

노인은 웃음을 보여 주었다. 그리고 몸을 돌려 군막을 나갔다. 그의 모습이 보이지 않게 되자 젊은 무장의 눈에서 눈물이 다시 흘러내렸다. 붉게 물든 눈물이.

그것은 젊은 무장이 흘리는 피눈물이었다.

그가 스산한 목소리로 중얼거렸다.

"선인이든 신선이든 두 번 다시 인간의 역사에 개입하는 일은 없을 겁니다. 약속드리겠습니다. 장군의 이름에 영혼을 걸고 맹세하겠습니다."

젊은 무장은 스스로 귀신이 될 것을 맹세했다. 그리고 전장에서 홀연히 사라졌다.

그날은 백제 최후의 날이었다.

계백이 이끄는 오천 결사대는 김유신이 이끄는 신라의 오만 대군을 맞아 최후의 항전을 벌이다 황산벌에서 몰살을 당하고 말았다. 하지만 역사 어디에도 계백의 곁에서 평생을 지켜 온 젊은 무장의 존재는 기록되지 않았다.

〈『전왕전기』 제6권으로 이어집니다〉

전왕전기 제5권 폭풍지보(暴風之步)

1판 1쇄 찍음 2006년 5월 19일
1판 1쇄 펴냄 2006년 5월 22일

지은이 | 우 각
펴낸이 | 정 필
펴낸곳 | 도서출판 뿔미디어

출판등록 | 2002년 9월 11일 (제1081-1-132호)
주소 | 부천시 원미구 심곡2동 163-2 3층 (우)420-822
전화 | 032)651-6513,6092 / 팩시밀리 032)651-6094
E-mail | BBULMEDIA@paran.com

값 8,000원

ISBN 89-5849-218-X 04810
ISBN 89-5849-161-2 04810 (세트)

※파본은 본사나 구입하신 서점에서 교환하여 드립니다.
※저자와 협의하여 인지를 붙이지 않습니다.